大統領の料理人④

絶品チキンを封印せよ

ジュリー・ハイジー　赤尾秀子 訳

Buffalo West Wing

by Julie Hyzy

コージーブックス

挿画／丹地陽子

二〇〇九年のバウチャーコンに参加したみなさんへ

謝辞

仲間が集まる〝ブラックベリー朝食会〟で、本作のタイトル（Buffalo West Wing）を提案してくれたマージー・マクガイアに、まずは大きな声で感謝の言葉を――ありがとう、マージー！　そしてレネ・ボームガートナーにも。この物語は、レネのとびきりおいしいチョコレート・チップ・クッキーのおかげで羽ばたくことができました。

名編集者ナタリー・ローゼンスタインはじめ、バークリー・プライム・クライムのミシェル・ヴェガ、ミーガン・シュワルツ、ケイトリン・ケネディ、エリカ・ローズにこの場を借りて感謝申し上げます。テクノ・ブックスのみなさん、わけてもマーティン・グリーンバーグとジョン・ヘルファーズに心からのお礼を。またデニス・リトルには、ほんとうにお世話になりました。彼のおかげで、オリーは料理をつづけることができています。

物語を書くときは、支えてくれる仲間が欠かせません。ありがたいことに、ミステリ・ラバーズ・キッチン（www.mysteryloverskitchen.com/）のブログ仲間や、キラー・キャラクターズ（www.killercharacters.com/）のコージー・ミステリ作家仲間が、やる気を奮い立たせ、元気づけてくれました。こんなにすてきな友人に恵まれて、わたしはほんとうにしあわせです。

そして、家族がいてこそのわたしでもあります。家族の大切さを言葉では表現できませんが、口にはしなくても、思いは伝わっているでしょう。愛しているわ、カート、ロビン、セーラ、ビズ、ポール・ミッチ、おばあちゃん、クローディアおばさん、キトカ、ヴァイオレット！　そしてケーラー、みんなあなたに会いたがっているわ。

アメリカ探偵作家クラブ、シスターズ・イン・クライム、アメリカ・スリラー作家協会の友情とサポートに感謝します。そして何より、新しい作品を手にとってくださった読者の方々に、特大の感謝の気持ちを。みなさん、ありがとう！

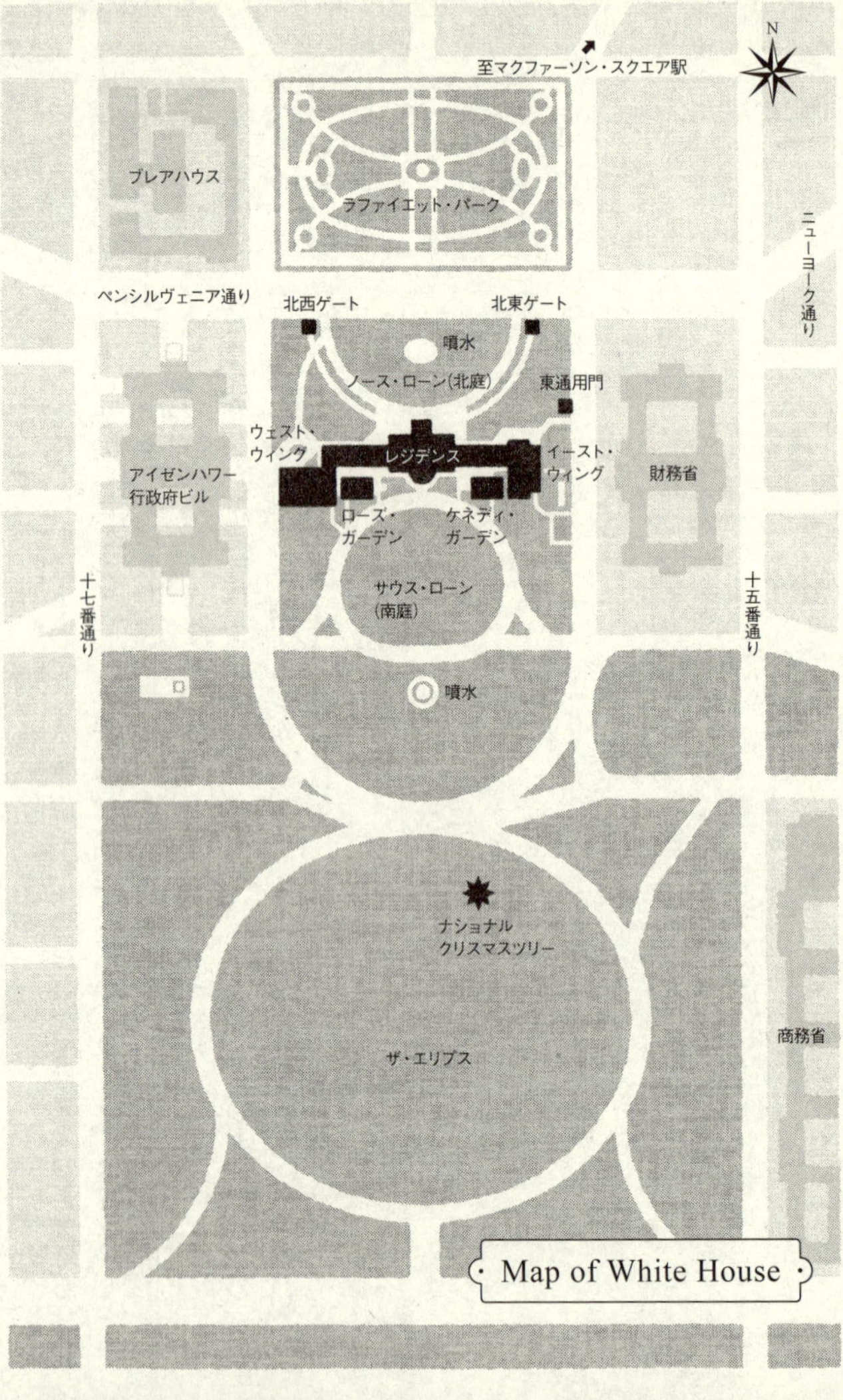

Map of White House

絶品チキンを封印せよ

主要登場人物

オリヴィア（オリー）・パラス……………………ホワイトハウスのエグゼクティブ・シェフ
シアン……………………………………………アシスタント・シェフ
バッキー…………………………………………アシスタント・シェフ
ポール・ヴァスケス……………………………総務部長
ピーター・エヴェレット・サージェント三世……式事室長
ヴァレリー・ピーコック…………………………大統領夫人の秘書官
パーカー・ハイデン……………………………アメリカ合衆国の新大統領
デニス・ハイデン………………………………大統領夫人
アビゲイル………………………………………大統領の娘
ジョシュア………………………………………大統領の息子
グランマ・マーティ……………………………大統領夫人の母
ヴァージル・バランタイン………………………ハイデン家の専属シェフ
レジー・スチュワート……………………………ヴァージルの古い友人。有名レストランのシェフ
トーマス（トム）・マッケンジー…………………シークレット・サービスPPDの主任。オリーの元恋人
レナード・ギャヴィン（ギャヴ）………………主任特別捜査官
マシュー（マット）・ヌーリー……………………シークレット・サービス
アルベルト・ガルデス……………………………シークレット・サービス
ボスト……………………………………………シークレット・サービス
ゼラー……………………………………………シークレット・サービス
サンディ・セクレスト……………………………下院議員

1

大統領就任式当日

「急いで、オリー。始まるわよ！」厨房の外からシアンの声がした。

「先に行ってて。すぐ追いかけるから」わたしは叫びかえすと、料理をオーヴンの中段に置いた。いまひとつの仕上がりに、考えこんでもう一度見る。でも、どんなことにも〝最初〟があるし、いつまでもくよくよしないこと、と自分にいいきかせた。オーヴンの扉を閉め、急いで手を洗ってシアンを追いかける。

そしてキュレーター室に飛びこむなり、古い書類や書籍、写真、道具類のかびくささが鼻をついた。なつかしい〝図書館のにおい〟と淹れたてコーヒーの香りが混じりあい、わたしは歩をゆるめてゆっくりとおいしい空気を味わった。この部屋なら、時間を忘れていつまでもいられそうな気がする。

そんな贅沢が許されるなら、だけど。

髭《ひげ》をはやしたちょっと太めのキュレーター、ジョン・ウィーヴァーは、この部屋を愛情をもって効率よく管理している。資料をまとめたアーカイヴはべつの場所にあるけど、ジョンはここにもできるかぎりのものを保存し、それもみごとに整理整頓していた。大統領のリクエストがあれば、あっという間に過去の遺物をとりだせるのだ。

ただ、いまこのとき、キュレーター室には大勢集まり、小さなテレビ画面が少しでもよく見える場所で肩を寄せあっている。そのなかに、シアンの赤毛のポニーテールが見えた。うまく最前列に陣取ったようだ。真後ろには、わたしの右腕バッキーがいて、ほかにもフローリストのケンドラと彼女のアシスタント、新顔のスタッフたち——。最後に到着したわたしは、つま先立ってテレビを見ようとしたけど、前にいる人たちはみんなわたしより背が高い。ジョンがわたしに気づいた。「オリヴィア!」前のほうにおいでと手招きする。「そこからじゃ見えないだろう」

「大丈夫よ」といい終わらないうちに、まわりの人たちが道をあけてくれた。わたしはシアンの横に並び、後ろの人たちをふりかえって訊いた。「みんな、見える?」

「見えるよ、きみの頭の上から」バッキーの口調に嫌味なところはなかった。「オリーの身長なら問題ない」

いまわたしたちは、かけがえのない瞬間を目にしようとしていた。職員は夜明けまえにホワイトハウスに出勤すると、休む間もなく仕事に励んだ。そして新大統領が就任宣誓をしたら、すぐまた仕事にもどり、忙しいスケジュールをこなさなくてはならない。ホワイトハウスでの一日はたいていあわただしく過ぎるけど、きょうはとりわけ群を抜いている。ただ、ありがたいというべきか、そんな日がやってくるのは四年に一度、あるいは八年に一度だけだ。

今朝、キャンベル大統領ご夫妻が国会議事堂に向かってサウス・ポルチコを出てから、新大統領が特別重装備の専用車〝ザ・ビースト〟でホワイトハウスに到着するまでのあいだ、職員は総力をあげてすべてを交換し、新たな住人を迎える準備を整えた。

ハウスキーピング部は、キャンベル一家の私物――写真、ノート、手紙、書籍、コロンに香水、ドレスにスーツ、靴下等など――を引っ越し用のバンに積み、いまこのときも、塵《ちり》ひとつない部屋をさらに磨きあげるべく奮闘中だ。もうじきこのキュレーター室に、サイズも色も嗜好《しこう》も違うキャンベル前大統領の品々が運びこまれてくるだろう。

ホワイトハウスの外からながめれば、まるで魔法をかけたように、すべてが一瞬にして変わったように見えるにちがいない。でもこれは魔法でもなんでもなく、何冊もの分厚いバインダーに挟まれた詳細な指示書や大量のメモ、そして精力的な九十名の職員による下準備があってこそのものだった。

「なんとか間に合ったわね」シアンがささやいた。

「静かに」と注意したのは、シークレット・サービスの新しい護衛官ボストだ。「最高裁判所長官が宣誓文を読み上げますよ」

シアンはくるっと目をまわしただけで何もいわず、テレビに視線をもどした。画面のなかでは、若くてハンサムなパーカー・ハイデンがアメリカ合衆国の次期大統領になるところだ。

奥さんのデニスが聖書を持ち、彼はその上に左手を置いている。国会議事堂前に集まっている人や自宅で見ている人たちなど、何百万もの観衆が目を凝らす先には、新大統領夫妻だけでなく、ふたりの子ども――十三歳の長女アビゲイルと九歳の長男ジョシュアもいた。ハイデン家は毅然《きぜん》としてすがすがしく、決意と希望できらめいて見える。

この先、何が新大統領を待ち受けているだろう？　そして家族を？　わたしたち職員を？宣誓が終わり、ハイデン新大統領が就任演説をするためマイクの前に進み出て、わたしはこの数週間ずっと抱えてきた寂しさを抑えこんだ。新しい大統領のことも、大統領が目指しているものにも共感できる。でもこの四年、キャンベル夫妻の下で楽しく仕事をさせてもらった。なのに、もうホワイトハウスで会うことはないと思うだけで、とても、とても寂しかった。

ホワイトハウスの職員とファースト・ファミリーの間には絆が生まれる。といっても、それは仕事上、期間限定でしかない。ホワイトハウスで暮らす大統領一家は四年、または八年ごとに替わり、職員のほうは大半がそのまま留まるのだ。わたしは料理人としてキャンベル大統領夫人と過ごした時間を、心のなかに大切にしまっておこうと思った。

新大統領一家が引っ越してきた後、わたしや他部署の責任者がどんな処遇を受けるかはまだわからない。前面に立つ職位だからといって、そのまま継続雇用されるわけではないのだ。いまのところハイデン家は、わたしを残留させる意向のようには見える。ともかくわたしはホワイトハウス初の女性エグゼクティブ・シェフだから、料理の腕を確認もせずにクビにするのは世間受けがよくないからだろう。ただ、一家がわたしの料理スタイルを気に入るという保証はない。キャンベル家と同じように、ハイデン家とも信頼関係を築けるとは限らなかった。

キャンベル大統領は一期四年だけ務め、健康上の理由から、再出馬は断念した。そして二期めの不出馬を公表してからは、ホワイトハウスでゲストをもてなすこともめったになくなった。キャンベル大統領はその任期を、ひっそり終えたといっていい。

一方、中西部の州で当選一期めの上院議員パーカー・ハイデンはたちまち人気を博し、大統領選ではキャンベル政権の副大統領を相手に圧倒的な勝利をおさめた。そして引き続き、アメリカ市民が一体感をもてる政治を継続すると約束している。わたしはキャンベル夫人とエントランス・ホールで最後のお別れをしたときのことを思い出した——夫人はわたしを抱きしめ、耳もとでささやいたのだ。「ここでの暮らしも、あなたが厨房にいてくれたおかげで退屈せずにすんだわ。わたしたちにしてくれたのと同じように、ハイデン家にもおいしい料理をつくってあげてね」わたしは涙をこらえるので精一杯だった。

「これからの数週間は——」キュレーターのジョンがテレビの前から離れ、わたしは物思いから現実にもどった。「おもしろくなるな。大統領選挙のお祭り騒ぎが終わって、マスコミは新しい大統領を追いかけまわすだろう。何か失態を演じてくれないか、また大騒ぎできないかと期待してね。みんなも気をつけるんだよ」

ジョンのいうとおりだと思った。ここに集まったスタッフは、新人を除けばたいていマスコミと何度もやりあった経験がある。

「そうね、気を引き締めなきゃね」と、わたしはいった。「ありがとう、ジョン」

テレビの前の一団は解散した。新任スタッフが外に出て、シアン、バッキー、わたしがつづき、さらにケンドラとアシスタントが部屋を出る。ここに残って新大統領の就任演説を聴きたいけど、そこまでの時間はなかった。大統領のスピーチは、あとでゆっくりパソコンで見よう。

厨房の前まで来ると、新任護衛官のガルデスが鼻をくんくんさせた。

「これは何です？　すごくなつかしいにおいだ」少しスペイン語訛りがあり、背も高く（百八十センチ以上だろう）、シークレット・サービスのすてきな護衛官の典型、といった感じだ。

さっそく、シアンが笑いながら答えた。「故郷のにおいじゃない？」

「行くぞ、ガルデス。無駄口をたたいている暇はない」相棒とは対照的に、ポスト護衛官は見るからにいかつく、金髪もスポーツ刈りだ。「五分以内にマッケンジーに報告しなくてはいけない」

心臓がどきんとした。マッケンジー。それはあのトム・マッケンジー……。彼が大統領《P》護《P》衛《D》部隊の主任に昇進してから、顔を合わせる機会はぐっと減った。時々ばったり会うことはあるし、仕事で同じ場所に居合わせたりもするけど、プライベートな交際に終止符を打ってからは、親しく口をきくことはほとんどない。あれからもう、一年がたつ。わだかまりなく話せるようになる日が、いつかくるだろうか……。

護衛官ふたりは西棟《ウエスト・ウイング》に向かい、シアンはガルデス護衛官に手を振った。目がいやに明るくきらきらしている。このところ、ボーイフレンドがいなくてさびしい思いをしているのはわたしだけではなかった。シアンはSBAシェフのレイフと厨房で〝いい感じ〟だったのだけど、レイフは半年まえ、一流ホテルのエグゼクティブ・シェフとしてニューヨークに行ってしまったのだ。シアンはわたしと同じく〝シングル〟になった。でもわたしと違って彼女は、いつでも新たな恋を受け入れる態勢でいる。わたしはいまのところ仕事に没頭し、しばらくは男性と親密につきあう気はなかった。そっちのほうが、ずっとシンプルに暮らせる——。

と、自分にいいきかせていた。

バッキーは先に厨房に入ると、顔だけふりむいて、わたしにこんなことをいった。

「あの香りのもとが何の料理か、どうしてガルデスに教えなかった？　自信がなかったからか？」

「違うわよ。ボスト護衛官の顔を見たでしょ？　あのまま雑談をつづけていたら、シアンを殴りかねなかったわ。彼がテレビで就任式を見たのも不思議なくらい」わたしは首をすくめた。「まあね、新任の人は気合いが入りすぎて、みんなあんな感じになるけど」

シアンは笑った。何がおかしいのかよくわからなかったけど、それよりも山積する仕事を片づけなくてはいけない。バッキーは冷蔵室に行き、わたしは自作の仕上がりをチェックする。サヤインゲン入りのマカロニ・アンド・チーズで、十分な出来には思えた。これはハイデン家の子どもたち、アビゲイルとジョシュアの好きな料理リストにあったのだ。今夜は子どもたちの友人もホワイトハウスに来る予定で、タコスとミニ・ピザ、サラダに加え、〝トッピングはご自由に〟のアイスクリーム・サンデー・セット、マルセルの名高いブラウニーを出すことになっていた。

きょうの夕食会で、オリジナル作品を出してもよいのはマルセルだけだった。でもだからといって、いじけたりはしない。お客さまは新大統領の子どもたちと、〝お泊まり会〟に招待された友だちだけど、大統領夫妻が著名人を招くパーティと変わらず大切であり、その料理を全面的に任されているのだから。

キャンベル前大統領夫人の秘書官マーガレットをなつかしく思った。後任はヴァレリー・ピーコックで、子どもたちのお泊まりパーティも彼女が企画したのだ。ヴァレリー自身は新大統領夫人とともに各種イベントに顔を出さなくてはいけないから、スタッフに詳細な指示を残していった。そのひとつが、〝がらくた集め競争〟だ。これならハイデン家の子どもたちも、遊びながらホワイトハウスを歩きまわり、新しい住居に早くなじむことができるだろう。

厨房もそのルートに入っていて、わたしはとても楽しみにしていた。アビゲイルとジョシュアとは、ハイデン家が初めてホワイトハウスを訪れたときに顔を合わせてはいたけれど、この厨房でしっかりと伝えておきたいことがある――お母さまの了承さえ得られれば、あなたたちが食べたいものは何でもつくりますからね。ずいぶん長い間、ホワイトハウスには学齢期の子どもがいなかったから、かなり勝手が違うだろうとは想像している。どう違うのかは、これからのお楽しみ、といったところだ。

「どんなピザをつくるつもり？」シアンが頭を搔《か》きながら訊いた。「予定が変更になったのは知っているけど」

「ペパロニのほかに、ホウレンソウのピザもつくるわ。招待された子どもがふたり増えて、ひとりがベジタリアンなの」きょうのシアンはどうも集中力に欠ける。同じ質問がこれで三度めだ。わたしはインゲンの緑色がきれいなマカロニ・アンド・チーズをチェックしてから、またシアンのほうに視線をもどした。すると、彼女の背後のカウンターに場違いな箱があるのが目にとまった。

「それは何？」わたしは指さした。

シアンはふりむき、わたしは箱のほうに歩いていった。

三十×三十センチ、深さ十センチくらいの鮮やかな赤色の箱には、ルネ・ウィングズ——バーベキューとチキン・ウィングの全国チェーン店——の見慣れたロゴがあり、楕円のシールは〝ガーリックとピーマン〟だ。

「前菜用かしら？」

いままでシアンが気づかなかったのを不思議に思いながら蓋《ふた》を開けると、テイクアウト容器いっぱいに、ソースをからめたチキン・ウィングが入っていた。予想外だったのは、赤箱の蓋の内側に、黄色いメモ用紙がテープで貼りつけられていたことだ。

「アビーとジョシュアへ……」シアンがメモを読んだ。

「誰が持ってきたのかしら？」

シアンは首をすくめた。「さあ」

そこへバッキーがもどってきた。洗ったばかりのフォーク類のトレイをふたつ抱えている。

「誰がこれを持ってきたのか知ってる？」わたしは彼に訊いた。

トレイをカウンターに置きながら、バッキーは箱をのぞきこんだ。

「いいや、知らない。でもおいしそうだな。味は？」

ガーリックとピーマンだと教えた。

「ふむ。いい選択だ」

わたしはメモをもう一度見た。「誰が置いたにしろ、ハイデン家の子どもに食べさせたかったのよね」

「鍛えあげられた推理力による結論が、それか？」と、バッキー。

わたしはちらっとにらんだだけで、聞き流した。バッキーの嫌味にはいつもうんざりするけど、アシスタント・シェフとして、彼の右に出る者はいない。そしてわたしたちのあいだには暗黙の了解があった——彼は皮肉をできるだけ抑える努力をし、わたしは彼の皮肉をできるだけ聞き流す努力をするのだ。たいていはこれでうまくいったし、バッキーはいいすぎたと感じたら（たまには）あやまるようにもなっていた。

わたしは指で箱を叩いた。「いいたかったのはね、これをここに置いたのが誰であれ、ホワイトハウスのルールをよく知らないってこと」

バッキーは眉をぴくっとあげた。「だから何？」

「出所が不明なうちは、ハイデン家の子どもたちに食べさせられないわ」

シアンは笑った。「どうしてだめなの？」

あら、どうしちゃったの、シアン？「規則は知ってるでしょ？　適正ルート以外のものを、ファースト・ファミリーに出してはいけないの」

「だけど、その人がここで働いているのは確実だわ。部外者はホワイトハウスをうろつけないもの」また首をすくめる。「ここの職員はみんなクリーンよ」

「そうね」わたしはつぶやいた。「何かおかしな真似をしないかぎりはね」信頼できるはずの人たちが、結局そうではなかったことが、これまで何度あったか。「シークレット・サービスに報告するわ。持ってきた人がわかるまで、とりあえず冷蔵庫に入れておきましょう」

シアンはにっこりした。「気をつけてね。入れっぱなしにしておくと、そのうち忽然《こつぜん》と消えるかもしれないから。一番人気の味で、わたしのお気に入りなの」

「あなただって食べちゃだめよ。ともかく経緯をはっせりさせなくちゃ。ずいぶん不自然だもの」

わたしは箱を持って冷蔵室に行った。そしてステンレス製の取っ手に手をのばしかけたとき、厨房の入口に人影を感じた。

「ごきげんよう、ミズ・パラス」

式事室の室長、ピーター・エヴェレット・サージェント三世だった。にこりともしないから、わたしもとくに笑顔はつくらず、「こんにちは、ピーター、何かご用ですか？」と応じた。

いつものことながら、彼の服装には一分の隙もない。見るからにオーダーメードのスーツ、それに合わせたネクタイ、胸ポケットからちらりとのぞくハンカチ——。彼は厨房の中に入ってくると、わたしが持っている箱を興味津々の目で見てから静かにいった。

「きょうから新政権による新たな日々が始まるな」

「ええ、たいていの人がそう思っているでしょうね」

「きみは思わないのか？」

もちろん思っているけど、サージェントと政治的な話をする気はなかった。ここの職員はみな大統領一家のために仕事をしているのであって、政治的意見はホワイトハウスの外に捨てている。パーカー・ハイデンが新大統領になってわたしはうれしいし、それに関して何事にも繊細な人とあれこれ語りあうつもりはない。

ああいえばこういう〝繊細な〟式事室の室長とは——。

「きょうはお祝いの日ですから」わたしはチキンを冷蔵庫にしまって仕事にもどりたかった。

「やることがたくさんあります。すみません、ご用件は何でしょうか？」

「店で買ったチキンを、なぜ、持っているのかね？」サージェントはわたしの質問を無視した。「その程度の料理もつくることができないのか？」

あなたとは関係ないでしょう、といいたいのをこらえる。

「わたしが買ったのではありません。じつのところ、誰がここに持ってきたのかもわからないんです。キュレーター室のテレビで就任式を見てもどってきたら、この箱があって……」

サージェントはわたしの言葉をつかみとるように、両手を上げてぱちっと合わせた。

「何だって？」何度もまばたきする。「きみへのプレゼントだとでも？」

「大統領の子どもたちのためみたいですよ。メモが入ってました。でも、誰が置いていったのかがわかるまでは冷蔵庫にしまっておきます」

「子どもたちへの贈り物だとはっきりしているんだろう？」

「はっきりしているのは、百パーセント安全だと確認できないうちは、誰にもお出しできないということです」

サージェントはばかにしたような顔で、鼻を鳴らした。

「安全に決まってるじゃないか。でなければ、ホワイトハウスに持ちこめるわけがない」

ホワイトハウスの夕食会で人が亡くなったことを、もう忘れたのだろうか？　すると彼は何か感じとったらしく、一歩下がって両手を上げた。

「まあいい、好きなようにしなさい。わたしがここに来たのは、大統領一家が新居に慣れるまで、しばらくはわたしが子どもたちをそばで見守る、というのを知らせるためだ」

どうしてあなたが？　という気持ちが顔に表われたのだろう、サージェントはこうつづけた。

「わたしの仕事は、ホワイトハウスがゲストをお迎えするとき、社会習慣的、宗教的に不都合なことはないか、繊細に気を配ることだ。そして新大統領が誕生したいま、わたしの仕事がひとつ増えた。ファースト・ファミリーには、新しい住まいに温かく迎えられていることを実感してもらわなくてはいけない」

それはわたしたち全員の仕事でしょう？　でも、そう指摘する代わりにこう訊いた。

「ピーターにお子さんはいらっしゃいます？」

彼はきょとんとした。「いないが、なぜだ？」

「わたしにもいませんので、経験から申し上げることではないのですが、子どもたちはいま、とてもとまどっていると思います」

彼は首を横に振った。「とまどっている？　ずいぶん後ろ向きな表現だな。ふたりはアメリカの王女と王子なんだよ。ほしいものは何でも手に入る。それ以上のものもね」

「家はもちろん、友だちとも離れてしまったんですよ。しかも今後は、プライバシーなどないに等しいんです。何もかも激変して、ほっとできるのは、知っている大人と一緒にいるときくらいのものだと思います」サージェントを子どもたちにまとわりつかせないようにしたい、と心から思う。「子どもたちのおばあさまも引っ越していらっしゃいます。ピーターに何か計画があるのなら、まずおばあさまに相談なさったほうがよいのでは？」

わたしの話に耳を傾ける気はないらしい。彼は両手の指先を、胸の前でとんとん合わせながらこんなことをいった。

「きみはラッキーだったよ、ミズ・パラス。その点はたしかだ。しかしハイデン家はキャンベル家とは違うぞ。キャンベル夫人をまるめこめたからといって、新しいファースト・レディも同じように手なずけられるとはかぎらない」口の端をゆがめてほほえみながら、背を向け歩きだす。「今度のファースト・ファミリーは、きみのばかげたふるまいに目を奪われることなく、わたしの真価を知るだろう。これからの数週間が待ちきれないよ」

まったく、いいたい放題ね。わたしの〝ばかげたふるまい〟がホワイトハウスを、その職員を救ったことだってあるのに、この式事室の室長は、どうしてもそれを認めたくないらしい。

彼はドアのところでふりかえった。「きみの悪ふざけも幕切れで、ようやくわたしの時代がやってきたよ」

なんともいいようがないと思った。彼には彼の夢を見てもらうしかない。

2

その日の夜、秘書官アシスタントのキャロルが〝がらくた集め競争〟の子どもたちを連れて厨房にやってきた。わたしもシアンもバッキーも手順はわかっていたから、十時になるまえには準備を完了。わたしが大統領の子どもたちとじかに話すのは、これが初めてだ。

厨房の外の廊下で、八人の子どもたちが――大統領のふたりの子がそれぞれ三人招待したらしい――笑い声をあげ、おしゃべりし、ヒントの書かれた紙を読んだり、誰が最初に見つけたかでいいあったりする。その声は、二年まえにキャンベル大統領夫人が主催した〝マザーズ・ランチョン〟のにぎやかな声より何倍も大きい。ただきょうはあの日と違い、シークレット・サービスが数人付き添っている。そこにガルデス護衛官もいて、わたしをヌーリー護衛官に紹介した。ヌーリーはわたしに会釈し、ふたりは厨房のなかをくまなく調べていった。それがすんでようやく、子どもたちは入ることを許された。

大統領の長女、十三歳のアビゲイルは黒髪を肩まで垂らし、手脚が長く、両親同様、長身でスリムだ。友だちにぴたりとくっつき、二秒ごとにくすくす笑って、とてもかわいらしい子だった。心の底から笑い、そのようすからだけでも、陽気な子だとわかる。

「こんばんは」わたしは挨拶し、スタッフを紹介した。アビゲイルは生真面目にわたしの手を握り、夕食のお礼をいった。

「マカロニ・アンド・チーズ、すごくおいしかったです」

「よかったわ。ありがとう」

弟のジョシュアは、友だち三人と押しあったりつつきあったり、厨房に来てからずっとそんな調子でじゃれあっていた。姉より頭ひとつぶん背が低いけど、少年らしいからだつきで、幼さはない。大きな目は茶色、ほっぺたには深いえくぼがあった。

「ねえ、アビー」少年は姉にいった。「早く手がかり探そうよ」

アシスタントのキャロルが咳払いをした。「ジョシュア……」

少年ははっと気づいたように、一歩前に進み出てわたしの手を握ると、夕食のお礼をいった。

「ごめんなさい。忘れてました」

「いいんですよ、お気になさらずに。みなさん、ホワイトハウスのキッチンへようこそ。食べたいものは何でもつくりますよ……お母さまの許可を得たあとでね」

「アイスクリームも？」ジョシュアの友だちがいった。

「ええ、アイスクリームも。だけどデザートは、ペイストリー・シェフのマルセルがつくるの。どんな味が好き？」

その子を押しのけてジョシュアがいった。「クラブ・ケーキはつくれる？」

わたしはちょっと面食らった。「つくれるわよ、すっごくおいしいのをね」

もっと話そうとしたら、ジョシュアの友だちが彼を引っぱった。アビゲイルがすでに手がかりを探しはじめているのだ。わたしたち厨房スタッフは、子どもがよほど切羽詰まらないかぎり、ヒントを出さない。このゲームの目的は速さを競うことではなく、広大な〝わが家〟のいろんな場所になじんでもらうことなのだ。

「お姉ちゃんに負けちゃうよ」友だちのそのひと言で、ジョシュアはアイスクリームもクラブ・ケーキも忘れてゲームにもどった。ホワイトハウスに危険なものはないはずだけど、ヌーリー護衛官とガルデス護衛官は鋭い視線で子どもたちを追っている。両手を腰に当てて立つヌーリーはガルデスと同じくらいの身長で、同じようにハンサム。穏やかな話し方は、瞳の色を黒くしたマット・デイモンといったところだ。最近の護衛官は、ほんとにすてきな人が多い。

シアンも彼の魅力に気づいたらしい。

「ご自由に召し上がってくださいね」シアンは用意しておいたフルーツやチーズを指さした。「何か飲みものでも？」

「いえ、けっこうです」ヌーリーがほんの一瞬、視線を子どもたちからシアンに移してほほえみ、シアンの顔が真っ赤になった。昼間のガルデスへの接し方といい、彼女が新たな人間関係を求めているのは間違いない。

厨房は問題なしと確認できたらしく、ヌーリーとガルデスは外に出て、廊下で待機した。

ジョシュアたちに比べ、アビゲイルたちは秩序だって探している。紙に答えを書きつけ、それを互いに見比べながら小声で相談するのだ。かたやジョシュアたちは、キャビネットからキャビネットへと走りまわり、扉を片っ端から開けては閉めるをくり返すだけで、手がかりを少なくともふたつ見逃していた。

ジョシュアが冷蔵室へ向かい、曲がり角で姿が見えなくなった。そこに手がかりはないから——子どもを立ち入らせたくなかったのだ——それを教えようと、わたしは少年を追った。そして角を曲がったちょうどそのとき、ジョシュアの歓声が聞こえた。

「わあ！」

ジョシュアはつま先立ちになり、冷蔵庫の棚からチキン・ウィングの入った赤箱を引っぱり出した。あと十五センチ奥にあったら、たぶんジョシュアには見えなかっただろう。

「やったね！」

わたしはあわてて箱を取り上げようとした。

「ごめんなさいね、これはあなたのものじゃないの」

時すでに遅く、ジョシュアは箱の蓋を開けていた。

「そんなことないよ、だって、ほら、ぼくたちにって書いてあるもん！」うれしそうに叫ぶ。

「アビー、こっちに来て！　いいもの見つけたよ！」ジョシュアはわたしを見上げた。「ぼくとお姉ちゃん、これがいちばん好きなんだ。そこだけ、ぼくたち気が合うの。すっごいよね！　ありがとう！」

だ。ジョシュアはこのチキン・ウィングが、ゲームの一部としてここにあったと信じているのだ。もちろん。

「ごめんなさいね。そうじゃないのよ」わたしは箱の蓋を閉めようとした。早くも子どもたちがわたしを取り囲み、その後ろにシアンがいる。彼女はわたしが何をいうのかわかっているから、目つきが険しかった。わたしはごくっとつばを飲みこんだ。

「これはね、あなたたちのものじゃないの。メモに何て書いてあるかは知っているわよ。でもね、ホワイトハウスには規則があるの」

口にしたとたん、反省した。もっとほかにいいようがあったかも——。

アビゲイルがそばに来て、もじもじした。わたしもこの年頃のとき、いわれたことに納得がいかないとこんな感じだったのを思い出す。

「でもそこに、わたしたちの名前が書いてあります」アビゲイルは丁寧な言い方で、箱を指さした。

「ええ、そうね」わたしはため息をついた。シアンは自分は関係ないと手を振り、バッキーはうすら笑いを浮かべている。この難局をわたしがどう切り抜けるのか、お手並み拝見といったところだろう。わたしは箱の蓋をきっちり閉め、胸の前に抱きかかえた。まるでわたしも子どもにもどり、この箱は誰にも渡さないからね、とでもいっているような……。ジョシュアはぶすっとし、うらめしげな目でわたしを見ている。

「そうだ、キャロルなら、きっとわかってくれるわ」どうか、そうでありますように。「ホワイトハウスではね、誰が持ってきたのかわからないものは、食べてはいけないことになってるの」

ところがキャロルは、子どもたちと同じように首をかしげているだけだ。

そのとき、よりにもよってこのタイミングで、ピーター・エヴェレット・サージェント三世が現われた。彼が咳払いをし、みんなそちらをふりむく。

「こんばんは、みなさん。がらくた集めが順調かどうかを見にきましたが、何かあったのでしょうか？」わたしが持っている箱を指さす。「ミズ・パラス、それの出所はわかったのかね？」

「いいえ、まだです。いまちょうど、みんなに説明していたところなんですけど」

子どもたちはぶつぶついい、サージェントが近づくと、さささっとあとずさった。

「きみたち、がっかりしただろう？」返事を待たずにサージェントはつづけた。「きょうのお昼に、いまとまったく同じ会話をこのエグゼクティブ・シェフとしたんだがね」

「そしてそのとき、お話ししたかと思います。出所が不明なものは、ファースト・ファミリーのどなたにもお出しできません」わたしは納得していない顔つきのアビゲイルをふりむいた。「あのね、誰がこのチキンをここに置いていったのかがわかったら、すぐみんなに食べてもらいますから。ね？」ジョシュアの顔を見ると、唇をぴくぴく震わせていた。「チキンの謎ときをしなきゃいけないの。誰がこれをお店で買ったのか、誰がここに持ってきたのか。あなたたちのなかに知っている人がいたら、教えてくれる？　すぐその人とお話しするわ。

そして謎が解けたら、みんなに食べてもらえるから」

「録画テープか何かで見ればいいんじゃないの？」と、アビゲイル。

なんて賢い子なの。「シークレット・サービスにはね、もう話してあるの。だからいろいろ調べてくれているわ。それくらい重要なことなのよ」

ジョシュアは目を潤ませ、ぷいとそっぽを向いた。アビゲイルの友だちがささやく――

「ただのチキンなのにね。もとのお家のシェフだったら、取り上げたりしないわ」

傷口に塩を塗るチャンスを逃さないサージェントが、両手を上げていった。

「すまないね、みんな。でもここはミズ・パラスの台所で、彼女独特の規則があるんだよ」

「いいえ」わたしはきっぱりといった。「ここだけに限らない規則です」

「近くのルネ・ウィングズで、同じものを買ってきたらどうだ？　ホワイトハウスではなく一般用であれば、当然、安全な食品だろう？」

「そうですね」ジョシュアの目が輝いたのを見て、わたしは胸が痛んだ。また、がっかりさせることになる。「でも、この時間ではどこも閉まっているでしょう。もう十時を過ぎていますから」

サージェントは芝居がかった仕草で腕時計を見た。「そのようだね」

ジョシュアはもう涙目ではなく、むしろ腹を立てていて、こういう会話にもうんざりしてきたらしい。

「ぼくはこのチキンを食べたい。お姉ちゃんもだよ」肩ごしに姉を見る。「ね？」

アビゲイルは首をすくめた。「あきらめなさい、ジョシュア。あとでお母さんに話せばいいから」

サージェントがいわなくてもいいことをいった。

「ほんとうに申し訳ない。ミズ・パラスは気が強くてね。怒らせるとたいへんなんだ」

「そういう問題じゃないでしょう」わたしはごくごく小さな声でつぶやいた。

キャロルは切り上げることにしたようだ。

「さあ、もうここはいいでしょう。つぎはマップ・ルームですよ」

彼女はまっすぐわたしの目を見た。そこには期待していたような親しみや理解はなく、むしろ非難の色がある。

子どもたちは静かにぞろぞろと出ていき、サージェントがそのあとにつづいた。

バッキーがわたしの肩を叩いていった――「お疲れさんでした、ボス」

3

それから二時間、わたしは子どもたちの初訪問の場面をくりかえし頭のなかで再生した。そしてケーキならいくらでもあげたけど、あのチキン・ウィングだけはだめ、と再確認する。また同じ状況になったら、同じように拒否するだろう。あれを見つけたとき、思い切って捨ててしまえばよかったと思う。だけど、置いていった人が誰なのか、それさえはっきりすれば問題ないと考えた。わたしだって、おいしいプレゼントを子どもたちに食べさせたかったのだから……。

わたしの対応は結果的に失敗し、自分を窮地に追いこんだかもしれない。子どもたちがわたしを嫌えば——少なくとも喜んではいない——それを知った母親はどう思うだろうか。ファースト・レディに気に入られないエグゼクティブ・シェフに明日がないのははっきりしている。

シアンとふたりで明日の食事の下ごしらえをした。バッキーは一足先に帰宅し、きれいに片づいた厨房は静かだ。総務部長のポール・ヴァスケスによると、大統領夫妻の帰りは遅くなるらしい。お腹をすかせているかもしれないので、給仕人は上階に軽食を運んでいた。だからシアンとわたしが帰っても問題ない。最後に中央のカウンターを消毒剤で拭いてから、あと五時間もしないうちにまたここに来るのだ、とふと思う。就任式が頻繁にないことがありがたい。

厨房を出るまえに、例のチキン・ウィングを取りに冷蔵室に行った。ひと騒動のあと、ロゴ入りの箱を無地の袋に入れ、いちばん奥にしまっていたのだ。これなら中身がわからないし、いざとなれば捨てることができる。この時点で贈り主が不明なら、そうするしかないだろう。

冷蔵庫の扉を開け、手をのばす——。箱がない。誰かが場所を移したのかもしれないと、上の棚から下の棚までくまなく調べた。どこにも見当たらない。

隣の冷蔵庫も調べる。つぎに、その隣。でも、こんなことをしても無駄だとわかっていた。わたしはたしかに、最初のあの冷蔵庫に入れたのだ。バッキーかシアンが移す理由もないし、まさか捨てたりもしないだろうし……。厨房以外の職員も冷蔵室には来るけど、わたしたちにひと言の断わりもなく、私物でないものを持ち出すなんて考えられない。

いったい、どこにいっちゃったの？

「ねえ、シアン、あのチキン・ウィングが見当たらないんだけど」

返事がない。何かがおかしい……。

「シアン？」

彼女はくすっと笑ったけど、面白いことはひとつもないはず。

「あなたがチキン・ウィングをどうかしたの？」

「そんなに心配しないで、オリー。問題ないから」

それどころか、心配でたまらないわ。

シアンは一気にしゃべりはじめた。「ファースト・ファミリーに怪しいものを出してはいけない、というのはよくわかってるわ。だけどチキンはずいぶんたくさんあったじゃない？あの箱のサイズなら、五十ドルはすると思うの。それを捨てちゃうなんて、すごくもったいない気がしたのよ」

「食べたの？」

彼女はまたくすっと笑った。ただし、いささか緊張ぎみに。

「わたしは食べないわ。でも、時間がたっても持ってきた人はわからないし、きっと突き止められないと思ったから、さっき、洗濯部門に持っていったの。あそこは就任式でいつもの何倍も忙しくて、何人も残業しているでしょう。夜食があってもいいんじゃないかと思って」

「何ですって？」わたしは洗濯室に行こうと駆けだした。食べるのを止められるかも——。

でもシアンに腕をつかまれた。

「オリー、もう空っぽよ」

「え？　洗濯室には誰もいないということ？」

「チキン・ウィングの箱は空っぽ、ということ。リサとスージーンが、仕事仲間のほかに給仕の人にも配ったみたい。わたしもひとつ食べようかと思って、もう一度行ってみたんだけど、ものの十分でなくなったらしいわ」

「シアン……」なんとかぎりぎり自制心を保つ。「あなたは、してはいけないことをしたのよ」彼女に腹を立てることなんて、めったにない。いや、たぶん一度もないだろう。だけど、まさかこれほど軽率だったとは。「自分が何をしたか、わかってる?」

シアンはわたしの腕に手をのせた。「オリー、あなただって、あのチキン・ウィングは問題ないってわかってるでしょ? お店で買ったものなのよ。手作りのクッキーやマフィンなら、あなたのいうこともわかるけど……」首をすくめる。「やっぱり子どもたちに食べさせるべきだったと思うわ。オリーは想像力がたくましすぎるのよ。それにわたしは、食べものを無駄にしたくないの。残念ながら、自分ではひと口も食べられなかったけど」

「わたしも残念だわ、この件を報告書に書かなきゃいけないのが」

「え?」

「あなたは直接指令に従わなかったんだから」

「直接指令? オリー、ここは厨房よ、軍隊じゃなく。あなたはいつもいってるじゃない、いわれたことを何も考えずにやるだけじゃだめだって。スタッフは自分の頭で考えて仕事をする強い人間であるべきだって。だからわたしはよく考えて、今回はあなたが間違ってると思ったの」

わたしは間違っていないし、彼女の理屈も穴だらけだ。たしかにわたしはスタッフに、自分の頭で、自分の責任で判断してほしいと思っている。だけどシアンだって、安全性の問題に関し、わたしがどういう立場にあるかはわかっているはず。それに少なくとも、この厨房における最終決定権はわたしにある。

「たしかにね、わたしはつまらないことで大騒ぎしているのかもしれない。あなたが正しくて、わたしが間違っているのかもしれない。むしろそうあってほしいと、わたし自身、心から願っているわ。だけどね、これは安全管理の義務違反なの。報告しないわけにはいかないのよ」

「あのチキンに何か問題があると信じてるわけ？」

「そういうことじゃないの」

「でもそこを訊きたいわ。あのチキンは問題ありだって、オリーは信じているのね？」

「チキンの問題ではなく、考え方の問題よ」

シアンは両手を上げた。「だったら、どうしてわたしのことを報告しなきゃいけないの？ 洗濯室のスタッフにむりやり食べさせたわけじゃないわ。日頃のお礼に何かしたいと思っただけよ。それはわかってくれるでしょ？」

うなずくわけにはいかなかった。「安全管理の規則はね……」

「はい、わかってます。こまかいことをいわなくてもいいわ。ごめんなさい。あやまります。洗濯室のスタッフにチキンを渡して申し訳ありませんでした」

「シアン……」

「それでも報告しなきゃいけないのね？」

返事はしなかった。でも表情から、シアンは答えを察しただろう。

彼女の目つきが険しくなり、唇が引き結ばれた。

「わかったわ」いかにも口先だけでそういうと、シアンは椅子の背に掛けていたコートをつかんだ。そして何かいいかけたけど、気が変わったらしい。「じゃあ、お先に」シアンはそれだけいうと、一度もふりかえることなく厨房を出ていった。

ワシントンDCに越してきて以来、友人をつくる時間などほとんどなく、わたしにとってシアンはいちばん身近な人だといっていい。できればあんなことは、いいたくなかった。でも彼女も、ホワイトハウスで料理を食べる人たちにとって、わたしたちが最後の防衛線であることはわかっているはずだ。ほんの少しのミスも許されない。シアンがしたことは、あきらかに間違っていた。

だったらどうして、わたしはこんなに惨めな気持ちになるの？

コンピュータでデータ更新しながら、最終的にはすべてうまくいく、と自分にいいきかせた。目を上げて時計を見ると、地下鉄の終電時刻はとっくに過ぎている。わたしは電話でタクシーを呼んだ。一分でも早くアパートに帰りたい。そして眠って、目を覚まして、早く新しい一日を始められますように。

4

新大統領との初日の朝は、まるでドッカーン！ という大音響とともに幕を開けたように感じられた。もちろんホワイトハウスで、ほんとうにそんな音がしては困るのだけど。

大統領一家は、朝食を二階のファミリー・ダイニング・ルームで食べることになった。この部屋はもともと寝室で、一八六〇年にイギリス皇太子が宿泊したことから、一時は〝プリンス・オブ・ウェールズ・ルーム〟と呼ばれたこともある。そしてその後改装され、明るい広々とした部屋になり、家族団欒《だんらん》で食事をする場となった。ハイデン家が大切な思い出を刻む場所としては、うってつけの選択だろう。子どもたちが新しい学校に通うまであと一日あり、ハイデン夫人は新しい住まいで家族そろって過ごせる初日を満喫できるよう、食事についても事細かに指示してきた。

食べるのが好きな人たちの食事ほど、準備するのが楽しくてわくわくする。なんといっても、料理人の腕の見せどころなのだから。そしてきょうの朝食は、ヴァージニア・ハムとホウレンソウのオムレツ、シンプルなスクランブル・エッグ、ヘンリーの創作で人気を博したハッシュ・ブラウン、パンケーキ、ベーコン、スコーン、新鮮なフルーツ、そしてシナモン・トーストだ。これならきっと、忘れられない朝食になるだろう。

そしてわたしにとっても、忘れられない日になるはずだ。

シアンとバッキーと三人で、朝七時きっかりに(ハイデン夫人からリクエストされた時間だ)準備はすべて整えて、ダイニング・ルームの隣のキッチンで待機した。淹れたてコーヒーの香りや、いまも油がはねるベーコン、そして焼きたてのパンに囲まれて、わたしのお腹が小さく鳴った。

七時五分。ハイデン夫人がダイニング・ルームに入ってきた。だけど彼女ひとりきりだ。給仕人たちはとまどったけど、夫人によれば子どもたちはまだ眠っていて、大統領はエリプスをジョギング中らしい。大統領は、コーヒーとトーストを西棟《ウエスト・ウイング》まで運んでほしいとのことで、バッキーはただちに準備にとりかかった。

ハイデン夫人が執事に話しているのが聞こえてきた——「よけいな手間をかけることになって、厨房の方たちに申し訳ないと伝えてちょうだい」

ほんの少し、心がざわついた。前ファースト・レディのキャンベル夫人は、わたしたちに直接、声をかけてくれていた。ハイデン夫人がこちらをふりむいてくれないかぎり、わたしにはどうすることもできないから、正直、さびしい思いがする。シアンとバッキーの表情から、ふたりも同じ思いでいるのがわかった。三人で最後の盛りつけをして、下の厨房にもどる準備にとりかかる。

「お母さん!」パジャマ姿のジョシュアが入ってきた。髪はぼさぼさで、片方のほっぺたが赤いから、いま起きたばかりなのがわかる。ダイニング・ルームを見まわし、せつない声で「お腹がすいた」といった。

ギア・チェンジには慣れているから、わたしたちは片づけの手を止めて、ジョシュアの大好物を集めていった。ハムを少し混ぜたスクランブル・エッグ、金色に輝くパンケーキ、ミルク、カットしたバナナ、そして新鮮なイチゴだ。

それをお皿にのせ、給仕のセオに渡した。ジョシュアは飛行機を真似てぶんぶんいいながら壁ぎわを走りまわっている。すると、セオがダイニングに入ろうとしたちょうどそのとき、ジョシュアが部屋の角を曲がって突進してきた。

「危ない！」わたしは叫んだ。

でも間に合わなかった。セオの手のトレイがひっくりかえり、パンケーキは飛び、お皿は床で砕け散る。割れずに生き残った小皿は、コインのようにくるくる回転した。ジョシュアの頭にミルクが降りかかり、少年はわあっと泣き出すと、ミルクをしたたらせながら母親のもとへ駆け寄った。わたしはタオルをつかんで走り、ファースト・レディに渡す。

「ほら、ほら、ジョシュア。ただのミルクでしょ。シャワーを浴びなきゃね」

シアンとわたしが床からお皿の破片を、ラグマットからスクランブル・エッグを拾っていると、給仕人がふたり駆けこんできた。

わたしはキッチンにもどることにして、途中、コップの破片が絨緞《じゅうたん》の縁にあるのに気づき、それを拾おうと身をかがめた。と、木床にこぼれたバターに右足を取られてすべり、口からレディらしからぬ悲鳴があがった。

床に両手をつき、膝をしたたかに打つ。それでもガラス片に右手をつかなかっただけラッキーだった。あと数ミリずれていれば、深傷を負って右手が使えなくなる。

ファースト・レディはすぐに立ち上がった。「大丈夫?」

顔から火が出る思いで、「はい、大丈夫です、申し訳ありません」とあやまる。なんともじつにみっともない。そして足もとに注意しながら、ガラスの破片をつまみ、冗談めかしていった。「この程度のガラスなら、わたしの皮膚には刺さりもしませんから」

でも、ファースト・レディはとっくにジョシュアのほうを向いていて、なだめながらサイドチェアにすわらせようとしていた。給仕人が大急ぎで、ジョシュアのために代わりのミルクとしぼりたてのオレンジ・ジュースを運んでくる。

「ほら、お飲みなさい」ハイデン夫人は息子にいった。「元気になるから」

わたしはキッチンにもどった。顔が熱くてたまらない。バッキーとシアンはわたしを見ないようにしていた。

「たいしたことないわよ」自分でも説得力がないと思う。「これでファースト・レディもわたしの顔を忘れないわ。でしょ?」

ふたりは義理で笑った。

その場におちつきがもどって、わたしは給仕のセオにいった——とりあえずは厨房にもどるけど、アビゲイルの目が覚めて食べたいものがあるようだったら、いつでもすぐ用意するわ。

「このことが――」と、シアン。「今後の予言でないことを祈るわ」

「むしろ、いい予言じゃない？」わたしは無理に笑顔をつくった。「悪いことを全部、初日に体験したようなものでしょ？　あとはどんな難問でも朝飯前だわ」

「朝飯前か」バッキーはにやにやした。割れたお皿の裏にくっついたパンケーキをこすりとる。「たしかこれが朝飯だったよな？」

サージェントが厨房で待ちかまえていた。

「ファースト・レディは、きみがプレゼントのチキン・ウィングを子どもたちに渡さなかったことを、快く思っていない」

「彼女が買ったんですか？」血の気が引いた。「ファースト・レディが、あのチキンをデリバリーさせた？」わたしはとんでもない大失態をやらかした。あせって思わず早口になる。「どうして誰も教えてくれなかったの？　知っていたら当然、ふたりに食べさせましたよ」

ファースト・レディがわたしに腹を立てているようすが頭に浮かび、息が苦しくなった。さっき、わたしに対する態度が冷ややかだったのもうなずける。

すると、サージェントは首を横に振った。「いや、いや」わたしに近づいてきながら、おちついた声でいう。「購入者は、まだわかっていない。だが、そんなことはどうでもいい。きみは自らの信念に従った。そしていま、その結果に対処しなければならない。ファースト・レディは、チキンの件はきみの判断だったということをご存じだ」

「それはあなたが教えたからでしょう?」

サージェントはとぼけた。「何か訊かれたら、ましてや大統領のご家族から質問されたら、わたしは最善を尽くし、知りうるかぎりの真実を答えるよう努めている。たとえきみがそれを気に入らなくてもね」

「わたしが気に入らないのは――」

そこへ、キュレーターのジョン・ウィーヴァーが駆けこんできた。額に汗を浮かべ、あわてまくっている。

「ライマン・ホール病院が襲撃されたよ!」キュレーター室のほうを指さす。「たったいまテレビで見たんだ。いまも襲撃中だ。恐ろしい……ほんとに恐ろしい」

「襲撃というのは、どういう?」サージェントが訊いた。

ウィーヴァーは両手を広げた。

「三人が撃たれたようで、いまはそれしかわかりません」

バッキー、シアン、わたしは小走りでキュレーター室へ向かい、その後ろにサージェントがつづく。シークレット・サービスが三人、小さなテレビ画面のニュースに見入っていた。アナウンサーは背後の悲鳴や怒号に負けないよう懸命にしゃべっているけど、何をいっているのかほとんど聞こえない。わたしはもっとよく見ようと、ポスト護衛官とヌーリー護衛官の間を通って前に進んだ。病院の周囲は騒然とし、カメラは全体をとらえようとするあまり、視点がめまぐるしく変わる。アナウンサーの声がなんとか聞こえた――「ホワイトハウスの職員五人……人質に……」

「え？　人質って？　誰が？」わたしは後ろの護衛官たちをふりかえった。でも、彼らは大統領護衛部隊《PPD》だからこのホワイトハウスにいるのであって、病院の襲撃事件についてはたいして知らないだろう。三人めの護衛官ガルデスがわたしたちから少し離れて、小さなイヤホンマイクに聞き入り、ヌーリーが彼のそばに行った。

ボストは彼らと目配せしてから、視線をテレビにもどす。

「わたしたちもみなさんと同じように驚いています」ボストは誰にともなくいった。「これが事件の第一報なので」

ヌーリーが何か合図し、彼はうなずいた。「事態が正確に把握されるまで、ホワイトハウスは公式に閉鎖されます」

「人質については何かわかったの？」わたしが訊くと、ボストはほかのふたりのもとへ行きながら、顔だけこちらに向け、「わかりません」といった。三人は身を寄せてイヤホンマイクに聞き入り、命令があればすぐにでも飛び出していきそうだ。その険しい顔つきに、わたしは背筋が寒くなった。ライマン・ホール病院はホワイトハウスから五キロと離れていない。病院への脅威は、わたしたちへの脅威でもある。

それに、テレビでアナウンサーがいっていた〝ホワイトハウスの職員五人〟というのは？

わたしが近づいていくと、ボストがいった。

「大統領一家にはここの上階で護衛がつき、大統領にはべつの場所へ移動してもらっています。ホワイトハウスは安全です。現在、このフロアにいる職員は、指示がないかぎり、移動しないように。職務中であれば、それぞれの部署にもどってください」彼は厨房を指さした。「最新情報はそちらに連絡します」

こうしてテレビ視聴はとりやめとなり、わたしたちはドアに向かった。するとジョンの電話が鳴って、彼はすぐ応答した。

わたしたちの最後尾にくっついていたサージェントは、ドア口に立ったままだ。あそこまで肩を引いて胸を張りつづけていたら、背中が痛くならないかしら?

「わたしの執務室は、この棟にはない」サージェントがボストにいった。「その場合、ここに留まらないといけないのかね?」

ボストはうなずいた。「はい。ここか、でなければ厨房に。どちらでもかまいません」

「もちろん、ここにする」

サージェントから解放されてほっとしたのも束の間、ジョンが片手を上げて「オリヴィア」と呼んだ。「ポールがこちらに向かっている。きみに話があるそうだ。これから厨房に帰ると伝えておいたよ」

サージェントの目がぱっと輝いた。

「それはいい。わたしもポールと話さなくてはならない」ボストをふりむき、西の方角を指さす。「ここではなく厨房にするよ」

また四人で厨房へ向かいながら、病院でいったい何が起きているのか、目的は何なのだろうと話し合った。

「まだこんな時間よ」シアンが腕時計を見ていった。「どうして昼間に病院を襲ったのかしら？　ちょっとおかしくない？」

「じきわかるでしょう」と、わたし。

バッキーは黙りこくり、ずっと考えこんだような顔つきだ。

「どうかしたの、バッキー？」

彼は頭を振り、無言で厨房に入ると、さらにその先の部屋へ入っていった。

「じつに気むずかしい男だな」サージェントがいった。「雇いつづけている者の気が知れないよ」

わたしは白けた目でサージェントを見たけど、彼は気づかない。

「そこにおすわりください」コンピュータ前のスツールを指さして、わたしはいった。「コンピュータには電源が入っている。「ポールを待つあいだ、よかったら最新ニュースでもチェックしてください。こちらはランチの準備をします。アナウンサーがホワイトハウス職員に関して何をリポートしていたのかが気になりますよね。とても重要そうだったから」

「ホワイトハウスに関しては、あらゆることが重要だ」サージェントはこれでやりこめたつもりだろう、余裕の表情でスツールにすわった。もぞもぞと動いて腰の位置を整えてからマウスに手をのせ、画面に見入る。わたしは自分の仕事にとりかかることにした。

だけどランチの献立表をながめても、なかなか集中できず、気がつけば同じ行を読んでいた。病院で何が起こっているか、それがホワイトハウスとどうかかわっているのかが気になって仕方ない。

自分を叱り、もう一度献立を読みなおしはじめたところで、総務部長のポール・ヴァスケスが姿を見せた。

「おはよう、みなさん」彼の声に、サージェントがびくっとした。「ニュースは聞いたかね？」

「はい」わたしが答える。「でも、詳しいことまでは知りません」

バッキーが隣室から出てきた。サージェントはスツールから腰を上げ、わたしの横まで来るとポールにいった。

「そちらの用件がすんだら、わたしも少し話し合いたいことがある」

「わかりました」ポールは答えてから、わたしたちに顔をもどした。「まず、新たな指示が入るまで、朝の定例ミーティングは中止とする。ただし、病院で何が起きているのか、その現状をわたしは理解していない。同じく、ホワイトハウスとの関係もね。しかし、ホワイトハウスが重大な脅威にさらされているのは間違いない」

厨房内は静まりかえり、ポールはつづけた。「洗濯室の女性職員三名、給仕人二名が、今朝早く、ライマン・ホール病院に運ばれた。体調がすぐれずに帰宅した職員も二名いる」

洗濯室の職員？　給仕人？

わたしはシアンをちらっと見た。彼女はその場に凍りついたようになっている。

「入院した五名は」と、ポール。「激しい胃痛と吐き気を訴えた。さらにほかの症状が見られた者もいる」わたしたち一人ひとりと目を合わせていく。「昨夜遅く、洗濯室に給仕人が何人かいたことはわかっている。そこで現在、洗濯室を消毒し、一度に多くの職員が体調をくずした原因の究明に努めている」

シアンが膝をがくりと折って床にすわりこんだ。両手で頭を抱える。

ポールは彼女に目をやり、それからわたしの顔を見た。

「ポール――」わたしは彼にいった。「お話があります」

5

ただちにポールはシークレット・サービスに通報し、洗濯室にチキン・ウィングの残りとその箱がないか調べるよう伝えた。事の重大さに打ちのめされ、シアンは床で頭を抱えたまま、ときおり小さなうめき声を漏らしている。バッキーはその隣にしゃがみ、彼女の肩に手を添えてやさしく話しかけていた。

原因があのチキンかどうかはまだ断定できないけど、状況証拠は増える一方だ。昨夜、チキンを持っていったとき、シアンは洗濯室にいた給仕人が誰だったかをはっきり覚えていた。そして彼らが、原因不明の体調不良に襲われたのだ。

サージェントが不可解な笑みを浮かべ、わたしにうなずきかけた。それはどういう意味？よくわからなかったけど、べつにどうでもいい。いまはともかく、自分に何ができるかを考えなくては。

「もしよければ――」わたしはサージェントにいった。「ポールとの〝話し合い〟は、あとまわしにしていただけないでしょうか」

サージェントは一瞬目を丸くしたけど、もう一度うなずき、「何かあったら、わたしはキュレーター室にいる」といって、厨房から出ていった。

ポールはわたしたちを質問攻めにした。そしてシークレット・サービスの一群が到着し、バッキー、シアン、わたしの三人は別べつに事情を聞かれることになった。ボスト護衛官ともうひとりがバッキーを巨大ミキサーのほうへ連れていき、ガルデス護衛官とヌーリー護衛官がシアンを冷蔵室のほうへ連れていく。そしてエグゼクティブ・シェフのわたしは、ありがたいことにトムの担当だ。

「オリー、どうしていつも……」彼は声を抑えていった。「きみなんだ?」

わたしは特別捜査官のレナード・ギャヴィンを思い出した。トムよりも階級が上で、初めて会ったときは衝突ばかりしていたけど、そのうち心を開いて話せるようになった。彼は一度、〝どうしていつもわたし〟なのかを説明してくれたことがあり、知り合って一週間くらいでも、わたしのことをわかってくれたような気がする。当時のボーイフレンドだったトムよりも。

こんなに近くにトムがいて、懐かしい熱い思いがよみがえってもよさそうなものだった。でもいまは、彼の最初のひと言が、わたしをきわめて冷静にした。

「どうしてといわれても、答えようがないわ。それに経緯を知ったら、わたしは何もしていないこと、それどころか、こんなことにならないように努めたのがわかると思うわ」

彼は何かいおうと(たぶん反論だろう)口を開いた。でもそこへ、ポールがやってきた。

「ふたりとも、大丈夫かい?」ポールはわたしとトムが熱愛中のころを知る数少ないスタッフのひとりだった。変わる人もいれば、変わらない人もいる。その違いが、わたしとトムの間に溝をつくった。

「きのう何があったか」と、わたしはいった。「ポールから説明してもらったほうがいいかもしれません」

彼はうなずき、トムに話しはじめた。届いたチキンには大統領の子どもたち宛のメッセージがついていた、という段になって、トムの顔がこわばった。

「もしチキンが有毒だったことが判明したら」と、ポール。「深刻な状況になるだろう」

「きのう、あなたの事務室に電話をしたのよ」わたしはトムにいった。「そしてデリバリーについて、防犯カメラの映像をチェックしてほしいという伝言を残したの。聞かなかった?」

「伝言は聞いて部下にチェックさせたが、該当するものは見当たらず、今朝、それをきみに伝えるつもりだった」

わたしは訊かずにはいられなかった。「どうしてゆうべ、連絡してくれなかったの?」

目と目が合った。でも彼の目に怒りはない。「ホワイトハウスに持ちこまれたもののなかに、きみのいう箱に少しでも似たものがないか、時間をかけてすべてチェックした。徹底的にね。だから責任をもって断言できる、あの箱はきのう持ちこまれたものではない。ただし……」唇がゆがんだ。「ハイデン家の私物に隠されていたとすれば、話は別だ」

トムはいきなりドアへ向かって走りかけ、ふりかえってわたしにいった。

「そういうことなのかもしれない。また連絡する」彼は厨房から飛び出していった。

バッキー担当の護衛官はメモをとりながら話を聞き、うなずいている。バッキーは身振り手振りをまじえて話し、それは彼がいらついている証拠だった。ガルデスとヌーリーはこちらに広い背中を向け、大柄なふたりの間から、小さなシアンの顔が見えた。泣いて真っ赤になった目が、明るいブルーのコンタクトと対照的で、とても痛々しい。いつも明るく、めったに感情的にならないシアンが、いまは冷静さを失っている。口もとは震え、言葉は聞こえなかったけど、大きく頭を振ったとき、唇の動きから「まさか、そんな……」といっているように見えた。

ポールもシアンのようすを見つめ、わたしが「どうすればいいでしょう?」と尋ねると、ふうっと大きく息を吐いた。

「シアンの職務規程違反は深刻だ。はたして切り抜けられるかどうか……」わたしをふりむく。「切り抜けられるような違反かどうかも、わたしにはわからないよ」

「そうですね」うなずきたくはないけど、ポールのいうとおりだった。

「すぐに緊急ミーティングを開く。ごく一部のスタッフだけでね。ランチの準備はバッキーに任せ、シアンはきょうのところは帰宅させなさい」

わたしはもう一度、シアンに目をやった。涙が彼女の頬を伝い、一分まえよりもっと小さくなったみたいだ。

「家に帰してもよいでしょうか。いまの状態では、とても心配です」

ポールの表情は厳しい。でも情のある人だし、シアンには支えが必要だ。

「ではとりあえず、食材や料理関係はきみとバッキーだけで管理するように。シアンが信頼できるスタッフだということはわかっているが、厳密な手順を踏まなければならない。彼女にはキャビネットの整理や……」部屋のなかを見まわす。「あのあたりの掃除をしてもらいなさい」そういって、コンピュータ・デスクを指さした。あそこが散らかっているのはわたしのせいで、ほかの人に片づけさせるのは心苦しいけど、ポールのいいたいことはわかる。

「はい、そうします」

「それから、オリー……」

「はい？」

「念を押すまでもないだろうが、この件は口外無用だ。ハイデン家はキャンベル家とは違う。きみは重要なスタッフだ。有能で、創造力あふれるシェフだ。しかしだからといって、新しいファースト・ファミリーに通用するとはかぎらない。同じことはわたしにもいえる。彼らとわたしたちは、お互いをまったく知らないといっていいからね。きみがむずかしい立場に置かれたとき、わたしには何もできないかもしれない」

その言葉に、きょうの朝食のことを思い出した。もうどんなミスも許されない。

「わかりました」

ポールの忠告を胸に、わたしはバッキーのところへ行った。護衛官の事情聴取がちょうど終わったところだ。わたしは彼に顔を寄せ、ささやいた。

「ポールがすぐにミーティングを開くの。ランチはあなたひとりで準備してちょうだい」

うれしいことに、彼は眉ひとつ動かさなかった。

「了解。で、シアンはどうする？　今回の件に関係があるんだろう？」

わたしはうなずいた。「ポールの配慮で、彼女には雑用をしてもらうことになったわ。お皿を洗ったり、棚を整理したり。だけど、食べものに触れてはいけないの」

バッキーは大きなため息をついた。頑固な人だけど、シアンのことは大切な同僚だと思っている。「クビになるよりましかな」

「いまのところはね」

ヌーリーとガルデスがシアンを連れて厨房から出ていった。どこへ行くのか、まったく説明なしだ。わたしに何かできたらいいのに、何もできない……。バッキーは表情から気持ちを察してくれたのだろう、わたしの肩をそっと叩いた。

「みんな度胸がなくていえないんだろうけど、オリー、きのうのきみの対応はあっぱれだったよ。たぶん、きみがあの子たちの命を救ったんだ」

わたしはバッキーに感謝した。「そんな話、口が裂けてもほかの人にはいえないわ」

首をすくめ、バッキーはカウンターのほうへ行くと、頭上にぶらさがる浅鍋をつかんだ。

「それで、ほかに何か新しい情報は？」

ミーティングに出席するため厨房を出るときも、シアンはまだもどっていなかった。今回の件で、わたしの対応に異議を唱える人がいないからといって、ほっとできるはずもない。

シアンの行為は誤っていた。でも厨房からシアンがいなくなるなんて、考えたくもなかった。この種の規律違反で解雇されると、いくら腕のいい料理人でも経歴に大きな傷がつく。ほかの職場を見つけるのはまず無理だろう。わたしは重い足どりで、総務部長室につづく階段をあがった。

部長室に入ると、ポールが挨拶してくれた。つづいて護衛官のガルデス、ヌーリー、ボスト――。そして、ピーター・エヴェレット・サージェント三世も。彼はポールのデスクにいちばん近い椅子にすわっている。急にこの部屋が狭苦しく感じられた。

わたしの心を読んだかのように、ポールがいった。

「狭くて申し訳ないが、大きな部屋は使いたくなくてね。疑問点が多すぎて、可能なかぎり内々でやりたかった」

どうしてそこまで秘密にしないといけないのだろう？　情報が広く集まれば、それだけ早くチキンを買った者の正体と、ホワイトハウスに持ちこんだ方法がわかるのではない？

「すわりなさい、オリー」ポールは空いている椅子に手を振った。護衛官三人は立ったままで、両手を背中で組み、何もない前方をにらんでいる。

わたしが椅子に腰をおろしたちょうどそのとき、トムが入ってきた。

「たったいま連絡がありました」彼はドアを閉めながらいった。「廃棄物のなかから見つかったチキンの残りはいま分析中ですが、症状から重度のヒ素中毒と推測できます」そこで片手を上げる。「現段階でわかっていることの概要を説明し、みなさんからもお話をうかがいたいと思います」

トムはポールのデスクのほうへ行くと、窓を背にして、ポールの後ろに立った。

「すでにご承知のとおり、昨日、厨房にチキン・ウィングの箱が置かれていました。現在のところ、誰がどのようにして持ちこんだかは不明で、監視映像を確認しても、ホワイトハウスの出入り業者に不審な点はなかった。残る可能性は、ハイデン家の私物しかありません。何者かが引っ越しの荷に忍ばせ、到着後に取り出した、あるいは共犯者が取り出したか。そしてそれを厨房に持っていった」

トムはそこで息を継ぎ、全員を見まわした。「目下、ハイデン家の私物がホワイトハウスに運搬されるまえ、運搬中、運搬後に、荷に近づくことのできた人物を調査中です。また、ハイデン家の地元およびワシントンDCにあるルネ・ウィングズのフランチャイズ全店に事情聴取していますが、これには膨大な時間がかかるでしょう。しかし、事は急を要していです。あのチキンは大統領の子どもを狙ったと仮定するほかなく、それだけで十分深刻な事態であるうえ、もし子どもたちが食べていたら、ライマン・ホール病院に搬送されていた」

トムはわたしたちに考える時間を与えるためだろう、いったん言葉をきった。チキンを食べた職員はライマン・ホール病院へ運ばれたのだ。そして病院は、襲撃された。

「犯人の目的は――」わたしはトムに訊いた。「子どもたちを人質にとることだったのね?」

「さすがにきみは、わかりが早いな」トムはため息をついた。「きわめて重大、深刻な脅威であり、今回の病院襲撃は個人が起こせるものではないと考えている。組織化された、入念に練られた襲撃だ」トムはわたしを指さした。「厨房スタッフには、ファースト・ファミリーの食まわりに関し、今後いっそう警戒してもらわなくてはいけない」

わたしは背筋を伸ばした。「はい、もちろん」

「現時点で――」トムは全員に向かって話を再開した。「襲撃グループは特定できていません。犯行声明はなく、主義主張、何かへの忠誠も発表していない」

「職員たちを、ほかの人質も含め、安全に救出する計画は？」ポールが訊いた。

「それに関しては、ここでお話しするわけにはいきません。ただ、この種のテロリストは、時間をかけて練りあげたうえで実行したはずです。しかし、本来計画していた人質はホワイトハウスの職員ではなく、大統領の子どもだった、とわれわれはみています。オリーによって、計画の一部が阻止された」

「運がよかったな」サージェントが鼻を鳴らした。

「いや、運ではありません」と、トム。「オリーは職員の義務――ファースト・ファミリーを守るという義務を遂行しただけです。アシスタントのシアンが軽率だったのは、きわめて残念というしかありません」

「犯人の要求は？」ポールが話題をテロリストにもどした。

トムはかぶりを振る。「まだ、何も。病院内にこちらと接触できる者が何人かいて、人質のようすを知らせてくれています。推測どおりヒ素中毒なら、被害者に治療を施さなくていけません」

護衛官のひとりが咳払いをし、トムがそちらに目をやった。本題にもどりましょう、という注意喚起に感謝する表情だ。でも半面、苛立ちものぞく。

「時間がないので、要点だけいいます。こういう話をしたのは、みなさんに協力をお願いしたいからです。あのチキンに毒物が入っていた可能性について、どうかくれぐれも口外しないでいただきたい。公表する予定はなく、いかなる者にもいっさい知らせません。それにはファースト・レディも含まれます」

「えっ？」わたしは大きな声をあげた。「自分の子どもが狙われたのを知らされずにいるということ？」

トムはこちらに近づいて、声をおとした。「リスクは冒せない。あのチキンにほんとうに毒物が入っていたのか、本来のターゲットが子どもたちだったのかは、まだ断定できないからだ。現時点ではそういう推定のもとで行動するだけで、確実な証拠があるわけではない。ハイデン夫人に過度な心配をさせる理由はない」

納得いかなかった。母親こそ、知らされてしかるべきなのに。だからわたしはそういった。

「われわれを信用してほしい、オリー」トムは感情を抑え、はりつめた声でいった。「自分たちが何をしているかは、よくわかっている」

「でも、夫人の秘書官のアシスタントは？　キャロルはわたしがジョシュアにチキンを食べさせなかったとき、その場にいたわ。彼女はそれをヴァレリーに——秘書官に話したんじゃないかしら？　そうしたらヴァレリーは、まちがいなくハイデン夫人に伝えると思うけど」

トムはわかっているというように、うなずいた。「だからこそ、チキンに関してはいっさい言及しない。大統領一家にも、マスコミにも、秘書官をはじめとする職員の誰にもね。バッキーとシアンには、口外禁止を伝えてある。病院に運ばれた職員とチキンとの関係は、当分のあいだ、極秘扱いだ」

わたしは何もいえなかった。

トムは護衛官ふたりを指さした。「ガルデス護衛官とヌーリー護衛官が、常時厨房にはりつくことになった。オリーたちが大統領一家に出す料理はすべて、ふたりが事前に試食する」

「毒味ということ？　王さまの宮殿みたいに？」厨房は信頼性に欠けるといわれたようで、わたしはむっとした。「国王陛下が毒を盛られないよう、万全を期すのね？」

トムは口を引き結び、「まあ、そういうことだ」というと、今度はポスト護衛官を指さした。「彼が中心になって、大統領の子どもたちの警護を強化する。新しい学校への通学があったからでよかったよ。護衛官の増員に気づかれずにすむからね。シークレット・サービスとしては、これが通常の人数、手順である、ということにする」彼はみんなの顔を見まわした。「何か質問は？」

ひとつ訊きたいことがあった。「ハイデン大統領には説明したの？」

トムは片手を上げた。「きみは知らなくていい」

6

シアンの目は腫れ、あいかわらず真っ赤だ。うつむいていたけど、わたしが厨房に入っていくとほんの少し顔を上げ、またうつむいた。

「シアン……」

彼女はごくっと唾を飲み、少しだけ視線を上げた。

「ほんとうにごめんなさい。オリーのいうことを聞いておけばよかった」声がつまり、涙があふれる。「ニュースは見た？　誰も人質のことをわたしに教えてくれないの。もし殺されでもしたらどうしよう……。全部わたしの責任よ。わたしも……」鼻をすする。「わたしもあのチキンを食べればよかった。そうしたら病院にいたのに。わたしも人質になったのに……」

バッキーは奥のコンピュータの前にいる。こちらに背中を向けているけど、顔が少し斜めなのは、会話を聞いているからだろう。

「状況は深刻よ、シアン」と、わたしはいった。「とても深刻。でもあなたは、ああしたほうがいいと思ったからやったのよね。誰だって、一度や二度は規則に触れることをした経験はあるもの」そう、わたしにもあるのだ。「みんなにとって良い結果になるよう願っていましょう」シアンの肩をやさしく叩くと、彼女はありがとうとごめんなさいがないまぜの表情でわたしを見つめた。そこには期待と惨めさもある。

わたしは声を張り上げた。「バッキー！　あのチキンのことは誰かに話した？」

彼は顔だけこちらに向けて、「今朝、シークレット・サービスに話した以外は誰にも」といった。

「シアンが出所不明のチキンをスタッフに分けたことは話していないのね？」

「ああ、そうだよ。で、同じことを三度訊かれないうちにいっておくけど、ブランディにも話していない。彼女はゆうべ遅く帰ってきて、ぼくはもう寝ていたから」

「ありがとう」

バッキーはぶつぶついいながらまたコンピュータに向かった――「まったく、少しは信頼してほしいよ」

「再確認するのがわたしの仕事なの」

彼は無言でうなずくだけだ。

「あなたはどう、シアン？」

「母には話したけど、母は誰にも何もいわないわ」

わたしは小さくうめき声をもらし、電話をかけようとした。

「トムとポールに報告しないと」

「違うの、そういうことじゃないの」シアンはわたしを止めた。「母は、その……よくないの。いろいろ問題があって、めったに口をきかないのよ」シアンの目にまた涙があふれた。「会話をしても、母は話の内容をぜんぜん理解しなくて……。きのうの夜はとくに具合が悪かったけど、わたしはともかく誰かに話したかったの。そのあいだ、母はずっとテレビを見ていたわ。あの状態でセキュリティ上の危険なんて、絶対にないから。何かしゃべったところで、意味不明なのよ。だから誰も耳を貸さないわ。いまはもう、ぜんぜん……」

わたしは彼女の腕に手をのせた。「知らなかったわ。どうして話してくれなかったの？」

「だって……つらいから」自制心もそろそろ限界にきているようだ。「このつらさは、たぶんわかってもらえないと思う」

そう、わたしにはせいぜい想像することしかできない。「ごめんなさいね」ほかに言葉が見つからなかった。

その日の夕食は、朝食よりはうまくいった。シアンは貯蔵室の整理をしていたので人手は足りなかったし、わたしたち全員の一挙手一投足がシークレット・サービスに監視されていたけど、驚くほどみごとなオスカー風サーモン（サーモンとカニ肉のオランデーズソースがけ）と、新ジャガイモ、焼きアスパラガスが、ぴったり時間どおりに仕上がった。

そして試食はヌーリー護衛官だ。彼はフォークでサーモンをすくうと、まずは香りをかぎ、それから口に入れた。顔に大きな笑みが広がる。それで彼の印象がずいぶん変わった。最初に会ったときからハンサムだとは思っていたけど、笑顔を見せるくらいに緊張がとけると、とんでもなくすてきなのだ。シアンもいちばん下の引き出しから古いお鍋を引っぱり出しつつ、彼のようすを見てまばたきした。この日初めて、彼女の目が輝く。ヌーリーもそれに気づいたようで、彼女を見下ろし、ウィンクした。

シアンは仕事にもどったけど、さっきよりはいくらか背筋がのびたようだ。

夕食の料理がお皿に盛られ、給仕人に渡された。わたしたちは後片づけと、あしたの朝食の準備にとりかかる。しばらくして給仕人から、夕食はたいへんおいしかった、厨房によろしく伝えてほしいというファースト・ファミリーのメッセージを受け取ると、三人ともほっとひと息ついた。新しい大統領一家と、なんとかうまくやっていけそうな気がする。

夜の七時に勤務終了（そのまえに、ここと二階上のファースト・ファミリー用キッチンに、小腹がすいたときに食べられる軽食をいくつか用意しておいた。新しい大統領家の生活リズムを知るには少し時間がかかるだろうから、それまではいつでも好きなものを食べられるようにしておきたい）。

ガルデスとヌーリーはずっと厨房にいて、わたしは電気を消すまえに尋ねてみた。

「これからどうするの？　あなたたちも家に帰るの？」

ガルデスが短く、「はい」と答えた。いつものやわらかなスペイン語訛りだ。電話帳を読み上げるだけでも、この人の声だったらうっとりと聞いていられるだろう。「あすの朝は何時に来ますか？」

わたしは笑った。「遅くても五時ね。もっと早いときもあるけど」

「わたしはあなたより早く来ますよ」顔がほころぶ。「約束します」

護衛官がめったに笑わない理由がわかった気がした。タフで実直で容赦ないというシークレット・サービスのイメージがくずれるからだ。ガルデスが笑うと、つい見とれそうになる。

「じゃあ、またあしたね」わたしは笑顔を返した。


家に帰るとソファで丸まり、テレビのニュースを見た。ライマン・ホール病院の事件は膠《こう》着《ちゃく》状態だけど、速報が入って、人質のひとりが政府宛のメッセージを持って解放されたらしい。人質が出てくるところを映そうと、カメラマンたちが待ちかまえている。わたしは洗濯室の女性たちが心配だった。せめてなんらかの治療は受けられたのかしら？　さぞかし怖くて震えているにちがいない。わたしは蝶の模様の毛布をからだに巻きつけた。こうやって自分の家で暖かくしているいまこのとき、囚われている人たちは何を考えているだろう？

いろんな情報を集めようと、チャンネルを次つぎ替えた。最初の番組では、犯人のうちひとりは病院の元警備員、と報じていた。六週間まえに解雇され、それが不満だったようだ。画面に容疑者の顔写真が映る。

ずいぶん大きく映し出されて、鼻までひどく大きく見えた。白髪で六十歳。名前はアーニー・スポークス。テロリストというよりも、孫がいるふつうの年配者といった風貌だ。同じく最近解雇されたふたりの元職員（名前は不明）に誘われ、襲撃に加わったらしい。

病院の人質事件とホワイトハウスの謎のチキンは、ほんとうに関係があるのだろうか？　疑問を感じたのは、これが初めてではない。番組ではずいぶん長いあいだ、女性キャスターの肩の上にアーニー・スポークスの写真が映されていた。この人が、ホワイトハウスに忍びこんだりできるだろうか？　外見にだまされるのはままあることだけど、それでもやっぱり……。

チャンネルを替えても、同じニュースをやっていた。そして同じくアーニー・スポークスに触れていたけど、彼と人質事件を結びつけることに疑義を抱いているようだ。ただし根拠は示さずに、チャンネルはそのままで、とだけいった。

最後に見た番組に、興味をそそられた。記者が黒いウール・コートの襟を立て、マイクに向かってしゃべっているけど、場所は病院ではなく、ホワイトハウスの前だ――「ホワイトハウスの消息筋は、堅く口を閉ざしています」一月の寒風が髪を吹きあげ、彼は目をしばたいた。「一度にあれほど多くの職員が病院に運ばれた原因について、ホワイトハウスは何もコメントしていません。ハイデン大統領は就任して二十四時間もたたないうちに、新居で危険をはらんだ状況に直面しています」

「よしてちょうだい……」思わず声が出た。

記者はチキンのことは何もいわない。「病院に運ばれた職員たちが属する部署は、ひとつではなくふたつです。専門家は、空気感染の可能性が高い、といっています」

スタジオのキャスターが彼に尋ねた。「今後もホワイトハウスで病人が出るかもしれない、ということですか？　その場合、ファースト・ファミリーは？　彼らにも感染の危険があるのでしょうか？」

寒さに震えながら、記者は神妙な顔でうなずいた。「先ほどもお伝えしたように、リック、何がどうなっているのか、正確にはわかっていません。しかしわたしが話を聞いた専門家は、このウイルス、あるいは空気中の細菌による患者は急増する可能性がある、と考えているようです。でもね、リック、ホワイトハウスの職員は、ワシントンDCの住民でもあるんですよね。わたしたちのまわりで生活し、買い物をし、通勤しているんだ。だからわたしたちも感染する危険がある。そこで番組の後半で、お勧めの予防ケアを紹介します」いっそう深刻な表情になる。「いうまでもありませんが、たとえ体調が悪くても、ライマン・ホール病院には搬送されません。周辺道路はすべて封鎖されました」

テレビのスイッチを切った。この何年かの経験で、マスコミは世間を怖がらせて楽しみ、それで視聴率を稼ぐことは知っていた。〝血が流れれば、トップニュースになる〟といわれていることも。だけど〝事実が真実をゆがめることもある〟のでは？　空気感染と聞いてしまえば、住民は戦々恐々とするだろう。

わたしはアラームを三時三十分にセットし、あしたはいい日になりますようにと祈った。

きょうは大統領の子どもたちが、新しい学校へ初登校する日だ。わたしは厨房にいたから知らないけど、あれこれ大騒ぎがあったすえ、ようやく出かけていったらしい。その後、給仕人が下げた食器を厨房に持ってきたとき、子どもたちが朝食にほとんど手をつけていないのがわかった。

まだ新しい環境に慣れていないので、学校へ行くまでに思いのほか時間がかかったようだ。記念すべき初日を撮りにカメラマンが押し寄せるのは、大統領一家も覚悟していただろう。とはいえ、「もう一枚！」が際限なくくりかえされ、記者からは次つぎ質問が飛んで、貴重な時間がどんどん過ぎてゆく。これでは学校に遅刻しても無理ないかもしれない。

大統領夫妻が子どもたちのために選んだ学校は、注目の的の生徒が初登校で遅刻しても、大目に見るしかないだろう。ただ給仕人の話では、ファースト・レディは子どもたちに、事前の準備と時間を守ることの大切さを口がすっぱくなるほど説いていたという。夫人の思いが報われるのを祈りたい。

トムが新たに会議を招集。今回も総務部長室で、わたしが到着すると、ポールとサージェントはすでに椅子にすわっていた。ヌーリー護衛官とガルデス護衛官は監視役として厨房に残り、ボスト護衛官が来ていないのは、きっと子どもたちに付き添って学校に行ったからだ。

というわけで、最後に到着したのはわたしだった。

サージェントが腕時計を見た。「これでやっと始められるな？」

わたしはドアを閉めた。

「最新情報があります」前置きなしにトムが話しはじめた。「人質の交換条件が示されました。大統領は、議会や交渉人と協議しています」わたしたちが何かいうとでも思ったのか、彼は両手を上げた。「話をつづけるまえに、再度確認させてください。この部屋を出たら、他言無用でお願いします。これから伝える情報は、マスコミには知らせません」

全員がうなずき、トムは話をつづけた。

「チキンの残存物を検査したところ、ヒ素の混入が確認されました」

体が凍りついた。「それはどれくらいの量？」

トムは無表情だ。「致死量ではないから、人体への影響度合は食べた量による。仕込んだのは病院を襲って立てこもったグループの可能性が高いが、無関係だった場合も考え、犯人たちには、人質のホワイトハウス職員は治療が必要な状態だと伝えてある。すなおに医師に診せてくれるといいんだが……。万が一、ひとりでもヒ素で死んだら、状況は一気にエスカレートするだろう。それだけはどうしても避けたい」

わたしも同僚のために心のなかで祈った。「それで、犯人はどんな要求をしてきたの？」

トムはわたしをうんざりした目で見てから、みんなに向かっていった。

「アルムスタン出身の通称ファーボッド・アン＝サリというテロリストが、有罪判決を受けて、ウィスコンシン州のラクロッセ郊外にある連邦刑務所に送られました。テロリストが何人も収監されているセンガ刑務所です」

「あそこに刑務所があるとは知らなかったな」と、ポール。

「はい、知っている人は少ないでしょう」トムは大きく息を吸いこんだ。「そこで、犯人グループはファーボッドの釈放と、自分たち全員の安全な出国を要求しています」

「出国してどこへ?」わたしは訊いた。

「アルムスタンだろうね、もちろん。ただ、犯人グループは目的地を明らかにするのを拒み、飛行機が離陸した後に告げるといっている。ともかく現在、交渉にあたっているのは下院議員のサンディ・セクレストで——」

サージェントが声をあげた。「セクレストが交渉人だと?」

「はい、そうです。議員には三十年にわたる経験があるうえ、偶然にも……」ちょっと顔をしかめる。「センガ刑務所は彼女の管轄なんです。ライマン・ホール病院の犯人グループは、ウィスコンシン州の議員と話をさせろと要求してきました。そこでセクレスト下院議員に白羽の矢が立ったわけです」

わたしには予想外の展開だった。「議員はいまワシントンDCにいるの?」

これにはポールが答えた。「いま大統領と会っているところだ。就任式のあとウィスコンシンに帰ったが、今朝早く、飛行機でもどってきた。おそらくきょうのうちに声明を出すだろう」

「ファースト・レディにはもう全部話したの? あのチキンの宛先が、もともとは子どもたちだったことは?」

トムとポールは顔を見合わせた。「まだだ」

「遅かれ早かれわかるでしょう?」

「できるだけ遅いほうがいい」トムはきっぱりといった。「マスコミへの情報開示は慎重にやらなくてはいけない。ターゲットが子どもたちだったことをできるだけ長く世間に――ファースト・レディにも伏せておけば、それだけ子どもたちは安全でいられる」

わたしにはその意味がわからなかった。そこで質問しようと口を開きかけたら、トムが「よしなさい」と片手を上げた。

トムは先制攻撃できるほど、わたしのことをよく知っている。それにPPDの責任者である彼の命令なら従うしかない。わたしはアプローチを変えた。

「職員の病状に関する新しい情報はないの？」

「知るかぎりでは、全員、生存している。少なくともそう聞いている」

わたしはポールのほうを向いた。「シアンの件はどうなりました？」

彼の表情に、胃が締めつけられた。

「わたしたちは無情な役人ではないよ、オリー。だが、シアンは軽率すぎた。責務に対する意識の低さが露呈したといっていい。解雇が当然の処置だろう」

解雇が当然？　わたしは呆然とした。「でも、そのあとに〝しかし〟がつづきますよね？」

ポールの目が険しくなった。「何年にもわたり、シアンの能力は高く評価されてきた。また、トラブルを起こしたこともない。起こしてもなお、仕事を継続している職員もいるからね」

いわんとすることは明らかだった。でも、それをサージェントがあえて口にした。

「問題を起こした女性を解雇しなかったから、今回、もうひとりの厨房職員にもチャンスを与える、ということかな？」

ポールはサージェントを無視した。「オリー、この件はあとで、ふたりきりで話したほうがいいだろう」

トムが咳払いした。「個人的にはシアンに好感をもっていますが、客観的には解雇がふさわしいように思います。いまだ厨房で仕事をしていることに、危惧と不安を禁じえません」

サージェントは椅子のなかですわりなおしながら、にんまりした。その顔は、〝ほらみろ〟といっている。

「この件は――」と、トム。「いまここで話し合うのが適切ではないでしょうか」反論は受けつけない、というように両手を上げる。「時間を置かないほうがよいと思います」

わたしはうろたえながらポールに目をやった。

「きみの立場は理解できるし」と、ポールはトムにいった。「きみの懸念はシアンの人事記録に反映させておく。だが、彼女を解雇するなら、理由を明示しなくてはいけない。いまの話を聞くかぎり、チキンに毒物が仕込まれていたことは、当分のあいだ機密扱いなのだろう？　シアンの解雇が外に知られれば、必然的にその理由も探られる。また、彼女にひきつづき仕事をしてもらっても、セキュリティ面で問題がないのは明白だと思うが……。さしあたってはね」

わたしはポールにキスしたくなり、トムは顎をひくつかせた。

話に加わりたいとは思ったけど、黙っているべきなのはいやでもわかる。トムも総務部長と話すほうが冷静でいられるだろう。

「この部屋にいる者はみんな――」ポールはつづけた。「シアンがファースト・ファミリーにとって危険な存在でないことはわかっている。彼女はホワイトハウスの誰にとっても脅威などではない。たしかに大きなミスを犯した。しかし、二度と同じことはしないはずだ。わたしとしては、シアンを通常の業務に復帰させるよう、オリーに指示したいと思っている」

トムは不満げながらも小さくうなずき、「おっしゃりたいことはわかりました」というと、わたしを見た。「今後、シアンに関しては、きみが責任をもつように。いいね？」

この場を見た人は誰も、トムとわたしがうちのカウチでいっしょに寝そべり、笑いながら古い白黒映画を夜遅くまで見ていたなんて信じないだろう。あれはもう、遠い過去の思い出になってしまった。そしていま傍目には、わたしたちはぎすぎすした関係にあるとすら見えるかもしれない。

「了解です」わたしは立ち上がった。「部下の責任を全面的に負うことに、何の不安もありませんから」男性陣の顔を見まわす。「ほかに何か？」

トムは無言でかぶりを振った。

「最新情報をありがとう。また何かあったら、ご連絡ください」

7

厨房にもどって、シアンの仕事継続を、護衛官たちを含め全員に知らせた。ミーティングの内容を細かく伝える必要はないだろう。シアンもバッキーも十分想像がついているはずだ。

「耳にたこができるくらい聞いただろうけど、わたしの責任だからもう一度念を押すわね。チキンの件は誰にも、ひと言も、話しちゃだめよ」

シアンの顔に怯えがよぎった。「毒が入っていたことが確認されたのね？」

「わたしからは何もいえないわ」

シアンはうなだれ、また涙があふれた。「オリーのいうことをすなおに聞いていればよかった……ほんとに、ほんとに……ごめんなさい」

わたしはシアンのからだに腕をまわした。「子どもたちは元気に学校に行ったじゃないの。ね？　前に進むことだけ考えましょう」

シアンはうなずいたけど、納得したというより、言葉が何も出てこないからだとわかる。

戸口にいたガルデス護衛官はシアンから顔をそむけ、ヌーリー護衛官は同情に満ちたまなざしで見つめていた。そしてわたしがシアンから離れるとすぐ、ヌーリーは彼女に歩み寄って声をかけた。

「最新情報のうち——」そっとやさしく。「伝えられるものがあれば、かならず伝えますから」

シアンは返事をしようとして、涙顔を見せたくないのか、少しためらった。そしてなんとか「ありがとう」と声をしぼりだす。「自分がなさけなくて……」

ヌーリーは彼女の肩を叩こうとして、その手を止めた。

「誰でも間違いは犯します。事態が好転することだけを願いましょう」

シアンはほほえもうとしてできなかったけど、彼の言葉は慰めになったようだ。わたしは少しほっとした。きょうは仕事がたくさんあるし、忙しくしていれば、前を見るのがいくらか楽になるだろう。昼食はバッキーが準備していたから、三人で夕食の下ごしらえにとりかかり、いつもの厨房らしくなった。

ヌーリーとガルデスは、わたしが椅子を勧めてもすわろうとしない。

「立ちっぱなしだと疲れない？」シアンが訊くと、ヌーリーは首をすくめた。

「交替で休憩をとっているので。何か起きても、立っていればすぐ行動でき、すわっていると気がゆるみがちになる。ともかく、われわれは訓練を受けているから大丈夫です」

ニンジンをスライスしていたわたしは顔を上げ、ほほえんだ。

「厨房でどんなことが起きると思ってるの？　チキン・ウィングみたいに、忽然と何かが現われたら、かならず知らせるわ」

「用心するに越したことはありません」険しい顔でガルデスがいった。「それに、忘れないでください。わたしたちは試食係です」

「運のいいことに」と、ヌーリー。

シアンは彼に向かってにっこりした。

ガルデスはいささか気分を害したらしく、わたしは訊きなおすことにした。

「ここにいて退屈じゃない？」

どうやら図星だったようで、彼は口をきゅっと結び、返事をしない。

「これでもテレビの料理ショーは何度か見たことがあって——」ヌーリーがいった。「どれもとても楽しかった。調理風景を見ていると、なぜかリラックスできます」

ガルデスが咳払いをした。「ヌーリー護衛官は〝この任務はリラックスしてできる〟といっているわけではありません」

ヌーリーは真顔になった。「あたりまえだ」

いくらかやわらいだ空気が、一気にはりつめた。

「ええ、もちろんよね」わたしはニンジンを切る作業にもどり、厨房がスタッフだけの空間にもどるのに、あとどれくらいかかるのだろうかと思った。

「何が〝もちろん〟なのかね？」長身のガルデス護衛官の横から、サージェントが現われた。彼がこんなに顔をくしゃくしゃにして笑っているのは初めて見たような気がする。「まあ、どうでもいいが——」笑顔のまま。「ミズ・パラス、少しいいかな？」

わたしの横でバッキーが、「今度はなんだ?」とつぶやいた。

「まいるわね」つぶやき返すと手を洗い、タオルで拭いた。サージェントが廊下に向かって腕を振ったので、エプロンをはずしてドア横の洗濯かごに入れる。かごには汚れたエプロンが山盛りになっていて、病院に運ばれた洗濯係の人たちのことをあらためて考えた。就任式の日の、悔やんでも悔やみきれないこと——。あのチキンに気づいた時点で、すぐシークレット・サービスの事務室に届けるべきだった。でもそれでは、贈り主の気持ちを踏みにじるような気がした。贈った人はファースト・ファミリーの友人かもしれないのだ。そんなためらいが、よくなかったともいえる。もっと違う判断をしていれば、と考えれば考えるほど、シアンと同じようにわたしも罪悪感を覚えた。

気どって歩くサージェントの後ろについてホールを横切り、着いた先はチャイナ・ルームだった。勤めはじめたころは、美しい陶器《チャイナ》が飾られたこの部屋が好きだったけど、この何年かはここで何度もシークレット・サービスの尋問を受けた。最近では前を通りかかるだけで、不安な思いがよみがえる。神経を鎮めようと、いろんな形の陶磁器をゆっくりながめていく。

そして、とある大きなお皿に目がとまった。

サージェントがそれに気づき、「その皿はクーリッジ時代のものかな?」といった。クーリッジ大統領は、一九二〇年代の第三十代大統領だ。

わたしはかぶりを振った。「いいえ、ヘイズ大統領の陶器です」一八七〇年代の第十九代大統領のコレクションで、ステーキ用のお皿だった。長方形の四つの角が内側にカールしているけど、いちばんの特徴は七面鳥の絵だろう。くちばしを開き、胸を前に突き出して空を仰ぎ、細長い脚で堂々と立っている。この姿を見てすぐ思い出すのは、いま目の前にいる式事室の室長だ。

「なんともみごとな七面鳥だ。そう思わんかね？」

わたしはにっこりした。「串焼きにしたらかわいそうですよね？」

サージェントは複雑な表情で、「まあ、どうでもいいことだ」というと、思いきり胸を張った。「皿の感想をいいあうために呼び出したのではないからね」

「はい」クーリッジ大統領夫人の肖像画の前に立つ。鮮やかな赤いドレスに身を包んだ夫人はとても穏やかでおちついて見え、わたしはその何分の一かでも真似なくてはと思った。でも、それがなかなかむずかしい。サージェントは何を考えているのか、いまもにこにこしている。笑顔はわたしにとって、悪い徴候にしか思えなかった。

「この何年か、きみとともに仕事に励んできたわたしとしては――」彼は話しはじめた。「きみに事前警告するのが務めだと感じたんだよ」

胃のなかで、硬い石がピンポン玉のように跳ねた。でも、不安を表に出すわけにはいかない。サージェントがよくやるように、怪訝な顔で首をかしげる。

「どういうことでしょうか？」

サージェントは浮きたつ気分を抑えようとしているらしいが、うまくいかない。

「信頼できる筋から聞いたところ、きみはいずれ、出ていくことになるらしい」

何もいえなくなった。

「出ていくというのは、ここ、ホワイトハウスからだよ」補足しないとわからないとでもいうように。

わたしはがんばって平静を装った。「その〝信頼できる筋〟というのは？」

彼は指を一本振りながら、「まあ、まあ、そうあわてずに」といった。「そのときがくれば、きみにも知らせがいくだろう」

「わたしは解雇されるということですか？」

ここで初めて、彼の笑みが消えた。「そういうわけではない。ホワイトハウスにおいて、きみのポストは独特であり、そのおかげで好きなようにやってこられた。わたしは貴重な情報をあらかじめ教えてさしあげようと思っただけだ。きみの立場に変化がおとずれる。心の準備をしておきなさい。いざそうなったときは、きみの時代もカウントダウンが始まるだろう」

笑みがもどって、サージェントはそれだけいうと、また気どった歩き方でチャイナ・ルームを出ていった。

彼の姿が消えたあとも、わたしは戸口をじっと見つめた――「教えてくれてありがとう、ピーター」

厨房にもどると、ボスト護衛官とゼラー護衛官がわたしを待っていて、廊下に出るよう手で合図した。今度は何？　ゼラーは女性だけど、身長もからだつきも、男性護衛官にひけをとらない。唇がゆがんだのは、たぶんほほえもうとしたからだろう。でも、目は冷たいままだった。

「ミズ・パラス」彼女がいった。「少しお時間をいただけますか？」

バッキーとシアンが仕事を順調にこなしているのを確認してから、わたしはふたりについて外に出た。きっとまたチャイナ・ルームに行くんだわ、と思っていたら、厨房の東側すぐのところにあるシークレット・サービスの狭いオフィスに連れていかれた。ここであれ、西棟《ウエスト・ウイング》の広いオフィスであれ、シークレット・サービスの部屋に入ることはめったにない。ごくたまに、料理のおすそ分けを護衛官に持っていくくらいだけど、このふたりは新任だから、そのことは知らないだろう。

オフィスは厨房の冷蔵室程度の広さしかなかった。数人の護衛官が会釈するなか、ゼラーは奥のもっと狭い事務室に入ると、わたしに椅子を勧めた。

「お水はいかがですか？」腰をおろしたわたしに尋ねる。

ボストがドアを閉め、外の音がぴたりと聞こえなくなった。いまこの狭い部屋にはわたしたち三人だけだ。大きくてたくましい護衛官ふたりと、小さなわたしだけ。閉所恐怖症ぎみになった。

「どれくらい時間がかかるのかしら？」

ボストがまったくの無表情で「終わるまでです」という。

何が終わるまでなのか？　わたしが訊くより先に、ゼラーはボストの横に立ち、ふたりでドアをふさいだ。だけどどちらもＰＰＤの新人で、わたしはとくに怖いとは思わない。ただ、明らかにわたしに威圧感を与えようとはしていた。

「ミズ・パラス――」ゼラーが話しはじめた。

「オリーと呼んでちょうだい。そのほうが気楽に話せるでしょう」

「単刀直入にお訊ねします、ミズ・パラス」口もとが引き締まる。「チキンの箱に不信感をもったとき、どうしてわたしたちに知らせてくれなかったのですか？」

わたしはびっくりした。「ふざけてるの？」

スポーツ刈りの金髪、アメフト選手のような肩。ボスト護衛官のシルエットは巨大な長方形だ。

「わたしたちはふざけたりしません」

そうね、たぶん。

「ミズ・パラス」と、ゼラー。「突然現われたチキン・ウィングについて、いくつか質問したいだけです。また、なぜわたしたちに連絡しなかったかについて」

〝わたしたち〟？　それはシークレット・サービスのこと？　だったら、あなたは大きな誤解をしている。チキンの件を通報するのは、わたしにとって最優先事項だった。このふたりに直接知らせるべきだったという意味なら――その理由がわたしにはまったくわからないけど――問題は複雑になる。

「なぜわたしに訊くの?」

「答えられない理由でもあるのですか?」と、ボスト。

「そういう意味ではなく、質問そのものが変だと思うから」

「変?」と、ゼラー。「なぜ?」

「マッケンジー護衛官は、このことを知っているの?」

「その点は重要ではありません」ボストがいった。

「いいえ、間違いなく重要よ」わたしは立ち上がった。「調査にはいくらでも協力するわ。だけど職員を尋問するなら、まずマッケンジー護衛官と話してからにしてちょうだい」

「すわってください」

「ボスト護衛官」わたしは立ったままいった。「最初のミーティングのとき、あなたも総務部長室にいたでしょう? この件については、ミーティング参加者以外には口外無用なのを知っているはずよ」ゼラーに鋭い視線を向ける。「トムが……マッケンジー護衛官が何か最新情報を伝えたいなら、彼自身の口で伝えるべきじゃないかしら」

「子どもたちの命を危険にさらすつもりですか?」

「誰もそんなことはいっていないわ」ゼラーを、つぎにボストを見る。どちらもわたしの上にそびえ立っているけど、腹が立ちすぎて怖くもなんともない。「あなたたちは、マッケンジー護衛官の命令に疑問でももっているの? 着任したばかりで、独自に動けば成績が上がるとでも思った? でもお願いだから、わたしを巻きこまないでちょうだい」

ふたりとも指一本、眉ひとつ動かさない。

「仕事があるから、失礼していいかしら？」

ゼラーはボストに目をやり、ボストはわたしを見下ろしていった。

「マッケンジー護衛官に疑問などもっていません。その点ははっきり申し上げておきます」

ボストの目つきはとてつもなく怖かった。わたしがファースト・レディなら、子どもたちの護衛はぜひ彼に頼みたい。ただし、会話は制限させるだろう。彼は夢にまで出てきそうだ。

「はい、その点はわかったわ。もう行ってもいい？」

ボストは一瞬ためらってから、脇に寄った。ゼラーもドアの前から離れる。

「それでは、またね」

外に出るなり心臓がばくばくした。鼓動の速さに合わせて、歩くペースも速くなる。いまのはいったい何だったの？
五、六メートル行ったところで名前を呼ばれ、ふりかえった。ボストが部屋のすぐ外で、指を一本上げていう――「この件は黙っていてください」
はい。了解しました。


「何かあったの？」厨房にもどると、シアンが訊いた。

わたしはひらひら手を振った。

「たいしたことじゃないわ」

「何を訊かれたの？　わたしのせいで困ったことになってるんじゃない？　ほんとうにごめんなさい」

「気にしないでいいから。新任の護衛官が、トムの知らないところで勝手にやっただけなの」

「そんなことをしたら上層部に報告されかねないでしょう？」

「それくらいはわかってると思うわ。ほんとにね、いったい何を考えているんだか」

シアンは首をかしげた。「どんな用件だったの？」

もうその話はしたくなかった。ともかく今回の件に関しては、トムとポールに口止めされているのだ。

「あのふたりはいずれつらい立場に追いこまれるかもね」

シアンは唇を噛んだ。「つらい立場といえば……」

「何かあったの？」

シアンは両手を上げた。「仕事のことじゃないわ。今夜、少しつきあってもらえないかしら」

「ここが終わってから？」

シアンはもじもじしたかと思うと、一気にしゃべりはじめた。

「考えなきゃいけないことがたくさんあるの。オリーはいつも自分の判断に自信をもっているから、アドバイスしてほしいと思って……。ううん、誰かに話を聞いてもらうだけでいいの。コーヒーを飲みに行ってもいいし、お酒でもいいし」

自分の判断に自信をもっている、という言葉にどきっとして、返事をするのに少し間があいた。

「ええ、いいわよ」

「ありがとう、オリー」ほっとした表情から、肩の荷がひとつおりたらしいとわかった。彼女が発する信号をどうやら見逃していたようで、もっと早くにわたしから声をかけていればよかったと反省する。

そこで、話題を変えることにした。「人質事件に何か進展はあった?」

シアンは背後のコンピュータをふりかえり、マウスをクリックした。ライマン・ホール病院の最新情報を見られるよう、ニュース画面を常時開いてある。

「二、三分まえに見たときは、セクレスト議員が現場に到着したところだったの」顔だけこちらに向けていう。「心配でたまらないわ。一日じゅうここでニュースを見ていたいけど、見ているだけじゃ誰の力にもなれないから」

わたしは彼女の横に立った。「いまはどんな状況かしら?」

シアンがマウスから手を離し、代わりにわたしが音量を上げた。新着ニュースの画像には、SWAT隊員に囲まれたサンディ・セクレスト議員が映っていた。道をはさんで病院の真向かいに停車したトレーラーに向かっているところだ。議員は小柄で、身長は百六十センチもないだろう。長身で筋骨たくましい男たちに囲まれ、よけい小さく見える。背中しか映っていないけど、黒いコートで手袋をはめているのはわかった。それでもこの寒さのなか、帽子はかぶっていない。白髪のショートヘアが、一月の風に揺れていた。

　カメラは議員を追いかけ、彼女とボディガードたちは警察の規制線を越えてトレーラーに向かう。記者のひとりが叫んだ。「議員！　議員！　あなたの目的は？」

　セクレスト議員は記者とマイクの群れをふりむいた。記者たちはたぶん、規制線の手前で折り重なるようにしてマイクを突き出しているはずだ。

　彼女の明るいブルーの瞳は怒っているように見えたけど、声は穏やかだった。

「人質が全員無事に解放され、平穏がもどることですよ、いうまでもなく。あなたたちがここにいる目的はなんですか？」

　彼女は答えを待たずに前を向き、無言でベージュ色のトレーラーに入っていった。

「なかなかね」と、わたしはつぶやいた。

「うまくやれるかしら？」

　スージーンやリサをはじめとする洗濯係の女性たち、病院の外で何が行なわれているか知らずにいる人質たちのことを考えた。みんな一瞬一瞬を必死で生き延びようとしている。

「うまくやってくれるよう祈りましょう」

8

その夜、シアンとわたしはラファイエット公園の向かいにあるバー〈フィズ〉に行った。高級ホテルの地下にあり、ゆっくりプライベートな会話をするには申し分ない。こぢんまりしてお酒も高価で、手軽な集客はせずに、古風で上品な雰囲気を好む常連客を大切にしている。重厚な調度、彫刻の施された天井、静かに流れる器楽曲——。〈フィズ〉は創業当時の趣をほぼとどめている。例外は無線LANが使えること、カウンターに薄型テレビがあることくらいだろうか。常連客はここに来ると、一九二〇年代にタイムスリップできた。

バーテンダーのビリーが手を振って挨拶し、空いているテーブルのどこでもどうぞ、といった。わたしは店内をなかば進んだところにある、カウンターそばのテーブルを選んだ。隣のテーブルがどちらも空いていたからで、できるだけプライバシーを保てるほうが、シアンにもよいだろうと思った。わたしは赤いクッションが当てられた壁側にすわり、シアンはウィング・チェアに腰をおろす。少し間をおいて、スキンヘッドで長身のビリーがテーブルにやってきた。

「ふたりとも久しぶりだね」カクテル・ナプキンを置きながらにっこりする。「ボスが新しくなって、さぞや忙しかっただろう。人質事件のほうはどうなった？」

「報道されていることしか知らないのよ」と、わたしは答えた。

よけいなことは話せないのを彼も承知しているから、会話のきっかけにしただけだろう。

「お店の調子はどう？」

ビリーはほほえんだ。「おかげさまで順調だよ」その言葉どおり、前回来たときよりカウンターは混んでいた。このクラスのホテルに宿泊できる人たちにまじって、誰でも知っているような著名人もいる。ビリーと軽く話をしてから、わたしたちは飲みものを注文した。

ビリーがいなくなると、シアンはゆっくり店内を見まわし、隅のテーブルに目をとめた。上院議員がふたり、静かながらも白熱した議論を戦わせているようだ。

「何かあったのかしらね」と、シアン。

「わたしはあなたに何かあったのか、そっちのほうが心配よ」

シアンはわたしの目を見ると、視線をテーブルにおとした。指先で木のテーブルをこすったり、小さな円を描いたりする。

「あんなばかなことをして、ほんとうに後悔してるの」ようやくシアンはいった。

「それについて話すのはよしましょう。その道の専門家たちが対処しているし、とりあえずあなたは仕事をつづけていられるし」

「とりあえずはね」

「ほかにも心配事があるんじゃないの？」

シアンの目がうるみ、周囲を見まわしてから背をまるめる。

「壁のほうを向いていてよかったわ」むりにほほえんでみせたけど、声はかすれていた。「わたし、どうかしちゃったみたい。このところ泣いてばかりで」

ビリーが注文したワインを持ってきた。わたしは白でゲヴュルツトラミネール、シアンは赤でメルローだ。

「おふたりとも、この数日はたいへんだったろう。これはぼくの奢《おご》りだ。食事もご馳走するよ。新作を試食してもらえたら、シェフも喜ぶ」そこでシアンの涙目に気づき、ちょっととまどった。「ともかく今夜はすべて店の奢りだから。何かあったら合図して」

わたしはお礼をいい、彼はテーブルを離れていった。

「話してみて、シアン。レイフと関係あるの?」

彼女は首を縦に振ったかと思うと、すぐ横に振った。少し気持ちをおちつけてから、話しはじめる。

「オリーは土曜がお休みだけど、わたしのお休みと交換してもらえないかしら? わたし……」

おちつきは、たちまちくずれた。

テーブル越しに彼女の手を握る。「何があったの?」

シアンは手を握り返してきたけど、すぐに離して顔をおおった。

「これじゃまるで子どもね。誰かに見られていないかしら……」

わたしはたまらなく不安になった。「このお店のことはよく知ってるじゃない。誰も人のことは気にしないわよ」それでもシアンは安心できないようだ。「大丈夫よ、誰も見ていないわ」

彼女は唇を噛み、意を決したように話しはじめた。

「このまえ、母のことを少し話したでしょう。じつはね、かなり悪いの。母はアルツハイマー病なのよ……一年以上まえにそう診断されて……最近は、ひとりにしておくと危ないの。わたしが仕事に出ているあいだは付き添いの人を頼んでいるんだけど、それでも台所でぼや騒ぎを起こしたり……。もうね、ほとんど何もわからないの」

「まったく気づかなかったわ」

「誰にも知られたくなかったから。オリーはホワイトハウスに無関係な私的な悩みを厨房で話したりしないでしょう？　バッキーだってそうよ。わたしも家族の問題を厨房にもちこみたくなかったの。心ここにあらずでミスを犯すかもしれないって思われるのがいやだった……。でも、わたしはまさにそれをやったのよね」

そんなことない、といいたかったけど、いえなかった。

「母のことは、もうわたしひとりでは手に負えなくなって……」

黙って静かに聞くだけだ。

「結局、介護施設をさがして見つけたの。とてつもなくお金がかかるけど、評判はいいのよ。そこに母を連れていくのが土曜日になってしまって、だからできれば休日を交代してもらえないかと」

「ええ、いいわよ。わたしはとくに予定はないから。土曜日は、お母さんのためにたっぷり時間を使ってちょうだい」

シアンは鼻をすすった。「ありがとう、オリー……感謝するわ」

「でも、まだほかに何かあるんじゃない？」

彼女が答えるまでに、しばらく間があった。ようやく口を開いたときには言葉が次つぎと飛び出して、息つく暇もないようだった。心に抑えこんでいたものをやっと解放できる、とでもいうように。

「ずっとレイフのことを考えていたの、ニューヨークでどんな生活をしているのかなって。新聞や雑誌で、ちょくちょく彼の名前を見るでしょう？　ニューヨークに行ったのは、きっと正解だったのよ」しょんぼりとうつむく。「ホワイトハウスにしがみつくわたしは、愚かなのかもしれない。もし解雇されたら……。クビになるまえに、自分から辞めるほうがいいような気もして……。レイフが彼のホテルに泊めてくれるかもしれないでしょう？」表情がほんの少し輝き、すぐまた暗くなった。「だけど母を置いては行けないから」

わたしは慎重に口を開いた。「レイフがマスコミにとりあげられるようになって、あなたたちの関係は以前とは変わった、といわなかった？　メールの返信も来ないって？」

「仕事のオファーがあったとき、彼からいっしょにニューヨークへ行こうっていわれたんだけど……」

そのことは知っていた。でも、それは六カ月以上もまえの話だ。レイフはすでに、新たな地で自分の道を歩みはじめている。

「シアン……。こういう状況になるまで、ニューヨークに移る気はなかったでしょう？　あいう環境は自分には合わないといってたじゃない。いまは嵐をきりぬけて、どうなるかを見極めるべきだとは思わない？」

シアンは鼻に皺を寄せた。また涙がこぼれ落ちないように。

「ホワイトハウスで起きていることや、母のことなんかで……わたしにはもう、どこにも居場所がないような気がするの」

その気持ちはよくわかった。「できるかぎりのことはするつもりだから。厨房はね、あなたにいてもらわなきゃ困るの」

「ああ、オリー……。そういってくれると、とってもうれしい」彼女は涙を拭い、何とか笑おうとした。「自己憐憫《れんびん》はやめなくちゃだめね」

「そしてひと息つくの。そのうち朗報が届くわ」

「朗報？」彼女はメルローに口をつけた。「ワインより先にそっちが届いてほしかったけど」

「ほら、新しく来た護衛官のなかに、すてきな人もいるじゃない？　ボストとか……」

シアンは眉をひそめた。「あの、融通のきかない人？」

「だったらガルデスは？　彼のスペイン語訛りは胸に響くわ」

シアンはようやくほほえんだ。「ほんと？　オリーはトムと別れてから、男性には目もくれないように見えたけど」

わたしは人差し指を立てた。「まだ誰かとつきあう気にはなれないわ。だからといって、すてきかどうかもわからないほど鈍感じゃないわよ。それにちゃんと気づいていますからね、ガルデスやヌーリーを見るあなたの視線が熱いのも」

この夜初めて、シアンは気分が軽くなったようだ。「ええ、そうですよ。だけどオリーだって、胸に響くことがあるんでしょ？」

わたしは笑った。「スペイン語訛りにはね。でも、ふたりともハンサムだわ。結婚しているのかしら？」

シアンは首をすくめた。「マシューは独身よ。アルベルトはたぶん結婚してると思うけど、確かじゃないわ。いまそれとなくさぐっているところ」

「え？　マシュー？　アルベルトって？」

シアンの頬が染まったのはワインのせいではないだろう。「ふたりのファーストネームよ。アルベルト・ガルデスとマシュー・ヌーリー。アルベルトはセクシーだけど、わたしのことを女だとは思っていないみたい。個人的にはマシューのほうがいいわ。少なくともわたしとおしゃべりしてくれるから」

トムのことを考えた。わたしたちはしょっちゅう会話して、そのうちプライベートで会うようになった。そしていま、必要なとき以外はほとんど口をきかない。

「シアンがうらやましいわ、新しい恋に向かう気持ちがあって。わたしにはそんな時間もないから」

「時間より、気持ちがないからでしょ？」

「だけど、何よりキャリアが大事だし――」

「キャリアがすべてじゃないわ」シアンはわたしが暗い顔になったのを見て、自分の悩みを脇に置き、励まそうとしてくれた。「男性と楽しくおしゃべりして過ごすのも、たまにはいいものよ」

「ヌーリーやガルデスと？　お断わりするわ。シークレット・サービスはもうたくさん」

シアンは身を乗り出し、声をおとした。「あなたの右手の先にいる男性は？　わたしたちがここに来てからずっと、オリーのことを見てるわ」

思わずちらっとそちらを見た。四十代くらいのスーツ姿の男性が、たしかにわたしのことをじっと見ている。十キロ以上はよぶんなお肉がつき、太い眉に大きな耳。でも夜になってうっすらのびた髭と黒髪はなかなかすてきで、ハンサムといっていい。

目が合うと、彼はにっこり笑ってグラスをかかげ、乾杯の仕草をした。テーブル三つ分は離れているから、言葉をかわすことはできない。どうしていいかわからずに、わたしもワインのグラスをかかげて応え、シアンに目をもどした。

「ほらね！」シアンはいきなり明るく元気になった。「あの人、オリーと話したいのよ」

彼を話題にしているのを知られたくなかったので、わたしは微笑を浮かべ、「その気はないわ」といった。

「どうして？」

「バーで初対面の男性に自己紹介する趣味はないからよ」

「ここは行きずりの相手をさがすようなお店じゃないわ」

それはわかっている。「だから彼も、そんなつもりはないでしょう」

「ずいぶん純朴ねえ」

わたしより若いシアンに純朴だといわれ、つい笑った。視界の隅で、彼がカウンターへ向かい、ビリーと言葉をかわした。

「支払いをして帰るみたいよ。これで彼の話は終わりね」

予想どおり、彼は帰っていった。

それから少しして、ビリーが新しい飲みものを持ってわたしたちのテーブルに来た。

「きみのファンからだ」ビリーはわたしにウィンクした。

シアンが目を見開き、「ひょっとして、たったいま帰った人？」と訊いた。

ビリーはうなずいた。「きみたちのことを知っていたよ。ふたりのシェフに飲みものをご馳走してくれ、といって帰ったんだ」

「誰なの？」わたしが訊くと、ビリーは首を横に振った。

「初めてのお客さんだ。でもオリーに興味津々だったよ」

シアンがわたしの腕を軽く叩いた。「ほら、やっぱりあなたとデートしたかったのよ」

ビリーは声をおとした。「ぼくはバーテンダーになって長い。気を悪くしないでほしいんだが、オリー、彼がきみを見ていたのは、デートに誘いたいからではないと思う。そういうものとは違う興味があったんじゃないかな」

「どう違うの？」

「それはわからない。とにかく違うんだ。オリーのことを観察しているというか……」

「何かいってなかった？」

「きみのファン、というだけだ」

「すごいわね」わたしは気楽な調子でいった。「恋人志願じゃなく、ストーカーとか？」

ビリーは首をすくめた。「害があるような、おかしな感じはなかったけどね。もう一度来たら、もっと注意して見てみよう」

「ホテルに泊まってるのかしら？」

「さあ……。支払いは部屋付けじゃなかったが」

「ありがとう、ビリー。あなたの注意力に感謝だわ」

ビリーがいなくなると、シアンは新しい飲みものを見下ろした。

「また誰かとデートすること、まじめに考えたほうがいいわよ。なんなら、わたしがセッティングするわ」

それが無用な気づかいであることは、彼女自身わかってしゃべっている。でも、少しは元気がもどったようで、わたしはうれしかった。だったら最初に誰を紹介してくれるの、と尋ねかけたところで、テレビの映像がわたしの目を捉えた。髭をはやした男が、四人の警官の腕から逃れようと激しくもがいている。わめく言葉がテロップで流れた──「終わっちゃいない！　われわれは勝利する！」

男の背後の光景に見覚えがあり、わたしはカウンターに急いだ。「ボリュームを上げてくれる？」

「どうしたんだい？」と、ビリー。

シアンもわたしのあとを追ってきた。「あの病院の事件よ」

ビリーは音量を上げ、ほかにもお客さんが何人かテレビの前に集まった。

「くりかえします。ライマン・ホール病院の人質立てこもり事件は終息しました。人質になった人びとの健康状態に関する発表があります。間もなく最新情報をお伝えできるでしょう」

「アレン──」画面の外から女性キャスターの声がした。「セクレスト議員の説得が成功したということでしょうか？」

画面の記者はうなずいた。「彼女の説得がなければ、命を奪われた人質もいたかもしれません。現在、アルムスタンのテロリストたちの身柄は確保されています。セクレスト議員の交渉により、犯人は人質を解放しました。間もなく談話が聞けると──」言葉を切り、指で片耳を押さえ、それから再開した。「人質は全員、無事です」またしばらく耳を押さえる。「健康状態もとくに問題はないようです。ホワイトハウスの職員が病院に搬送された理由や、立てこもり事件と関係があるかどうかについては、まだ何も発表されていません」

「人質になっていた方たちと話すことはできましたか？」

「いえ」記者は眉根を寄せ、伝えられる速報に耳を傾けた。「人質のみなさんは状態がおちつくまでここに留まるようです。ホワイトハウスは今夜じゅうに声明を発表するようですが、大統領はセクレスト議員に謝意を表明しています」警官に背中を押される。「ここから立ち去るようにいわれていますので、スタジオにお返しします。ライマン・ホール病院の現場から、アレン・パーノットがお伝えしました」

場面が切り替わり、わたしはシアンをふりむいて抱きしめた。

「みんな無事よ！」

今夜はこれで三度めだ。シアンの目から涙がこぼれた。


アパートのエレベータを降りると、ウェントワースさんがドアから顔をのぞかせた。年上の隣人は挨拶代わりに手を振った。

「調子はいかが、ウェントワースさん？」

「どっちもいい調子よ」ウェントワースさんは長くおつきあいしているボーイフレンドのスタンリーも元気だとほのめかした。「それにしても、ずいぶん遅いお帰りね？」

ウェントワースさんは、わたしの出勤と帰宅をつねに把握しているのだ。

「ええ、そうなんですよ」

「人質になった人たちが解放されて、ほんとうによかったわね。みんな無事でほっとしたわ。

仕事に復帰したら、そう伝えてちょうだい」

「はい、伝えます」

「おやすみなさい、オリー」

「おやすみなさい、ウェントワースさん」

わたしは部屋に入り、ドア横のテーブルに鍵を置いた。ひと息ついたところで、トムに電話をかけることにする。地下鉄の乗客がわたしの会話に耳をそばだてるとは思えなかったけど、帰宅途中で微妙な話をするのは避けたかった。ホワイトハウスに関する話題で、気をつかいすぎるということはない。

トムは最初の呼び出し音で出た。

「どうした？」

「まだ仕事中？」

「いつものことだよ。ニュースは見たかい？」

「ええ。報道されなかったことで、わたしが知っておくべきことはある？」

「あした、詳細を全員に説明するよ」しばしの間。「心配事でもあるのかい？」

「何でもないかもしれないけど……」

うめくような声。「どうしてなんだ、オリー？」

背筋が伸びた。「どういう意味？」

「いつもと違うことに気づいたのか？　疑惑を抱いたことでもあるとか？　それとも、シークレット・サービスの管理法についてのアドバイスかな？」

トムはわたしの介入をけっして喜ばない。それくらいわかっていたはずなのに、電話をかけたわたしが浅はかだったのかも。

「そうね、もうこんな時間だものね。またにするわ」

そういって通話をきりかけると、「ちょっと待って」という声がした。

別れたあとでも淀んでいた心残りのようなものが、この短いやり取りでかき消えた。トムはわたしの直感を、ただのお節介としか思わない。PPDとしての立場があるのはわかるけど、なかにはわたしを〝評価〟してくれる護衛官もいるのだ。わたしはまた、ギャヴのことを考えた。最初のうちはぶつかっていたものの、そのうちお互い敬意を払うようになった。そういうところが、わたしとトムの関係には欠けていた。

わたしは無言で、ただ待った。

彼の大きなため息が聞こえた。「それで用件は？」

唇を嚙む。気のきいた言葉が浮かんでこない。でもともかく、トムに知らせたほうがよいと思ったことをいえばいいのだ。

「ゼラー護衛官とボスト護衛官のことなんだけど」

「うん……」トムの声は慎重だ。

「ふたりに最新情報は伝わっている？」

「この回線は盗聴防止機能がないから、具体的なことはいえないよ」

「わかってるわ。だから詳しい内容じゃなく〝最新〟の情報よ。あのふたりも知っているのかしら？」

「どうして？」

「きょう、ふたりに呼ばれたの。厨房と同じフロアにあるシークレット・サービスの事務室に。ドアを塞がれて、とっくにあなたに話したことを訊かれたのよ。ふたりがあなたの目の届かないところで何かしたかったのか、わたしの口の重さを試そうとしたのかはわからないけど」

「ゼラーとボストが？」

やっと興味をもってくれたらしい。「あなたに伝えておいたほうがいいと思って」

トムは小声で悪態をついた。「たしかなのか、オリー？　勘違いとか思いすごしの可能性は？」

きつい言葉を返さないよう、頬の内側を嚙んだ。

「話したかったのはそれだけよ。あなたは知らないかも、と思ったから」じつはそれだけではなかった。今夜、バーにいた男性のことも話すつもりだったのだ。でも、いまは早く電話を切りたくてたまらなかった。「それじゃあね。おやすみなさい、トム」それだけいって、電話を切った。

9

翌日、トムは朝いちばんに会議を招集した。メンバーはポール、サージェント、ガルデス護衛官（厨房の監督はヌーリーに任せた）のほか、今回はボスト護衛官とゼラー護衛官もいる。ふたりはわたしと目を合わせようとしなかった。

「きょうは、ライマン・ホール病院で人質になった職員に関する最新情報と、毒物を仕込まれたチキンについて話し合うために集まってもらいました。ボスト護衛官とゼラー護衛官が参加したのは、どちらも主に大統領の子どもたちの警護を担当しているからです。毒物に関する情報はごく一部の職員以外、極秘扱いにすることは伝えてあります」トムはわたしを一瞥《いちべつ》してから、腕時計を見た。「ふたりは間もなく、登校する子どもたちを護衛するので、さっそく始めましょう。質問は最後にまとめてうかがいます」

わたしはボストとゼラーに目をやった。トムはわたしが電話した件を、彼らに話したかしら？　上司であるトムを見るふたりの目つきは、とても冷ややかだ。だめ、だめ、もうよしなさい――わたしは自分にいいきかせた。よけいなことを考えると、表情や態度に出て、まわりに不審がられてしまう。好奇心を抑えこみ、わたしはトムに注意をもどした。

トムは人質がどのように解放されたか、セクレスト議員がどんな役割を果たしたかについて、詳細には触れずに概要だけ説明した。

「病院に立てこもったグループは、野球でいえば二軍選手だという情報を得ています」彼は両手を上げた。「情報源に関しては質問しないでください。何点かの問題については捜査と情報収集を継続していますが、具体的な内容はお話しできません。ただ、これだけはいえます――もし、ハイデン大統領の子どもたちが病院に運ばれていたら、犯行グループはこれほど簡単にはあきらめなかったでしょう」

訊きたいことは山ほどあったけど、おとなしく黙っていた。

「犯行グループは――」トムはつづけた。「途中で計画変更せざるをえなかったと考えられます。結果的に、本番ではなくリハーサルで終わってしまったわけです。グループのリーダーは、子どもたちにヒ素を飲ませるのに失敗したことを知っても、とりあえず計画を続行した。ただし、一軍選手ではなく二軍選手にやらせた。と、われわれは見ています」そこで首を振る。「子どもたちが毒入りチキンを食べなかったことをどうやって知ったのか。それはいまのところ不明です。といっても、連絡係がいたのは間違いないでしょうから、現在、内通者の捜査をしています」

背筋に冷たいものが走った。

「ご存じのとおり、今回の事件はアルムスタンの過激派組織の犯行です。彼らはファーボッドの釈放を要求しました。ファーボッドは組織の最高指導者で、有罪判決を受けて収監されていた。しかしハイデン大統領は要求を拒み、結果として犠牲者を出すことなく解決したのは幸運としかいいようがありません」大きく息を吐く。「子どもたちが巻きこまれていたらどうなっていたか……」そこで一人ひとりの顔を見ていく。「大統領の子どもたちを守るために、わが国の安全のために、警戒をゆるめるわけにはいきません。みなさんには、いついかなるときも警戒心を保ち、注意深くあってほしいと思います。職務中でなくても、時や場所を問わず、発言には気をつけるようにしてください」トムは厳しい目でわたしを見て、わたしも見つめかえした。首筋から顔まで熱くなるのを感じる。

トムはまた腕時計に目をやった。「最後にもう一点。給仕人のひとりが、チキン・ウィングの箱を厨房のほうへ持っていく人物を見たような気がするといっています。ここで給仕人の名前は控えますが、彼は新大統領の就任式の日に、チェーン店のチキン・ウィングを配達するなんておかしなこともあるものだ、と思ったことで覚えていたにすぎず、その人物が男性で、新顔らしいこと以外は思い出せないそうです。この点も、引き続き捜査します」

トムはガルデスに、「ヌーリーにもかならず伝えてくれ」というと、ポールとサージェントのほうを見た。「スタッフにいずれかの情報を伝える必要がある場合は、事前にわたしに確認してください」そしてわたしにこういった。

「シアンとバッキーに、子どもたちの安全確保の重要性を伝えてほしい。だが、ヒ素のことはまだ誰にもいわないように。わかったね？」

「はい」と、わたしは答えた。「わかりました」

確認の返事を求められたのは、わたしだけだった。

ハイデン家がホワイトハウスに引っ越してきてから初めて、朝食の準備は滞りなく順調に進んだ。オートミール、ワッフル、卵料理は申し分なく時間どおりに仕上がり、ジュースやフルーツといっしょに運ばれた。また、栄養たっぷりで楽しいお弁当もふたつ。わたしはバッキーとシアンにいった。「先のことはわからないけど」給仕人が朝食のトレイをワゴンで運んでいくと、わたしはバ

「オリーにしては珍しく悲観的だな」バッキーがいった。「何があった?」

「悲観的じゃなく現実的なだけ。ハイデン家が来て以来、予定どおりに進んだことはほとんどないでしょう。状況はよくなると思いたいけど、気を抜くことはできないわ」

ガルデスとヌーリーの護衛官ペアは無言だけど、わたしに同意しているようではあった。バッキーは、ほう、という顔をしてからコンピュータ画面と向き合った。これから昼食の準備をするのだ。

「ともかく厨房はおちついたから」こちらに背を向けたままいう。「今後は順風満帆と思いたいね」

シアンも期待をこめた目でいった。「ひと区切りはついたでしょう。政権とともにいろんなことが変わったせいで、みんな神経質になっているのよ。給仕の人たちがもどってきて、朝食は無事にすんだと知らせてくれれば、わたしたちももっと前向きになれるわ」

「そうだといいけど」わたしは不安を拭いきれなかった。〝信頼できる筋〟から聞いたというサージェントの話が頭の隅にいすわって、心がざわつく。気をとりなおし、カウンターを拭きながら昼食準備の時間計算をした。スタッフとのミーティングを控えているファースト・レディには、サラダとスープ、マルセルの軽いデザート。大統領からはすでに、昼食は西棟《ウエスト・ウイング》のメスで食べると連絡を受けていたから、こちらで用意しなくていい。

三十分後、給仕人たちが朝食のお皿やトレイを手にもどってきた。

「申し分なしだ」給仕長のジャクソンがいった。「子どもたちも生活リズムに慣れてきて、すべて時間どおりに進んだよ」

ほっと胸をなでおろした。思っていた以上の安堵感だ。

「ああ、よかった……」見るとバッキーもシアンも同じ気持ちのようで、試食係を務めた護衛官たちもいつになく顔がほころんでいる。「これでひと安心だわ」

そのとき、厳しい顔つきのポールが入ってきた。「オリー、少しいいかな?」

彼について厨房から出ていくとき、背後でバッキーの声がした――「安心も長くはつづかないらしい」

どうか、チャイナ・ルームでありませんように。思わずつぶやきそうになったけど、どうも行き先は違うようだ。ポールは左に曲がるとノース・ホールを進み、ベースメント・ホールに出るとまっすぐ横切って、正面のドアを開けた。

「あら」わたしはかなり驚いた。ここはノース・ポルチコの下にあるボウリング場なのだ。

ポールは照明のスイッチを入れ、なかに入るとドアを閉めた。ここで打ち合わせをする人はそうそういないだろうけど、逆にいえば邪魔が入らずにすむ。壁にボウリングの巨大ピンが三本描かれ、一九六〇年代にもどったようだ。シューズやボウルを並べた棚も昔ながらの雰囲気で、ふりかえると、後ろの壁にも巨大ピンの絵があった。

「どうしてここなのですか？」

「きょうは人質事件の影響で、人の出入りが多いんだよ。ふたりきりで話すには、ここしかないと思ってね」

「何か問題でも？」

「いや、とくに問題はない」つらそうな顔を見れば嘘だとわかる。「あらかじめ伝えておくべきと思っただけだ」

サージェントのあの言葉がよみがえり、胃が縮んだ。シアンの件で、なんらかの懲戒処分が決まったのだろう。わたしは覚悟を決めた。

「遠慮なさらずにおっしゃってください」

ポールの髪は白髪混じりの黒髪だと思っていたけど、いつのまにか白髪のほうが多くなっている。大統領が任期中に老けこんでいくのと同じように、ポールも日々ストレスにさらされているのだ。唇を舐め、なかなか話そうとしない。そう簡単には切り出せないことなのだろう、たぶん。

「まもなく公式発表される予定だが……」

喉がからからになった。ごくっと唾を飲みこんだら、しみるほど痛い。

「厨房のことですよね？」

ポールはうなずいた。

じらされているようで、つらかった。

「お願いします、ポール。どういうお話でしょうか？」

「大統領ご夫妻が、新しいシェフをお連れになるということですか？」

膝がガクガクした。「わたしはクビになるということですか？」

「いやいや」ポールは即座に否定した。「きみたちの仲間がひとり増えるそうだ」

頭のなかで次つぎ疑問が湧いた。

「どうしてそんなに困った顔でおっしゃるんです？　そのシェフはバッキーの代わりなんですか？　それともシアンの？　どういうことでしょう？　彼女は解雇されるんですか？」

「新しいシェフは男性だ」と、ポール。「名前はヴァージル・バランタイン」

「雇用は決定事項なんですね？」

「ヴァージルはハイデン家の専属シェフだ」ポールは両手を上げた。「つまり、ご家族の日常の食事はすべて彼が用意する。だが、形式的にはきみの部下だ」

言葉が出なかった。わたしたちはもうファースト・ファミリーの食事をつくれないの？

サージェントのいうとおりだった。わたしは出ていくのだ。

「だったら、わたしたちは何をするんです？　バッキーとシアンとわたしは、ただ椅子にすわって、ぼうっとしていればいいと？」

「いいから聞きなさい、オリー。わたしはね、ファースト・レディと直接話し、ヴァージルをきみの後任にするのかと尋ねたが、そのつもりはないということだった」

「もちろん、そうでしょうね」声が大きくなった。「ほかにいいようがありませんから。ファースト・レディは聡明な方でしょう。専属シェフをホワイトハウスに連れてきて、就任後のあわただしさが収まったところで、わたしをクビにする」

「おちつきなさい、オリー。ファースト・レディにきみを解雇する理由はないんだから。少し考えすぎだよ」

ううん、そんなことはない。それはポールもわかっているはず。

「でもファースト・ファミリーにしてみれば、わたしたちはこのまえの朝食を台無しにしたし、シークレット・サービスが毒入りチキンの件を知らせないかぎり、夫人はわたしのことを子どもたちから大好物を奪ったシェフとしか思わないでしょう。クビにしても当然ですよね？」

「夫人にはきみを追い出す気などない」

「それは確実ですか？」

ポールの目が曇った。

「この件は月曜日に発表される。厨房のスタッフにはきみから伝えてほしい」

わたしは必死で気持ちを鎮め、現実的なことだけ考えようとした。

「それで、そのシェフはどんな人物なんでしょう？　履歴書は見せてもらえますか？」

「きみにコピーを届けさせよう」

わたしは壁のボウリング・ピンの絵をながめ、それからレーンの先にあるホワイトハウスの絵をぼんやりながめた。まさかここで、こんなニュースを聞かされるなんて――。ポールも黙りこくり、静まりかえったボウリング場で、わたしは思いをめぐらせた。傷つき倒れ、立ち上がれないような気がする。厨房にはもどらず、しばらくここにいたいと思った。このままでは、厨房で冷静に話せる自信がない。だけどポールには、ほかにも仕事がたくさんある。

「とりみだしてすみませんでした」わたしはあやまった。「こうして時間を割いて、事前に教えてくださって感謝します」

「わたしにできることは、これくらいしかないからね」表情が少しだけやわらいだ。「それに、くよくよ悩む必要はまったくないよ。きみのことをもっとよく知れば、ハイデン家もキャンベル家と同じように高く評価するだろう。ハイデン家にはただ、専属シェフをつける習慣があるだけだ」

でもそれなら、わたしは何なの？

「ありがとうございます」わたしは後ろの壁ぎわに並ぶ椅子に腰をおろした。「少しここでゆっくりしてから厨房にもどってもよいでしょうか」

「もちろんかまわないよ。だが、これだけは覚えておいてほしい」ポールはわたしの肩をやさしく叩いた。「オリー、きみの代わりになれるシェフはいない」

うれしかった、そういってもらえて。だけど……ハイデン家の考えは違うかもしれない。

10

　専属シェフの件で心が乱れ、仕事がなおざりになってはいけない。わたしはなんとか気持ちをきりかえた。ただし、バッキーとシアンに伝えるのは、もう少し先にしようと思う。あれこれ考えたすえにそう決めたのだけど、実際はたぶん、わたし自身にまだ心の準備ができていないからだろう。

　土曜日の朝。シアンはお母さんに付き添うために休みをとっている。でも夕食をいっしょに食べよう、と約束した。きょうの彼女には話を聞いてくれる相手が必要だろうし、その点ではわたしも同じだった。

　とにもかくにも、朝食の準備に集中する。ただ、目の前にあるサルサソースも気になった。ウェボス・ランチェロスの新しいレシピを思いついたものの、大統領の口に合うかどうかがわからない。ウェボス・ランチェロスはトルティーヤに目玉焼きをのせてサルサソースをかけた人気のメキシコ料理だ。でも大統領のお好みでない場合、すぐに取り替えられるようべつの料理も考え、いまバッキーがせっせと準備中だった。この新レシピのサルサソースは、朝食にしてはちょっとタマネギが多めだったかも——。わたしは味を確かめようと、試食用スプーンに手をのばした。

「あらっ」いつもの場所に一本もない。

バッキーがわたしをふりかえった。「まだもどってこないのか?」

「ええ」

基本的な備品がずいぶん足りなくなっていた。洗濯係と給仕人が例のチキンで倒れたことが、さまざまな部署に副作用をおよぼしているのだ。給仕係の一部は二交代制になり、洗い場の一部スタッフが洗濯係も兼ねている。その結果どうしても、洗浄に出した陶器や銀器類の戻りが遅れがちになった。かたやわたしたちはいつものペースで仕事をするから、予備のものを使わざるをえず、なかでも試食用のスプーンや小皿の問題は深刻だ。試食係をふたりよけいに抱えているからで、ちょくちょく洗い場に取りにいかなくてはいけない。

だけどいまはお使いを頼める人がいないので、わたしが行くしかなさそうだった。

するとガルデス護衛官が、「自分が洗い場に行きましょう」といってくれた。「ひとりきりでも平気かな?」とヌーリー護衛官に訊く。

ヌーリーは笑い、早く行けと手を振った。この何日かで、護衛官たちは肩の力が抜けてきた。マルセルのところにもシークレット・サービスがふたり常駐しているのだけど、ヌーリーたちは彼らとも、この特殊任務につけたのはラッキーだったと冗談をいいあっているらしい。そしてシアンとわたしはつきとめた——厨房担当のハンサムな護衛官はどちらも独身で、ガルデスにはガールフレンドがいるけど、ヌーリーにはいない。

いまヌーリーは、離れた場所からじっとサルサソースを見つめている。

「おふたりとも休日はあるの？」

「もちろんです」と、ヌーリー。「ただマッケンジー護衛官は、新体制がある程度安定するまで、担当の変更は避けたいようです。しかしあと数日もすれば、わたしたちのこの任務も担当が替わるでしょう」

「そういう段取りだったのね」

「ところで、オリー」彼はくだけた調子でいった。少しばかり、くだけすぎな気もするけど――。「アシスタントのシアンは、ここでの仕事は長い？」

「ええ。彼女の大きな実績になるでしょう。シアンは天才といってもいいわ」

「やっぱりね」納得した顔つき。「きのう、彼女のソースを試食したら、それはもう、すばらしかった」

男性の心を射止めるまさに常道。

「でしょう？ 彼女の腕は一流よ」ヌーリーはシアンにボーイフレンドがいるかどうかを訊いてくるかも、と思ったところで、ガルデスがもどってきた。スプーン類だけでなく、布巾もたくさん抱えている。

「洗濯室の近くを通ったので、ついでに引き取ってきました」

「ありがとう、すごく助かるわ」

お礼をいってヌーリーをふりむくと、彼はすでに目立たない片隅にもどっていた。わたしとひと言もしゃべっていないかのように——。

昼食の後片づけをしながら、ハイデン家専属のヴァージル・バランタインはどんな人なのだろう、彼の参加で厨房はどんなふうに変わるだろうと、そればかり考えた。ファースト・ファミリーに食事をつくるのが、来週で最後になるかもしれないのだ。

「きなくさいな」バッキーがいった。

「えっ？」顔を上げると、彼はわたしをじっと見ていた。

「ごまかすのはやめたほうがいい。いまのオリーは腐臭を嗅いだか、料理が焦げついたような顔をしている。しかしそんなものはここに——」両腕を大きく広げる。「ひとつもない。ということは、何か悩み事があるんだろう？」

わたしはため息をついた。バッキーらしくない、いかにも心配げな顔をしている。

「何があったんだ？」

「ヴァージル・バランタインのことを考えていたの」

「ヴァージル？　誰だい？」

バッキーとシアンには内輪で伝えたかったけど、護衛官がふたりとも厨房からいなくなる時間はなかなかない。いくら感じのいい護衛官とはいえ、ファースト・ファミリーの専属シェフという大問題はスタッフと一対一で話し合いたかった。シアンとはきょうの夜、外で会うことになっている。でもバッキーとは、ハンサムでたくましいベビーシッターたちのいる場で話すしかないだろう。

「新しいシェフが来るのよ」

バッキーは目を細めた。「新しく雇ったということか？」

護衛官たちはこちらの会話にさして興味がなさそうだ。どうか、ずっとそのままでいてほしいと願いつつ、わたしはバッキーのそばに寄ってささやいた。

「ハイデン家が専属シェフを連れてくるの」

バッキーにしては珍しく絶句した。何かいおうとして、ふっと顔をそむける。肩が小さく震えていた。きっと自分自身と闘っているのだろう。わたしは何もいわずに待った。しばらくして、バッキーはバッキーらしさをとりもどし、声をおとしてこう訊いた。

「きのうのポールの用件はそれだったんだな？」

「ええ。その新しいシェフが、ヴァージル・バランタインなの。ポールが彼の履歴書を送ってくれたんだけど、数は少なくてもすばらしいお店で仕事をしているわ。目を見張る経歴よ」

バッキーの表情が険しくなった。「ほかには？」

「三年まえに、ハイデン家の専属シェフになったみたい」

バッキーは肩をおとした。「ということは、〝彼の仕事ぶりを見てみましょう〟ではなく、〝わたしたちのシェフをホワイトハウスに連れていきましょう〟か」

「ええ」

「不安じゃないのか？」

「もちろん不安よ」

「だけどきみはエグゼクティブ・シェフだ。それも女性初のね。そんなきみを追い出したら、世間がなんというか」

「たいした問題じゃないでしょう。ハイデン大統領はこれから四年間、ここで暮らすのよ。マスコミの騒ぎが鎮まったところで、新しいシェフをわたしの代わりにしたらいいわ。むしろ三年半後にわたしをクビにするほうが、世間の注目を浴びてしまうでしょう。早いうちにクビにしておけば、三年半後、つぎの選挙があるころには、マスコミも世間もわたしのことなんか忘れているわ」

「それもそうだな」暗い表情。「この何年かできみがかかわった事件のこともあるしね。マスコミにあれだけとりあげられたら、きみの解雇を非難する者がいたところで、ハイデン家には反論する立派な理由がある」

「ありがとう。そういってもらえて、ずいぶん気が楽になったわ」

彼はわたしの皮肉を払いのけるように手を振った。

「きみだって、とっくにそれくらい考えていただろ？」

そう、たしかに考えた。

「チキンに毒が入っていたことをファースト・レディが知らないのは、わたしにとってはたぶんいいことなのよ。わたしがどうかかわったかも、知らないわけだから。夫人はキャンベル大統領時代の事件について、さんざん聞かされているでしょう。今回、わたしが目立たないようにしていれば、仕事をつづけられる可能性もいくらか高くなるわ」

「きみが目立たないようにしている？」バッキーは大声で笑った。「一生、ありえないね」

「あなたはほんとうに心やさしい人だわ」

バッキーは真顔になった。「きみはトムと別れた理由を話したがらないが、ぼくなりに見当はついている。きみは自分に正直なんだ、いつだってね。それでなんとか切り抜けてきたが、今度の件は甘く見ないほうがいい」

バッキーが自分の考えをこれほどはっきり口にすることはあまりない。そして、彼のいうとおりだと思った。

「ありがとう。だったら、大統領一家が専属シェフなんかいらないと思うような、見栄えも味もすばらしい夕食をつくるとしましょうか」

ガルデスとヌーリーが顔を見合わせ、そのようすから、わたしたちの会話を聞いていたのがわかった。ヌーリーが、つんと顎を上げていった。

「新しいシェフに勝ち目はありませんよ」

バッキーは今夜の主菜のビーフに使うマリネの準備にとりかかり、わたしは新作の副菜用にジャガイモの皮をむく。それぞれ作業に没頭し、外から聞こえる音にはまったく気づかず、人の気配を感じて初めて顔を上げた。すると、そこにいたのはファースト・レディと子どもたちだった。

ハイデン夫人はすらりと背が高く、肩まである黒髪は結ばずに垂らしている。

「こんにちは、みなさん」夫人はにっこりした。

バッキーとわたしはナイフを置き、あわててエプロンで手を拭いた。ガルデスとヌーリーはぴしっと背筋を伸ばし、無言でお辞儀をする。

「こんにちは、ハイデン夫人」わたしも頭を下げた。「アビゲイル、ジョシュア、また来てくれたのね」

ふたりは「こんにちは」というと、母親の顔を見上げた。

「この子たちがね――」ハイデン夫人がいった。「みなさんのお気遣いに感謝の気持ちを伝えたいというので、いろいろな部署をまわってご挨拶しているの。新しい環境になじむまでしばらくかかるでしょうし、職員のみなさんにはご苦労をおかけします」

「ぼくのことも話してくれる？」ジョシュアがいい、ハイデン夫人は愛情のこもったまなざしで息子を見下ろしてからいった。

「ジョシュアの将来の夢はシェフなんですよ。ね？」

少年は元気よくうなずいた。

わたしはかがんで、ジョシュアと向き合った。

「ヴァージルさんが、きっとたくさん教えてくれるわよ。あなたもお姉さんも、いつでもここに遊びに来てちょうだい」

「ほんと？　来てもいいの？」

「子どもたちはお邪魔じゃないかしら?」

「いいえ、ぜんぜん。百人のお客さまがいらっしゃる公式晩餐会の一時間まえであればお相手できませんが、そうでなければいつでも。つぎにつくる料理をいっしょに考えたりできますし、お友だちを呼んで手づくりピザ・パーティを開いたりもできます」アビゲイルとジョシュアの顔を見る。「食べたいものがあったら、何でもいってね。わたしたちはそのためにいるんだから」

アビゲイルはジョシュアほど関心はなさそうだったけど、姉弟とも、就任式の夜ここに来たときよりは表情が明るい。すると、わたしの心を読んだかのように、ジョシュアがあの話を蒸し返した。

「このまえ、ぼくが見つけたチキン・ウィングはどうしたの? 食べちゃった?」

厨房の空気が若干張りつめた。わたしは横にいるバッキーをふりむき、目を合わせる。

「いいえ、もちろん食べていないわ」ホワイトハウスのやり方を伝えるいい機会かもしれないと思った。「ホワイトハウスではね、誰が持ってきたのかわからない食べものは、食べてはいけないことになっているの」

ハイデン夫人は首をかしげた。「いま食べたいわけでないから、どこにあろうとかまわないんですけどね。ジョシュアがいいたいのは、自分たちへのプレゼントだったら――聞いたところでは、ふたりの名前が書いてあったそうなので――渡してくれてもよかったんじゃないか、ということなんです。とりあえずわたしに連絡してくれれば、不満が残らずにすんだのではないかしら？」

夫人の表情は穏やかだけど、口調は厳しい。要するに、雇われ人のシェフが大統領の子どもの要求を拒むのはおかしい、といいたいのだ。

ヒ素の件を話せないのがつらかった。でもなんとか説明しなくては。限度ぎりぎりまで真実を話そう。

「誤解があるようで、とても残念です。一度きちんと説明させていただければ、と思います。ここホワイトハウスでは……」

「手順は承知しています。子どもたちがほしがるものをあなたが渡さないと判断した理由も理解しています」口調が尊大になった。ゆっくりと話しながら、指を一本立てる。「でもね、あなたがありもしない陰謀にこだわりすぎたという可能性も否定できないわよね」

口外無用を指示されている身としては、頰の内側を嚙むしかなかった。顔がほてってくる。熱くなった血が、よじれた胃から噴き上がってきそうだ。でも、切り札はもう一枚ある。

「わたしだけではありません。シークレット・サービスも同じ考えです」

夫人の黒い瞳がきらりと光った。「子どもたちのほしがるものを与えなかったのは、あなたの判断ではなかったといいたいの？」

「いいえ」背筋をのばす。「あれはわたしの判断です」胃がひくついた。「今後もしあのような状況になったら、また同じ判断をすると思います」

夫人はなだめるようにほほえんだ。「チキンの件を直接お話しできてよかったわ。さあ、そろそろ行きましょう」両手を広げ、子どもたちを外へ追いたてる。それからわたしとバッキーをふりかえった。「仕事中にお邪魔してごめんなさいね」

ハイデン夫人が厨房から出ていくと、わたしはうなだれた。

バッキーは何かぶつぶついいながら持ち場にもどる。するとそこから、こんなことをいった。

「履歴書を書きなおす時期かもな」

11

シアンとのディナーには、ワシントンDCでもかなり高級なレストランを選んだ。選択肢はほかにいっぱいあったけど、あえてここに決めたのは、大枚はたいて嫌なことを忘れたいというやけっぱちな気分ではなく、純粋に料理人としての好奇心からだ。この〈バックウォーク〉のシェフは一年ほどまえに交代し、その後わたしは一度も来ていなかった。シェフはわたしたちが行くことを知らず、こちらとしてはそのほうがいい。

お店に到着すると、シアンのほうが先に来ていた。案内されて、中央のふたり用のテーブルまで行くと、シアンの前には運ばれたばかりらしい赤ワインのグラスがあった。古めかしいインテリアは、一九七〇年代半ばからずっと変わりなく同じだという。現代的なデザイン性には欠けるものの、常連客が欠けることはない。年季の入った調度類に囲まれ、テーブルはほぼ満席だ。一時間もすれば、外に順番待ちの列ができるだろう。

大きな声で話す人などひとりもいなかった。お客さんはみな、何より料理に惹かれて訪れるのだ。ここはロサンジェルスでもなければニューヨークでもない。ワシントンDCを彩るのは映画スターではなく、大物政治家だった。アメリカ連邦議会で、著名人が支持する重要法案が議題に上っていたり、地元で映画の撮影が行なわれていないかぎりは——。一度、ナショナル・モールを歩いているアーノルド・シュワルツェネッガーを見かけたことがあるけど、政治的な目的があって来たのか、映画撮影のためなのかはわからなかった。

「こんばんは」わたしはシアンの向かいに腰をおろした。

「何かよくないことでも？」すぐに彼女が訊いた。

「そんなにわかりやすい？」

ウェイターは小柄で口ひげをはやし、側頭部だけに残っている髪はきれいな白だ。彼がテーブルまで来てお辞儀をし、わたしはカベルネ・ソーヴィニヨンを注文した。

「白じゃないの？」と、シアン。

「きょうはそんな気分じゃなくて、少し重めのものが飲みたいの」

「何があったの？」

わたしは話した。ヴァージル・バランタインが専属シェフになることを伝えると、シアンは予想どおりの反応をした。

「冗談でしょう？　どうしていますぐわたしたちを追い出さないの？　雇っている意味なんかないじゃない」

「ポールにいわせると、わたしたちはこれまでどおりでいいらしいわ」

彼女の表情から、わたしと同じくあまり信じていないのがわかる。

「ごめんなさい。全部わたしのせいよ」と、シアン。

「どうして？」

「あんなチキンを食べさせたことを、わたしじゃなく厨房全体の責任にしているのよ。わたしさえ、オリーのいうことを聞いていれば――」

「それは違うでしょう。ほら、ファースト・レディはまだ、チキンを食べたのが洗濯係なのを知らないもの。彼女が腹を立てている相手は、子どもたちに食べさせなかったこのわたしよ」昼間、ファースト・レディとかわした会話を教える。

「トムはファースト・レディにも事実を隠しておくの？　冗談抜きで？」

「ええ、冗談抜きで」

「ばかげてるわ」

「彼なりに理由があるのよ」

シアンは片方の眉をぴくりとあげた。「まだトムの肩をもつの？」

ワインが運ばれてきて、わたしは答えずにすんだ。代わりに、老人ホームまでお母さんを送り届けたことについて尋ねたけど、彼女はごく手短にしか話さなかった。それでもきょうは、以前よりリラックスしている。厨房のむずかしい状況を考えると、とてもいいことだと思った。

「お母さんを施設に預けてよかった？」

「ええ、自分でも驚くほど安心したわ」ワインを飲みほしたところで、ウェイターが来た。

「もう一杯、いかがですか？」

「お願いします」

ウェイターはうなずき、すぐにお持ちします、そのときに本日のお勧め料理についてご説明します、といった。

「どんな料理でも――」わたしはメニューを閉じた。「シェフのお勧めなら間違いないから、わたしはそれにするわ」

「もしツナだったら？」

「よしてちょうだい。おいしいツナ料理ならいくらでもつくるけど、自分の食事で食べようとは思わないわ」

「わたしの場合は芽キャベツね。バッキーがキャンベル大統領の食事会用に、芽キャベツの新作料理をつくったときのことを覚えてる？」

ウェイターがワインを持ってきてシアンの前に置いた。奇妙な、かといって不快げではない目でわたしたちを見てから、お勧め料理の説明を始める。

ありがたいことに、ツナも芽キャベツも使われていなかった。わたしたちは前菜にマッシュルームの軽焼きパイ《ボローバン》と、トマトとゴルゴンゾーラのスープを頼んだ。ウェイターはうなずき、前菜はすぐにご用意しますが、主菜をお決めになるのは少しあとにしてはいかがですか、といった。そうすれば、しばらくおしゃべりを楽しめますので――。わたしたちは彼の提案に従った。

「その専属シェフは、いつから仕事を始めるの？」

「わからないわ。でも近々でしょうね。きょうのお昼、わたしとあんな会話をしたから、夫人はすぐにでも彼を呼んで、わたしを解雇する準備にとりかかりたいんじゃないかしら。でもシアン、あなたとバッキーは何も心配しなくていいわよ」

「トムの気持ちひとつじゃないかしら。彼はたぶん、わたしをクビにしたいんだと思う」

それに関し、わたしからよけいなことはいえないから、代わりにこういった。

「たぶんハイデン夫人はわたしに、つぎの仕事を見つける猶予期間をくれるでしょう。でも二、三カ月たっても辞表を提出しなかったら、クビを宣告されるわ」

「本気でそんなふうに思ってるの？」

じつのところ、わたしにもよくわからない。でも――。

「夫人とは出だしからうまくいっていないから、ありうるでしょうね。でもいまのところ、この先どうするかは決められないわ。辞めるようにいわれたら受け入れるけど、ほかの仕事が見つかるまで置いてくださいと頼むしかないかな」

「ずいぶん悩んだみたいね」

「しょうがないわ。サージェントがにこにこして悪いニュースを知らせに来る光景が頭から離れないの」カベルネをごくっと飲む。「考えるだけでおぞましいわ」

「お互い、求職活動するってことね……。だけど少なくともあなたには、同僚に毒を盛ったという汚点がないから」

わたしたちはしばらく無言で、それぞれの思いにふけった。

沈黙を破ったのはシアンだった。

「オリーもわたしも、ホワイトハウスが人生そのものだと思いこむのをやめなきゃいけないってことね」

「そんなふうには思ってないわ」

彼女はわたしの目をじっと見た。「ううん、思ってる。わたしはレイフについていかなかった。それはなぜか？　なぜなら、ホワイトハウスを去ることを意味したから。あなたはトムと別れた。どうして？　彼はあなたがホワイトハウスのために、文字どおり〝命をかけた〟ことを受け止めきれなかったから」

「シアン……」

「わたしはね、期待していたの。政権が替わったら、オリーも厨房以外の出来事にかかわらなくなるだろうって。だけど、そうはならなかった。毒入りチキンを見つけたのは誰？　オリー、あなたよ。おまけにわたしまで愚かきわまりないことをやって巻きこまれた。もう、こんなことはやめないと」

前菜が来て、ウェイターは主菜の注文をせかすこともなかった。

ボローバンを切り分けようとするシアンに、わたしはささやいた。

「なにも好き好んで巻きこまれるわけじゃないわ」

シアンは鮮やかな青い瞳で（最近はこの色のコンタクトをつけることが多い）わたしをじっと見た。

「それは関係ないんじゃない？　問題なのは、あなたが身も心もホワイトハウスに捧げていることよ。立派だと思うわ、オリー。ほんとに。でもその代償は？　人づきあいはほとんどない、家に遊びにくる友人もいない。猫一匹来ない」

お隣のウェントワースさんがいるわ、と反論しかけた。でも、そんなことをいったら、むしろ惨めに聞こえるだろう。ウェントワースさんと親しくつきあいはしても、お互い部屋を行き来して話しこむような関係ではない。

シアンは何かを感じとったのだろう、声に熱がこもった。

「わたしもあなたもまだ若いんだし、人生の楽しみはいくらでもあるわ。仕事にうちこみすぎだと思わない？」

「だけどキャリアのこともあるでしょう？　なんといってもホワイトハウスの厨房なのよ。これ以上すばらしい職場なんてないわ」

「仕事にうちこむのは何も悪いことじゃないし、あなたなら当然そうするでしょう。だけどホワイトハウスは、あしたにでもわたしたちを解雇できるのよ。そうなったらどうするの？」

わたしは答えられなかった。

するとシアンがずばりといった。「新しい恋人でも見つけたら？」

思わず小さな笑い声が漏れた。

「何がおかしいの？」

「そんな時間はないわ」

「仕事ばかりしているからよ」

「候補もいないし」

「出かけないからよ」

「シアン――」声に力をこめる。「いまはデートに興味がないの。最高のシェフになることだけ考えたいのよ」

「オリーはもう立派な、最高のシェフよ。あのシークレット・サービスのどっちかとデートしてみたら？」

今度は思いきり笑えた。「彼らのことは、あなたに任せるわ。はっきりいって、どちらもわたしのタイプじゃないもの。とても魅力的だとは思うけど」

「いい人を見つけなきゃ」

「いまのままで満足よ」

シアンはしつこかった。「世間から隔絶しすぎよ。ハンサムな男性から――このまえバーで見かけたような人からデートに誘われたところで、断わる理由をいくらでも見つけるんでしょうね」

「よくわかってるじゃない」わたしはナイフとフォークを手にとった。「おいしそうなその前菜を食べないなら、わたしがもらうわよ」

それからしばらくは、心地よい沈黙のなかで前菜をいただいた。マッシュルーム・ソースと滑らかなトマト・スープの組み合わせに、とろっとしたゴルゴンゾーラがアクセントになってじつにおいしい。

「すばらしいわね。アレンジすれば献立に加えられると思わない？」

「頭のなかは仕事のことばかりね」

わたしはスープをひと口。「こんな前菜をいただけば、ほかに何も考えられないわ」

そこへウェイターがやってきた。

「とてもおいしいと、シェフにお伝えください」わたしがいうと、彼はまたあの奇妙な目でわたしたちを見てから「ありがとうございます」といった。そして主菜を訊かれたので、わたしはフィレ・メダリオンを注文した。三種類のソースはホースラディッシュ、ブルーチーズ、マッシュルームで、それぞれどのように調理されているかを知りたかった。今後のメニューのヒントになるかもしれないからだ。シアンはポークロインのイチジク・ソースがけを注文した。

「メダリオンの焼き方はいかがいたしましょう？」ウェイターが訊いた。

「ミディアム・レアで」

「かしこまりました」何かもっといいたそうだったけど、結局何もいわず、前菜のお皿を持ってテーブルを離れた。

「どうしたのかしら？」

シアンはナプキンで口を拭いた。「あなたに一目惚れしたんじゃない？」

「どう見ても、七十歳は超えてると思うけど」

シアンはほほえんだ。「自分の魅力をもっと知らなきゃ。彼もオリーとうまくいけば、いずれ退職者協会《AARP》の集まりで、みんなに自慢できるじゃない？」

わたしは笑った。「いまのAARPは退職者にかぎらないし、五十歳から入会できるのよ」

「え、そうなの？　最近の五十歳はずいぶん若いわよねえ」片方の眉がぴくっとした。「それで思い出したわ。あの捜査官は何歳だった？　ほら、爆発物の講義をした人……オリーをすっごく気に入っていた捜査官よ。名前はギャヴなんとか」

ワインを噴き出しそうになった。「ほんとに想像力豊かだわ」

シアンは何食わぬ顔でつづけた。「力になろうとしているだけよ。オリーも少しは自分を見つめる男性の熱い視線に気づかなくちゃ」

「ギャヴは熱い視線なんか送ってこないわ」口にナプキンを当てる。「彼は四十歳は超えているでしょうね」

そのときウェイターがもどってきた。でも主菜を運んできたのではなく——こんなに早く出来上がるわけがない——長身でふくよかな、コック服の男性といっしょだった。

「お客さま」ウェイターがいった。「おふたりの会話が少々、耳に入ってしまいまして」にっこりする。「当店にいらしてくださりたいへん光栄に存じます、ミズ・パラス」小さくお辞儀。「そして、アシスタントの方も。こちらは当店の料理長、レジー・スチュワートでございます」

料理長がにこやかに笑いながら、一歩進み出た。

「はじめまして、ミズ・パラス。当店におこしいただき、これほどうれしいことはありません」笑うと顔が大きくなった。体重は二十キロほど多めのようだけど、それでも見た目はなかなかすてきだ。年齢は三十代後半あたり。ふさふさの黒髪をヘアネットで覆っているけど、巻き毛がひと房おでこにかかって、おしゃれな印象だった。

ウェイターは静かにテーブルから離れ、わたしは料理長の挨拶にきちんと応じようと、立ち上がりかけた。

「いえいえ」料理長は軽く眉間に皺を寄せた。「どうかそのままで」というと片手を差し出し、わたしたちは握手した。わたしはシアンを紹介する。

「はい、はい」料理長は出だしの言葉をくり返す癖があるらしい。「きょうほどうれしい夜はありません。ドンから主菜のオーダーを聞き――おふたりの選択はじつにすばらしい――召し上がったあとで、感想をうかがえないでしょうか？」

彼を責めることはできない。料理人は自分のつくった料理の感想を知りたいのに、聞ける機会がなかなかないのだ。とはいっても、料理長の挨拶は、できれば食後にしてほしかった。食べるまえに感想を聞かせてほしいといわれると、分析責任を負ったように感じ、せっかくのディナーのムードがいやでも変わってしまう。

「はい、喜んで」わたしは礼儀正しく返事した。

「ありがとうございます」心から喜んでいる口調。「ところで、ミズ・パラス、教えていただけませんか？　アメリカで、いえ、世界でもっとも大きな力をもつ人物のために料理をするときは、いろいろご苦労がおありでしょう？　好き嫌いが多いとか？　まあ、まだはっきりわからないでしょうが。大統領が替わって間がないですからね。一週間もたっていない」

一方的に話すので、答える間もなかった。ただ、どんな状況であれ、大統領やその家族の食の好みを外に漏らしたりはしない。ホワイトハウスの職員は、公表の許可がないかぎり、いっさい他言はしないのだ。とはいえ、この料理長がスクープをほしがっているとは思えなかった。ただの好奇心でしかないだろう。

「もちろん――」わたしは当たり障りのない返事をした。「とてもやりがいがあります」

「ええ、ええ、毎日仕事に行くのが楽しいでしょうね」

わたしがシアンに目をやると、彼女はほほえみながらいった。

「そうなんですよ、仕事が楽しくてたまりません」

「すばらしい」料理長がそういったところで、ウェイターがそっと近づき、アシスタントが確認したいことがあるようだと伝えた。料理長はわたしたちに、失礼します、またのちほど、といってからその場を去った。

「料理長はオリーを気に入ったみたいね」シアンはにこにこしている。

「気に入ったのはわたしじゃなく、わたしの仕事よ」シアンの口をふさぐいい方法はないかしら？「誰だって興味津々よ。王さまの料理をつくっているようなものだもの」

「まあね」

主菜が運ばれてきて、わたしは感動した。なかでもお肉のトッピングのホースラディッシュとブロッコリの副菜はすばらしい。トリュフ・オイルとアジアーゴ・チーズがみごとにからみあい、えもいわれぬ味をつくりだしている。シアンもひと口食べて、うなった。

「たまらなくおいしいわ」

「料理長にはこの感動を伝えないとね」

「忘れないように、メモでもとっておく？」シアンは笑いながら、フォークでポークロインをもうひと切れ取った。

食事が終わると料理長がやってきた。ただし今回は、椅子をテーブルまで引っぱってきてすわる。彼の大きなからだが通路をふさいだ。

「いかがでした？」

わたしとシアンは口々にすばらしかったといい、彼のほうは輝くばかりの満面の笑み。

「ほんとうに？」お勧め料理の絶賛が一区切りついたところで料理長がいった。「ほんとうに、おいしく召し上がっていただけました？」

彼はほぼわたしだけに向かって話した。下ごしらえをはじめ、調理手順に関するこまごましたことだ。そしてまた、お世辞ではなくほんとうにおいしく思っていただけたんですね、と訊いた。

「ええ」これで三度め。「とてもとても、おいしくいただきました」

「料理長として、忘れられない一日になりそうです」

わたしはぼんやりと気になりはじめた。料理長がここで話しはじめてから、かれこれ十五分くらいたつ。テーブルの混み具合はおちついたようだけど、アシスタントたちはそろそろボスに、お客さんとの話をきりあげ、厨房にもどってきてもらいたいのではないか。ウェイターたちはあいかわらず忙しそうで、お互いにぶつからないよう気をつけながらコーヒーやお酒を運んでいる。テーブルのあいだの通り道をひとつ、料理長がふさいでいるからだ。

「料理の話をするのは楽しいのですが」わたしはナプキンで軽く口を拭い、それをテーブルに置いた。「そろそろおいとましなくては。お会計をお願いできますか？」

「お支払いは無用です」と、料理長はいった。「わたしどもの、せめてもの気持ちですので」

「あら、とんでもない」わたしは面食らった。「そんなことをしていただくわけには――」

「ゲストとしてお迎えできたことをたいへんうれしく思っています」

シアンとわたしは立ち上がって料理長と握手し、心からのお礼をいった。彼がいなくなるとすぐテーブルにチップを置いて、正面玄関に向かう。

すると玄関に、なんと料理長がいた。これからホワイトハウスにもどるのか、それとも帰宅するのかと訊かれ、わたしは自宅に帰ると答えた。

「きっとずいぶん早起きなさるんでしょうね」ここで会話を再開する気のようだ。

「はい。あなたはこちらのお店には、わりと遅めにいらっしゃる？」

「ええ、かなり遅めに」

シアンはすでにコートを着ていて、わたしの腕に手をのせるとこういった。

「ごめんなさい、ちょっと急ぐの。あした、朝日が昇ったころにまた会いましょうね、オリー。お会いできてよかったです、スチュワート料理長」わたしが答える間もなく、シアンはそそくさと出ていってしまった。

「彼女は有能なアシスタントでしょうね」

「ええ。そしていい友人でもあります」

彼が仕事にもどる気配はなく、わたしはジャケットを着ると、ディナーはすばらしかったと再度お礼をいった。

彼はひとつ咳払いをした。「近々またご来店いただけるのを楽しみにしています」

「はい、外食はあまりしないんですけど、きょうこちらにうかがったのは、どの料理も絶品だという噂を聞いたので」そこであわてていいそえる。「もちろん、噂どおりでした」

「もしよろしければ、最近評判のシェフのお店にいっしょに行きませんか？　モーゲンタール・ホテルのジェイコブ・フラナリーは超一流らしいですよ」

「わたしも聞いたことがあります」

「今度のお休みはいつ？」

不意をつかれてどぎまぎし、正直に答えた。「つぎは……月曜です」

「ずうずうしいやつだと思われるでしょうが、ぜひフラナリーのディナーにお連れしたいので」

わたしにその気はなかったけど、彼の気持ちを傷つけたくはない。そこでとりあえず、魅力的なお誘いですが、でも――といってみた。

「ああ、よかった」彼は最後まで聞かず、わたしの言葉を完全に誤解した。「ご自宅までお迎えに行きましょうか？」

「いいえ、それは……」彼は顔を輝かせていて、露骨に断わるのは胸が痛んだ。自分のあいまいな態度を反省し、気を遣うのもほどほどにすべきだったと反省する。仕方がない。お誘いを受けるとしよう。でも、住んでいる場所まで教えるわけにはいかない。「どこかで待ち合わせましょう」

彼はいささか興奮ぎみだ。「うれしくてたまりません。ホワイトハウス初のすばらしい女性シェフとデートできるなんて。まったく、きょうは最高にラッキーだ！」

お店を出ると、シアンがいてびっくりした。寒さに震えながらわたしを待っていたようだ。

「ずいぶん長く話してたわね。で、ふたりでどこへ行くことになったの？」

12

日曜日の朝。出勤まえにニュースを見ようとテレビをつけた。朝の四時に、名もなき政治評論家が世界情勢について語るのをただ聞いているのは、どこかおちつかないものがある。音量を下げ、出かける準備にとりかかった。テレビでは男性三人と女性ひとりが、スタジオのテーブルを囲んで柔らかそうな椅子にすわり、新大統領について話しはじめた。

「今後に及ぼす影響についても考えるべきだ」男性のひとりがいった。「ハイデン大統領が就任直後にテロリストと交渉していたら、それが対テロ行為の既定路線となってしまうかもしれない」

ふたりめの男性がいった。「今回、死者が出なかったのは運が良かったとしかいいようがない。もし人質のひとりでも亡くなっていたら、大統領の対応はどう評価されたでしょうね？」

「だけど現実に、死者は出なかったわ」唯一の女性がいった。「セクレスト議員のおかげでね。もし彼女が――」

「陰謀のにおいがしませんか」髭をたくわえた三人めの男性は若く、やる気にあふれて見える。彼はストライプのシャツを着た上半身を、ぐっと前に傾けていった。「あの日、病院にはホワイトハウス職員が何人もいた。その理由はまだわかっていませんよね？　みなさん、不思議に思いませんか？」

ひとりめが関係ないというように手を振った。「ホワイトハウスの洗濯室にあるクリーニング機から洗剤が漏れ出たんですよ。高濃度だったためにガスが発生し、気分が悪くなった者が何人もいた」

「その話を信じるんですか？」と、若い男性。「虚報をそう簡単に信じてよいものでしょうか？」

女性が彼をさえぎった。「そんなことより、今後の問題のほうがはるかに重要だわ。あの過激なアルムスタン人が、今回失敗したからといって手を引きはしないでしょう。彼らはいまでも、ウィスコンシンで収監されているファーボッドの釈放を強く求めています。これについては、熟考する必要がありますよ。あの武装集団のつぎの攻撃目標を突き止め、先々に備えなくては」

彼女の頬は赤らみ、声のトーンが高くなる。「テロリストのひとりは、法律の隙間を縫って釈放されたわ。法的に堂々とですよ！　誰が彼を監視するんです？」彼女が合図を送ると、男性の白黒写真が大きく映し出された。三十代くらいの白人、黒髪、中肉中背で、目立った特徴はない。道で会っても、この人物だとはわからないだろう。写真の背後から、女性評論家の声が聞こえた。

「この男がデヴォン・クラーです。テレビをご覧のみなさん、どうか彼の顔を覚えておいてください。クラーは釈放され、町を自由に歩きまわっています。わたしは……そしてセクレスト議員も確信しています、いずれまたこの男と対決することになるでしょう。警戒しなくてはいけません。不審な行動には、目を光らせておいてください。そしてもし、彼を見かけたら――」

若い男性がさえぎった。「有罪が証明されるまでは無実ですよ」

わたしはテレビを消した。でも、女性の話は頭に残った。あの過激派集団がまたどこかを襲撃する、と想像するだけで身の毛がよだつ。どんな計画であれ、おそらくそう遠くないうちに実行するのではないか。ハイデン大統領が新政権を本格稼働させないうちに。新しい住まいに何らかの脅威を与えるとか。この国を守る人びとも、おそらくわたしと同じように考えるだろう――。ため息がもれた。自分にできることは何ひとつない。

窓の外に目をやり、まだ暗い夜明けまえの空をながめる。ハイデン夫人はわたしの解雇を決めたかしら。それともわたしに、腕を発揮するチャンスを与えてくれるかしら。夜明けの空は新たな一日の幕開けを告げ、その先には希望の光がある。そう、わたしはたぶん大げさに考えすぎだ。ハイデン夫人がヴァージル・バランタインを専属シェフにしたいのは、これまでのつきあいで、有能だとわかっているからにすぎない。バランタインがホワイトハウスで仕事を始めるのが二、三カ月先であれば、それまでにわたしも名誉挽回できる。うん、きっとできる……。

きのうの夜よりは気持ちがふっきれ、わたしはホワイトハウスに向かった。

就任式以来初めて、厨房は混乱なく順調に回った。わたしは明るくてきぱき仕事をこなし、すべて予定どおりに進行していく。しかもヌーリー護衛官が、いいニュースをもってきてくれた。人質になった職員は全員、体調を回復して帰宅したというのだ。

シアンは消え入りそうな声で確認した。「ほんとうにみんな元気なの？」

「人質になったことの影響はとくになかったようです。みなさん元気で、早く退院したがっていました」そしてわたしをふりむき、話題を変えた。「つぎは何を試食しましょうか？」

「あら、まだ食べられるの？」ヌーリーもガルデスも、サンデー・ブランチ用の料理を、すでに全種類試食していた。いまごろはハイデン家も、みんなが顔をそろえて楽しく食事をしているはずだ。とはいえ、そういう時間は長くはつづかないだろう。アメリカ合衆国大統領に休日などないのだから。同じことは、シークレット・サービスの護衛官にもいえる。

「そろそろ、わたしたちの料理にも飽きたんじゃない？」

ヌーリーはシアンのほうを見ていった。「この任務に飽きることなどありませんよ」

「うれしいことをいってくれるわね」シアンは笑った。「護衛官に見張られていたら仕事がしづらいと思っていたけど、いまはもうどちらも厨房のスタッフみたいだわ」

わたしはそこまでいえないし、ともかく彼らとあまり冗談をいいあう気にはなれなかった。

いったん仕事の区切りがつくと、シアンとヌーリーはおしゃべりに興じ、それを聞いているのは楽しかった。わたし自身はブランチの仕上がりに満足して、専属シェフなど必要ないことがわかるよう、ひきつづき良い仕事をせねば、と気持ちをひきしめる。

「ほんと、最高の日ね」後片づけを完了させて、わたしはシアンにいった。「このカウンターもいつもよりきらきら輝いているように見えるわ」

シアンは笑った。「当ててみましょうか。オリーがいい気分なのは、バッキーがきょう休みだから。でなきゃあしたの夜、デートの約束があるからじゃない？」

「レジー・スチュワート料理長ね……」現実に引きもどされ、少しおちこむ。「すっかり忘れていたわ」

「ワシントンDCの有名シェフとデートすることを忘れてたの？」彼女はわざとらしく驚いた。「オリー、あなたって人はほんと、望みがないわ」

「どうしたんです？」ガルデスが訊いた。「オリーがデートするんですか？」

「相手の身元調査をしましょうか？」と、ヌーリー。「頼めばすぐにできますよ」

わたしは笑った。「いいえ、その必要はないと思うわ。それに料理の共同研究みたいなものだし。ふたりでべつのシェフの仕事ぶりを見に行くの」

「ふうん、そうなの？」と、シアン。

「もちろん、そうでしょうね」ヌーリーは大げさにウィンクした。「ふたりの目的はライバルの偵察でしかない、残念なことに」

わたしは声を出して笑い、いくらか気分がよくなった。

だけどそれも、サージェントが厨房に入ってくるまでのこと。

「きみはアルムスタンの食事規定を知っているかね？」

「おはようございます、ピーター」せっかくのいい気分を台無しにされたくはない。「はい、よく知っていますよ。何年かまえ、キャンベル大統領がアルムスタンの大臣をお招きしましたから。わたしがホワイトハウスに正式雇用されて間もないころです」

サージェントは鼻に皺を寄せた。「わたしが着任するまえだな」

「なぜアルムスタンのことを？　最近の情勢を考えると、あの国の要人を迎える晩餐会など考えにくいと思いますけど」

「ふむ」わずかに頭を揺らす。「きみは外交問題が苦手らしいな。わたしはいまアルムスタンの情報をまとめているところでね、きみにも協力してもらおう」

シアンが口をはさんだ。「それは命令ではなくお願いですよね？」

サージェントはむっとしてシアンを見た。

「わたしがきみなら、もっと言葉に気をつけるよ、お嬢さん」

お説教が始まりそうだったので、わたしはすかさず訊いた。

「具体的にいってもらえますか？　ファイルが何冊もありますから、必要な情報がわかればそれだけ取り出します」

わたしに話をさえぎられ、サージェントは顔をしかめた。

「そういうことなら教えよう。少し待っていなさい」

彼は厨房から出ていき、わたしは大きなため息をついた。

「まったくねえ……。あの人が重用されている理由がよくわからないわ」

シアンは首をすくめた。「もう考えるのはよしましょう」

「ええ、そうね」

そのとき、ハイデン夫人の秘書官ヴァレリーが、開いたドアの横の壁をこんこんと叩いてから厨房に入ってきた。

「おはよう」満面の笑み。「ファースト・レディからの伝言で、きょうのブランチはほんとうにおいしくいただいた、とのことよ。これまで食べたなかでも最高だったって」

わたしもシアンもうれしくて、顔を見合わせた。

「それでね、ここに来たのは厨房の都合を聞こうと思ったからなの。ハイデン大統領にはアルムスタンと協議する意向があって、クーロシュ大使を公式晩餐会に招待したのよ」

サージェントの話と合致して、わたしはヴァレリーに「それはびっくりだわ」といった。

「議論を呼ぶのは間違いないでしょうね。でも新政権は、国際関係を重視しているから。これまで気が合わなかった国もふくめてね」

アメリカ人を人質にとったのは、アルムスタン人だ。気が合わない程度ではないと思うのだけど……。それでも外交問題の経験が豊富なハイデン大統領と顧問の人たちは、晩餐会を企画した。

予定表を見るため、わたしはコンピュータの前に行った。

「晩餐会の日付はいつ?」

ヴァレリーはフォルダを開いてメモを確認した。もちろん、そんなものを見なくてもわかっているはずだ。

「二月四日よ」

「あら」と、シアン。「二週間もないわね」

「緊張関係が増したでしょう、あの事件のせいで。大統領はできるだけ早くけじめをつけておきたいのよ」

もっと短期間で準備したこともある。なんとかなるわ、とわたしは思い、コンピュータに向かったまま訊いた。

「ゲストは何人?」

「七十五人前後」

わたしはうなずき、さらにいくつか質問をし、記録していった。

「わかったわ。早速献立を考えて知らせるわね。ハイデン夫人には、今週中に試食をお願いすることになるけどいいかしら?」

ヴァレリーはまたフォルダを確認した。「水曜日……いえ、ごめんなさい、金曜日がいいわ」

「金曜日ね」わたしはくりかえし、記録した。「昼食で?」

「うーん」彼女もメモをとりながら答える。「子どもたちが喜ぶだろうから、金曜日の午後は？　学校から帰ってきたあとくらいで？」

子どもがいると試食の意味合いが変わってしまう。でも、やりきるしかないだろう。

「四時？　それとも五時？」

「ファースト・レディは六時半まで予定が入っているの。金曜日の夜七時以降は？」

「了解」わたしはスケジュールに書きこんだ。

フォルダから目を上げたヴァレリーの表情は、晴れやかだった。

「ホワイトハウスでは、みんながみんな、すばらしく協調的でびっくりするわ。あなたたちも、こんなに急に晩餐会が決まっても、困った顔ひとつしないんだもの」

「オリーなら心配いらないわ」シアンがいった。「人の手を借りずにてきぱき処理して、しかも食べたゲストをうならせることができるから」

ヴァレリーは笑顔でわたしをふりむいた。「ほっとしたわ。それに晩餐会の準備がもっと楽になるようないいニュースもあるのよ。ヴァージル・バランタインが休暇を切り上げて、あしたの朝いちばんにここに来ることになったの」

わたしはパンチをくらった気分になった。「こんなに早く？」

「ええ、時期が早まってみんな喜んでいるわ。ファースト・レディは数週間は先になるだろうってあきらめかけていたから。でもヴァージルは、仕事を始めるのが待ちきれないといってくれたの」

「それはよかった」わたしは嘘をついた。

「ハイデン家のふだんの食事は彼がつくることになるから、あなたとアシスタントのみなさんは、今度の晩餐会の準備に専念できるでしょう？　その後の晩餐会にもね。ハイデン政権は、前政権よりも頻繁にゲストをお招きすると思うわ」

「それはよかった」また同じ嘘をつく。

「あしたの十時に記者会見を開くの。シェフのバランタインを紹介して、ホワイトハウスでの役割について説明するんだけど、ファースト・レディはあなたにも会見場にいてもらいたいそうよ。コメントを求めることはないから、その点は心配しないで。あなたがサポートすることが伝わるよう、後ろに立っていてくれれば十分ですって」

「わかったわ」

ヴァレリーがいなくなると、シアンがそっとわたしの腕をつかんだ。

「後ろに立つだけですって」わたしは彼女にいった。「あしたは休みなのに、ここに来て、新しいシェフが全国に紹介されるあいだ、わたしは後ろに立っているの」

「すべてうまくいくわよ」と、シアン。

だけど彼女もわたしも、心のなかではそう思っていなかった。

13

月曜の朝、シアンが走って厨房にやってきた。十分ほどの遅刻だ。

「新人さんはもう来てる?」

ワッフル用のバターをこねていたわたしは、顔を上げずに答えた。

「まだよ。ポールから伝言があって、専属シェフは記者会見の直前に来るみたい」厨房のなかをぐるっと大げさに見まわす。「それに、わたしたちのベビーシッターもいないの」

「あら、どうしたのかしらね」コートを脱いでエプロンをつけながら、シアンは顔をしかめた。「ということは、会見まえに新しいシェフに会う機会はないの?」

「どうやらそのようね」

シアンはネーブルをボウルに入れてわたしの向かいに立ち、カットしはじめた。

「オリーはきょう、休みのはずなのに。バッキーはどこ?」

わたしは天井を見上げた。「上のペイストリー・キッチンでマルセルと話してるわ。どのみち厨房に来たんだから、わたしも何かしたほうがいいと思って」

「それにしても、どうしてこんなに早く来たの? 記者会見は十時でしょ?」

「わからない？　眠れなかったのよ」

シアンはせつなげにいった。「わたしたちの厨房を、会ったこともない人にのっとられるような気分よね」

エプロンで手を拭き、わたしは大きなため息をついた。「胃が痛いわ」

「記者会見はうまくいくわよ」

「そうね。後ろのほうに立つだけだから」

バッキーがもどってきて、三人で朝食を仕上げた。

「試食はどうするんだ？」バッキーが訊いた。「ガルデスとヌーリーは無断欠勤なのかな」

シークレット・サービスのオフィスに電話してみると、女性の護衛官が出た。わたしが状況を説明しはじめたところ、ヌーリーたちがいないことを彼女も知っていたようだ。

「誰からも連絡がいきませんでした？」彼女が訊いた。

「ええ。でもいまはそれより、指示を仰ぎたいんです。料理はどれも、ファースト・ファミリーに出すまえに試食してもらうことになっていて、朝食はもうできあがっています。どうしたらいいでしょう？」

電話の向こうが、妙に静かになった。

「朝食の心配はしなくてもいいですよ」ようやく彼女はいった。「すでに用意されて、いまごろは給仕されているかと思います」

「何ですって？」こらえる間もなく大声が出た。「そ、それは……どういうこと？」

「ガルデス護衛官とヌーリー護衛官が今朝早く、新しいシェフをご家族のところに案内したんです」申し訳なさそうに彼女はいった。「新しいシェフがきょうから仕事を始めることはご存じだと思っていました」

いろいろいいたかったけど、彼女のせいでないことはわかっている。怒りが湧き上がってきて、連絡し忘れた人物を殴りたくなった。

「新しいシェフが早い時間に来るなんて知らなかったわ」声に力が入らない。「教えてくれてありがとう」

電話を切り、少なくとも二度めの朝食を出すというみっともなさは避けられてよかったと思う。シアンとバッキーをふりかえると、不安げにこちらを見ていた。

「ふたりとも、お腹はすいていない？」

九時五十分、秘書官のアシスタントが厨房に来た。

「準備ができました、ミズ・パラス」急いでくださいというように腕を振る。「コック帽を忘れないでくださいね」

忘れるなんてとんでもない。コック帽をかぶると少しは背が高く見えるし、新しいシェフのそばでは、一センチでも身長を上乗せしたかった。彼のことはインターネットでずいぶん調べたけど、顔がごく小さく写っているだけの集合写真とか、調理中の横顔くらいで、全体の風貌がわかる写真は一枚もなかった。

「ミズ・パラス?」アシスタントがやきもきしながらいった。「時間が迫っています」

汚れたエプロンはすでにとっていたので、正装用の調理服をはおった。

「はい、では行きましょう」そういってコック帽をかぶる。最後にバッキーとシアンに目をやると、ふたりともむっつりした顔でこちらを見ていた。わたしはアシスタントについて、会見場へ向かった。

きょうの会見は一階上のブルー・ルームで行なわれる。わたしたちは集まった記者を避けてステート・ダイニング・ルームを抜け、それからレッド・ルームに入った。この部屋も声をおとした会話やカメラ機材のテスト音にあふれ、シークレット・サービスが集まったマスコミ陣に方向指示しては、職員たちが混乱のないよう、隣のブルー・ルームに導く。

ここから見て、ブルー・ルームのさらに向こう、グリーン・ルームの戸口のところに、鮮やかな赤いワンピース姿のファースト・レディがいた。不安げな面持ちで、支度を手伝う側近たちに何度もうなずいている。わたしは精一杯おちつきを保ちながら、どうしても、まだ見たことのないシェフはどこにいるのかさがしてしまった。

「こちらへどうぞ、ミズ・パラス」新任らしいアシスタントが腕を振ってブルー・ルームの奥を示し、いっしょにそこまで行くと、窓ぎわで待っているようにいわれた。南に面した窓から見える景色は、一月の寒い日でもとても美しい。この何年かの楽しい経験を思い出して気持ちを鎮めようとしたけど、なぜか逆にほろ苦さを感じた——まるで、もう二度と楽しい経験はできないかのような。

わたしは窓辺でひとりきりになり、集まった記者たちをながめた。肩がぶつかるほどぎっしり並び、メモをとったり、おしゃべりしたりしながらハイデン夫人の登場を待っている。腕時計に目をやると、会見が始まるまで数分もない。新しいシェフはいったいどこにいるのだろう？

いた。あそこだ。

ハイデン夫人の背後、グリーン・ルームにいる。だけどここでもインターネットの写真同様、顔が見えない。こちらに背を向け、スタッフ数人と身振り手振りをまじえて話し、聞いているスタッフは楽しげだから、明るく気さくにおしゃべりしているのだろう。ハイデン夫人が彼のそばへ行き、肩を叩いて耳もとで何かささやいた。

何であれ、愉快なことだったらしく、ふたりは声を出して笑った。すると彼がこちらに顔を向け、わたしは心臓が止まりかけた。

彼は、あの〝ファン〟だった。シアンとバーに行ったとき、飲みものをごちそうしてくれたお客さんだ。

彼はわたしの視線に気づき、小さく手を振ってきた。思わずわたしも手を振り返したけれど、ぽかんと口をあけていたような気がしなくもない。

「時間です」誰かがいった。

目がくらむほどのフラッシュがたかれ、ハイデン夫人とヴァージル・バランタインがブルー・ルームに入ってきた。

ホワイトハウスの新しいシェフが、いよいよ全国に紹介される。

わたしはコック帽を取り、シアンとバッキーに記者会見のようすを簡単に報告した。

「まあまあよ」どんな具合だったかと訊かれ、わたしは嘘をついた。「ハイデン夫人と新しいシェフは、会見のあいだずっとわたしに背中を向けていたけど。いつもと違って、自分が注目の的にならないのはよかったわ」

「信じるもんか」と、バッキー。「ここの仕事は、きみにとってすべてだったじゃないか。ホワイトハウスで仕事をするのが生きがいだろう？」

「それはちょっと……」

「いいや、ぼくがこんなことをいうのは、それが事実で、誰かがきみにはっきりいったほうがいいと思うからだ。ホワイトハウスはきみにとって職場以上のものだろう？　スタッフはみんなここで働くことを名誉に思ってはいるが、きみにはもっと大きな意味がある。誰だってそれくらいはわかるよ」

「わたしだけじゃなく、みんな……」

「その先はいわなくていい。だけどね、きみのように命がけでやってきたシェフがほかにいるか？」

バッキーの褒め言葉に――それが褒め言葉だとして――わたしはうろたえた。

「それで何がいいたいの？　新しいシェフが雇われてもまだ、ここに未来があるかのように、わたしは思い違いをしているとでも？」

「ああ。まさにそのとおりだよ」

現実をあと二つか三つ突きつけられたら、ショックも感じなくなるかもしれない……。

「ねえ、オリー」シアンがこの場をおさめようとしていった。「ほんとうに〈フィズ〉にいた人と同一人物だった？」

「間違いないわ。話しかけようかと思ったけど、公式発表が終わるとすぐ部屋を出されてしまったから」

「彼はいまどこ？」

新しいエプロンを手に取って、つけるかどうか迷った。

「まだ上にいるわ。記者の質問に答えてる」手のエプロンを見つめた。「ここまで付き添ってくれたアシスタントの話だと、彼はきょうのところはもう、ファースト・ファミリーのキッチンにはもどらないらしいわ。食べもの系のいろんな雑誌の取材が詰まってるんですって」

シアンとバッキーの顔には、わたしと同じ落胆の色が浮かんでいた。

「ともかくこれが現実だし」と、わたしはいった。「それに対してできることは何もないから、あしたの朝は彼といっしょに新たなスタートを切りましょう」

「よし、そうしよう」バッキーがいい、シアンもうなずいた。

「ところで、きょうはわたしのお休みの日なの。このあとの仕事をふたりでこなせるなら、せっかくのお休みを活用したいんだけど」

「はい、どうぞ」と、シアン。

エプロンをもとの場所に置き、がんばって笑顔をつくる。

「なんとかなるわよ。期待どおりかどうかはさておき、なんだって、それなりにいいかたちにおちつくわ。でしょ？」

シアンもバッキーも答えなかったけど、厨房を出るわたしにシアンが声をかけてきた。

「今夜のデート、存分に楽しんでね」

あら……。また忘れてたわ。


コンピュータでマインスイーパというゲームをしていたら、寄り目になってきた。画面では、ゲームの後ろに履歴書を開いているけど、書き直す決心はまだつかない。とりあえず細かい点――SBAシェフとして仕事を始めた日と終えた日は書き入れた。だけど正規雇用されてからきょうまでの期間は空白のままだ。ホワイトハウスの厨房での実績をほんの数行にまとめるなんて、どだい無理な気がした。そこでいつものごとく、現実の問題から目をそらそうとゲームを始めたのだけど、これまでのところ、勝ちより負けのほうが断然多い。

ファースト・ファミリーに専属シェフがつくことが、思っていた以上にわたしをうちのめしているらしい。思いがけない成り行きになんとか立ち向かおうとしても、考えるたびにくじけそうになる。あきらめるのも、問題を先延ばしにするのもわたしらしくないのだけど、仕事がなくなるというサージェントの陰湿な予言が頭から離れず、わたしに残された日々のカウントダウンが始まっていると思わざるをえなかった。

「ばかみたい」声に出してそういい、クリックしてゲームを消した。

それから少し考えて、履歴書もクリックして閉じる。そうだ、外の空気を吸おう。頭をすっきりさせ、気分一新しなくては。

予報どおり霧雨が降って寒いので、いちばん厚手のジャケットを手に取った。玄関を出て、鍵がしまったかを確認する。

「調子はどう、オリー？」ウェントワースさんの声がした。

びくっとして、思わず喉もとに手をやった。

「はい、元気です。ウェントワースさんはいかが？」

「驚かせてごめんなさいね。ボスが雇った新しいシェフはどんな感じ？」

「じつは、まだちゃんと話せていないんです」

「わりとハンサムよね」わたしの部屋のほうへ杖を振る。「あなたにはボーイフレンドがいないし」

「残念ながら、彼はわたしのタイプじゃなくて……」

「あら、まだちゃんと話してもいないのに、どうしてそういえるの？」ウェントワースさんはひきさがらない。目を細め、しばらくじっとわたしの顔を見る。「何か悩み事でも？」

「いいえ、ぜんぜん」わたしは嘘つきだ。

「そう……」明らかに信じていない。「わたしに話せないことがあるのはわかっているけど、何か困っているなら、遠慮しないでうちにおしゃべりにいらっしゃい。ね？」

わたしはうなずいた。「そうします」

「元気出しなさいよ」エレベータのほうに首をかしげる。「外に出て新鮮な空気を吸うといいわ。いまのあなたにはそれが必要に見えるから」


わたしは南へ、二十三番通りへ向かった。お腹はすいていなかったけど、地元のレストランがいくつかあるから、どこかに入ってみようと思う。目的地を決めているほうが気が楽だし、温かい一杯のコーヒーに元気をもらえるかもしれない。

身を切るような風にジャケットの襟を立て、寒さに歩くペースが速くなる。ここまでやってきたのだから、料理をつづけるかあきらめるか、心を決める時期なのかもしれないと考えた。

「まさかこんなことになるなんて、誰も想像してなかったわよ」独り言をつぶやく。

黒いラブラドールを連れ、高価そうなランニング・ウェアで走っていた女性が、びっくりしたように立ち止まった。

「え、何か？」

わたしは襟から顔を出した。「ごめんなさい、独り言だったの」

彼女は笑った。「わたしもよくやるわ」犬がリードを引っぱり、彼女は「答えが見つかるといいわね」といって、走りを再開した。

そう、答えがほしいのに、まだ見つけられない。曲がり角で歩をゆるめ、車が左折するのを待ってからまた歩くペースを上げた。肌を刺すような寒さだけど、冷たい空気は新鮮で、爽快だった。ワシントンＤＣの冬は、ふるさとシカゴの冬よりずっと穏やかだ。もしシカゴにもどることになったら、あの寒さにまた耐えられるだろうか――。

転職すれば、母と祖母の近くに引っ越せるかもしれない。ふたりとも歳をとっているのに、なかなか会えずにいる。一度だけ、ふたりでＤＣまで来てくれて、アメリカの首都の良さを満喫はしたけれど（母には電話で話せる紳士のお友だちができたし）、シカゴの家をなつかしんでいるのはいやでもわかった。母と祖母にはシカゴのほうが安心できて、居心地がいいのだ。そしてわたしにはＤＣが、安心できて居心地のよい町だった。

交差点まで来てふと気づき、足が止まる。そうなのだ、いま直面している問題はたんなる失職だけにとどまらないのだ。息をするのと変わらないくらい大切な存在になったものを、わたしは失おうとしている……。バッキーは今朝、それをわたしに突きつけたのだ。なのにわたしは認めようとはしなかった。

心のなかを整理しながら、西に向かってゆっくり歩く。最悪の事態に備えて履歴書を書き換えるより、いまあるものをしっかりつかまえておこう。これまでも、ほしいものがあれば努力して、手に入れようとしてきたのではない？　なのにこれほど重要なときに、努力を放棄してはいけない。運は勇者に味方する、という諺《ことわざ》がある。勇気を奮って生きてきたから、いまのわたしがあるのだ。

自分を叱咤激励し、ほしいものを手に入れるため、心の準備を整える。いまわたしがほしいものは、自分の意思で引退するまで、ホワイトハウスのエグゼクティブ・シェフを務めつづけること——。

〈ペイヴルおじさんのジャワ・ハット〉の前で立ち止まる。ここはジャワ風コーヒーを出すお店で、いまはふつうのコーヒーより強いものを飲みたい気分だった。

ドアをあけてカウンターに進むと、黒髪の若い店員が「ご注文は？」と訊いてきた。

「ラージ・サイズのカフェ・モカを熱めでお願い。ホイップ・クリームはたっぷりね」

「はい、すぐに」

熱いコーヒーが届いて、上にのったホイップ・クリームをひと口。窓の外に目をやり、寒さに背を丸めて行き交う人たちをながめながら、気持ちを楽にする。わたしは料理が得意だもの。ううん、腕のいいシェフだもの。あのヴァージルというシェフは、ホワイトハウスのやり方をまだ知らないわ。一流の、ひょっとすると超一流の料理人かもしれないけど、ポールの話だと、彼はわたしの部下らしい。エグゼクティブ・シェフになるには、それなりの時間と経験が必要だし——。

チョコレートのようなコーヒーをゆっくり飲みながら、自分は何でもないことで悩んでいたのだと思った。

14

車はワシントンDCで必需品ではないものの、あれば便利なときもある。たとえばいまのように、〈バックウォーク〉のシェフ、レジー・スチュワートとのデートに向かうときなどだ。ディナーのあとで最寄り駅まで送ると彼にいわれる可能性を考えて、わたしは地下鉄ではなく車で行くことにした。駐車料金はかなりかかるけど、ディナーを終えてすぐ、失礼なく別れるにはこれがいちばんだろう。

約束のぴったり五分まえに、モーゲンタール・ホテルの縁石に車を寄せた。ドアマンに車のキーを渡し、預かり証をもらうと、わたしがエントランスに向かって三歩も歩かないうちに、茶色の制服の駐車係がわたしの小さな車に乗りこんで、あっという間に走り去った。帰るときもこれくらい瞬時に車を持ってきてくれたら、早く別れられていいのだけど。

などと考える自分を叱りながら回転ドアに入り、悪い方向にばかり考えるのはよそうと思った。トムと別れて以来、誰ともデートはしていなかったし、いやでも神経質になってしまう。終わってみればとても楽しいディナーだった、ということになるかもしれないのだ。レジー・スチュワートは熟練のシェフで、受賞歴もある。仕事を話題にすれば、話ははずむだろう。

彼はエントランスのすぐ近くで待っていた。小さなブーケを持ち、黒のズボンに黒のボタンダウンの開襟シャツ。グレイのウールのスポーツ・コートを腕にかけ、金色の高天井を支える大理石の太い柱にもたれていた。わたしを見つけるとにっこり笑い、柱からからだを離して「やあ！」といった。「コートを持ちましょうか？」

たしかにジェントルマンだと思った。わたしは襟がフェイク・ファーの、ダウンのロングコートのボタンをはずし、脱ぐのを手伝ってもらった。

「すてきなドレスですね」

このホテルは一流なので、わたしは黒いワンピースに黒いハイヒールを履き、レストランで肌寒くなったときに羽織れるよう、グレイのセーターも持っていた。たまたまとはいえ、彼の服装とほぼマッチしているから、傍目にはふたりがコーディネートしたように見えるかもしれない。

「これをどうぞ」彼はわたしのほうに少し近づいた。

そのようすから、頬にキスするつもりらしいとわかったので、からだを少しかわしてブーケを受け取り、代わりにコートをさしだした。

「ここまでしてくださらなくてよかったのに」わたしは礼儀正しく香りを吸ってお礼をいった。「すごくきれい。ありがとう」

「バラはお好きかな？　嫌いだという女性に会ったことはないが」

「好きですよ、とても。これは薄いピンクですてきだわ。でもほんとうにお気遣いなく」

彼はにっこりした。「気なんか遣っていませんよ。ここまで歩いて来るとき、ドラッグストアのウィンドウで目にとまったんです。これなら雰囲気にぴったりだなと思って」

どんな雰囲気を想定しているのかは、訊かないほうがいいだろう。

「車で来るのが見えましたけど」彼はつづけた。「あれはご自分の？　お住まいはどちら？」

「すぐ近くです」わたしは漠然と方向を示した。「あなたはどちらに？」

「この近くのアパートメントで、仕事場には歩いて行きます」

「まあ、すてきですね」そう、実際にすてきだ。このあたりはDCの中心部で、アパートはけっして安くない。わたしもお給料は十分もらっているけど、あのお店の料理長なら、わたしよりかなり高給だろう。シェフ志望の人やグルメ向けの料理教室で教えたり、セミナーを開いたりしていればなおさらだ。

「行きましょうか？」彼は広々としたロビーの先を示した。「おいしい料理がお待ちかねだ」

ぴかぴかの大理石の床にハイヒールの音を響かせて、エレベータへ向かう。ホテルと同じ名前を冠したレストランは最上階にあり、同じエレベータにカップルがもう一組乗ってきた。ふたりはぴたりとくっついて立ち、見つめ合ってはほほえんでいる。これが初デートでないのは明らかだ。

あっという間に最上階へ着き、わたしたちは同時にエレベータを降りたけど、レストランの案内係のところへはもう一組に先をゆずった。案内されるまでの短いあいだに、周囲のようすを観察する。レストランの壁の一面は、床から天井までガラス張りで、国会議事堂やワシントン記念塔、ナショナル・モールなどのすばらしい夜景をながめることができた。

案内係は台帳を確認し、レジー・スチュワートに向かってほほえむと、わたしたちをダイニング・ルームの中央の席に案内した。

「窓ぎわの席をお願いしたんだが」レジーがいった。

案内係はさっと周囲に目を走らせた。「申し訳ありません。ご予約時に、そのようなご希望は承っておりませんでした。先にいらしたおふたりにご案内したお席が、窓側の最後のテーブルでして」

「いや、特別にお願いしたはずだ。わたしの名前を間違えたのかな？」

「お客さまのお名前を？　えー……」

「スチュワート、レジー・スチュワートだ」

案内係はとまどって顔をゆがめた。「たいへん申し訳ございませんが……」

見るからにむっとして、レジーは大きなため息をついた。

「わたしの名前などどうでもいいか。では、こちらの女性の名前はどうだ？」

彼をおちつかせたくて、わたしは思わず腕に手をのせた。ところが彼は誤解して、そこに自分の手を重ね、ぎゅっと握った。おかげでわたしは手を引っこめることができない。

「彼女はオリヴィア・パラス。ホワイトハウスのエグゼクティブ・シェフだ」周囲に聞こえるくらいの大きな声だった。「彼女のためなら窓側の席が用意できるんじゃないか？」

食事中の人の半数が携帯電話に手をのばしたように見えたのは気のせいかしら？　わたしの写真がいっせいにツイッターで投稿されるところを想像した――〝ホワイトハウスの女エグゼクティブ・シェフが、ＤＣの高級レストランで特別待遇を要求してる〟

「お願い、レジー」わたしは話しかけながら、静かに手を引き抜こうとした。「この席でいいじゃない？　わたしは窓ぎわでなくてもかまわないわ。お料理はどのテーブルでもおいしくいただけるもの」うろたえている案内係に笑顔を向ける。「ここでいいわ。ありがとう」

レジーはわたしの手をつかんで放さない。

「いや、たしかに事前に頼んだんだ。特別な夜だからね」

案内係の目がきらっと光った。「特別な夜？」何かがひらめいたように彼はいった。「それでは、ふさわしいテーブルが上階にございます。特別なお客さまのためにご用意しているお席です」

お願いだからふたりとも〝特別〟をくりかえさないで。

「ほんとうに」ようやくレジーの手から解放され、わたしは少しあとずさった。「ここでかまいません。この席がいいの」

だけどレジーは案内係について歩きはじめた。その先には目立たない小さな階段がある。わたしはためらった。高級レストランの真ん中で、五十人のお客さんがこちらに不審な目を向けはじめている。わたしがもっと強くレジーにいえば、もっと注目を集めてしまうだろう。仕方がない。わたしはしぶしぶふたりのあとにつづいた。食事をするまえから、早くも帰りたい気分になる。

　ふつうのお客さんと同じように、ここのシェフ、ジェイコブ・フラナリーのお料理を味わいたいと思っていたけど、それはもう無理だ。わたしたちの〝正体〟を知った案内係は、歓迎の意を全身で表わそうとしている。メインフロアの真上に小さな張り出しがあって、案内係はそこにひとつだけ置かれたテーブルのほうへ、うやうやしく腕を差し出した。

　おちつかない気分で椅子に腰をおろす。いつもなら、誰の注意も引くことなくおしゃべりしたり料理を楽しんだりできた。ホワイトハウスでいろんな出来事に巻きこまれはしても、それほど顔は知られていないからだ。だけどレジーが大きな声でわたしの身分を明かしてしまい、お行儀よくふるまうしかなくなった。

　すぐ横の窓から外をながめて、ため息をつく。パジャマ姿で本を読んだりテレビを見たりしていたい……。

「すばらしい眺めですよね？」レジーはまた、誤解した。

　ふたりきりになったところで、わたしはいった。

「最初に案内してもらったテーブルでもよかったのよ」

　彼はにっこりし、わたしの言葉を完全に無視した。

「今夜はあなたのために、すべてを最高にしたかったんですよ」

　わたしはもう一度、今度は少しきつい調子でいった。

「最高にしたかったのなら、クレームをつけないほうがよかったんじゃないかしら」身を乗り出し、まわりに人がいないのに声をひそめる。「ホワイトハウスで働いていることは知られたくないんです。望ましくない影響が出やすいので」

レジーはわたしの右手を強く握った。「何かあればわたしが守ります」

「そういうことではなく――」握られた手を引き抜く。「イメージの問題なんです」

彼は驚いたように背筋を伸ばした。「いま、わかりましたよ」納得したようにうなずく。

「わたしは有名なシェフなので、人目を引いてもかまわない。でもあなたはそうはいかない。なぜなら、有名なのはホワイトハウスであり、あなたではないから」

少し違うけど、何かしらは伝わったようだ。「まあ、そんなところかしら」

「わかりました」顔をこちらに近づけ、スパイのように左右をうかがってから小声でいった。

「今後はもっと気をつけますね」

「ありがとう」自分でも心がこもっていないと思ったけど、運よくそのとき、ウェイターが飲みものの注文をとりにきた。「お水でいいわ」と答えると、レジーはがっかりした顔になった。

「ペアリングにしませんか？」期待を込めたまなざし。「ここのソムリエの評判はすばらしいですよ」

「でも車で来ているから。ごめんなさい」

彼は赤ワインを注文した。ワインリストを指さし、ウェイターはそれを見て「かしこまりました」とほほえんだだけなので、ヴィンテージはわからない。

ワインが届き、コルクを抜いて、目と鼻と舌で確認するお決まりの手順を踏んだあと、レジーは自分の選択は完璧だと宣言、ウェイターは彼のグラスにワインを注いだ。そしてわたしのグラスにも注ごうとしたので、もう一度お断わりした。

「いいえ、けっこうです」グラスの縁に指先を当てる。

「このすばらしいワインを、わたしひとりで飲めというのですか？」

指先を当てたまま、わたしは笑みを浮かべた。「むりやり何かをお願いしたりはしませんから」

料理をオーダーし、それからしばらくは雑談をした。わたしはもっぱら聞き役で、彼はいろんなエピソードを披露したけど、どれもテーマは同じだった。不当な扱いを受けた、腕のいいシェフとして正当に評価されたことはない——。そしてまた、同じ話を始めた。

「これじゃ気に入らないと、料理を五回ももどしてきた客がいたことは話しましたっけ？」

「ええ、聞きましたよ」それにつづく自慢話は退屈なので、方向を変えてみよう。「結局、その料理のどこに問題があったの？」

「料理に問題などありませんでしたよ」腹立たしげにグラスを回す。「じつのところ、五回めにもどってきたときは、ただ電子レンジに突っこんで、びっくりするほど熱く、レンガみたいに硬くしてみた。そして刻んだニンジンとパセリの枝をもう一本のせ、はい、出来上がり！　その客はそれで満足したんです」

「ラッキーでしたね」

「とんでもない。運ではなく才能ですよ。わたしには人を見る目がありますからね。その客は、たんに力を誇示したかっただけなんだ。いっしょに食事をしている相手に、シェフより料理のことがわかっているところを見せつけたいんですよ」グラスのワインを飲みほして、また注ぐ。「だから思い知らせてやった」

ウェイターが料理を運んできた。セッティングされるとすぐ、わたしはナイフとフォークを取って食べはじめる。レジーも早く食べてくれたらいいのに、じっとわたしを見ているだけだ。

「味わうまえに、食器をチェックしないんですか？」自分のお皿の縁を少し持ち上げ、顔をしかめて逆側を持ち上げる。「シェフの色の選択についてはどう思います？」

「ゴージャスですよね。すごくすてき」わたしはホタテを切り分けると口に入れ、満足げな表情をした。見るより食べるほうが好きなのが、これでわかってくれないかしら。

「そちらは黄色味が強すぎると思いませんか？」わたしのお皿を指さす。「模様も見てください。仮にもシェフなら、色の見栄えも考慮するべきでしょう？」

わたしはホタテを飲みこんでからいった。

「あなたのお料理もおいしそう。温かいうちにおいしくいただきましょうよ」

彼はまた、お皿を右に左に傾けた。ミディアム・レアの肉汁がお皿の上をぐるぐる流れ、彼が何をいいはじめるかの見当がついた。そしてようやく、こういった。

「焼き方がおかしいね」ウェイターを呼ぼうとして周囲を見まわす。この場を考えると、いかにもわざとらしい。

「もどすつもり？」わたしは食べながら訊いた。

「もちろん」じつに悲しげに。「見るからによくないでしょう？　こんなものは受け付けられない。良心が許しません」

お願いよ、お願い、いいから食べてちょうだい。声には出さずに懇願する。あなたが早く食べ終われば、このぎこちないディナーも早く終了するのだから。

彼は膝の上のナプキンをつかんで立ち上がり、ウェイターに向かって振った。わたしは目をそらし、〝わたしはここにいません〟という振りをした。

レジーは椅子に腰をおろし、「いま来るところだ」といった。「ようやくね」

彼はウェイターに、きちんと焼いてほしいといい、ウェイターは申し訳ないと平あやまりしながら料理をさげていった。わたしはフォークとナイフをテーブルにもどす。

「こちらのことは気にせず、冷めないうちに食べてください」この夜初めて、彼は心のこもった口調でいった。「代わりが届くのを待たなくてもいいから」

エチケットと、食べものをむだにしたくない思いの板ばさみのなかで、わたしはまた食べはじめた。自分の料理がないレジーは、また雑談開始だ。

「例の病院の人質事件で、何か知っていることはありますか？」

口のなかがホタテでいっぱいで、わたしは首を左右に振ることしかできなかった。ナプキンを口に当て、飲みこんでから話す。

「テレビや新聞以上のことは知りません。犯人は、ひとりを除いてみんな逮捕されましたけど、セクレスト議員がいなかったら、どうなったかわかりませんね」

彼は目を細めた。「それ以上のことを知っているはずですよ。ホワイトハウスで働いていて、秘密情報を耳にしないなんていわせませんよ」

わたしはにっこりすると、フォークでホタテを取った。

「あなたに話したら、秘密でもなんでもなくなるでしょう？」

瞳が奇妙な色に輝き、彼は身を乗り出した。

「ではわたしのほうから、ホワイトハウスの秘密を教えてあげるといったら？　それも大きな秘密を」

フォークが口の手前で止まった。「きっと〝嘘ばっかり〟というでしょうね」

彼は声を出して笑い、椅子の背にもたれた。

「あなたのそういうところが好きですよ。ほんとうに楽しい人だ」

わたしはウェイターが消えた方向に目をやった。代わりのステーキは、まだ？

「だけどほんとうに、内部情報を知ってるんですよ」どんな秘密か訊いてほしくてたまらないようだ。

わたしはホタテを大きめに切り、口に入れた。これでしゃべることができない。何であれ、彼からホワイトハウスの秘密など聞く気はなかった。

「この情報は――」彼はどうしても話したいらしい。「今夜、あなたと食事をしたいと思った理由のひとつでもあるんですよ。あなたは知っておくべきだし、わたしの口から聞くのがいちばんだと思った」

仕方がない。「だったら、じらさないで――」淡々という。「教えてください」

自己満足の笑みを浮かべ、彼は椅子の背にもたれたまま左右に目をやった。そしてわたしのほうへ身を乗り出したところで、ウェイターがやってきた。特大のステーキをテーブルに置く。

「お詫びの印です、お客さま。こちらの不手際でしたので、グラムの多めのものをお好みの焼き加減にしました」

レジーはいかにも満足げに、じゅうじゅうと音を立てるステーキを見下ろした。

「こちらのほうがよさそうだな」

ウェイターはほっとしたようで、ほかに注文はないかと訊いてから、テーブルを離れた。

「ふむ」レジーはステーキを切りながらいった。「申し分ないね」わたしに向かってウィンクする。「これで彼らも、どちらがボスかわかっただろう」

それではあなたの話にあった、料理を五回もどしたお客さんと同じじゃないの？　そういいたいのをなんとかこらえた。どんな答えが返ってくるかは想像がつく。立場がシェフであれ、一食事客であれ、正しいのはつねに彼なのだ。

ステーキをほおばり、彼はにやりとした。もとはまあハンサムだけど、さすがにこの顔はいただけない。

「この情報だけでも、あなたはここに来た甲斐があるというものです」悦に入った顔。「準備はいいですか？」

食べ終えた合図に、わたしはフォークとナイフをお皿に置いた。

「ええ、準備はいいわ」

彼の黒い瞳に陰湿な光がともった。たぶん、彼にとってはおもしろい、わたしにとってはおもしろくない話なのだろう。

「きょう発表された新任シェフのことは知っていますよね？」

「ええ、ヴァージル・バランタインでしょう？」

彼はステーキを切って口に入れ、もったいぶった顔つきでゆっくりと噛んだ。

「いまの仕事は気に入っていますか？」

「どうして？」

今度は笑いながら、小さく首をすくめた。

「じつはヴァージルは、古い知り合いなんですよ。料理学校が同じで、卒業後はわたしのほうがいい仕事につき、着実に出世してきた」たいしたことじゃないが、といわんばかりに首を振る。「彼が過大評価されているのはたしかですよ。なかなか腕がいい。ただ、わたしのような個性はない」

それはむしろいいことかも……。

「ヴァージルは、仕事としての料理ではなく、スキルや創造性に重きをおくタイプでね」意を決して重大事実をうちあけるかのようにつづける。「ふたりで店を始めるつもりだったんですよ。でも卒業後、わたしは疑問を感じ、辞退することにした。彼はそれでもやりたがりましたけどね、わたしはうまくいかないだろうと思った」

出店計画が立ち消えになった理由はそれだけなのかしら？

「ヴァージルはあなたの地位を奪おうとしている。先週、彼がDCに来たとき、そう話していました。わたしがマスコミとうまくやって成功したのを見て、自分もそうしたいと思ったんでしょう」手を拳銃の形にして、わたしを撃つ真似をする。「彼はあなたを狙っていますよ」

わたしは何もいわなかった。とにかく早く帰りたい。

彼は顔をゆがめて笑い、お皿の上で両手を広げ〝ご感想は？〟という仕草をした。

「どうしてそんな話をするの？」わたしは彼に訊いた。「古い友人なのでしょう？」

彼は料理に視線をおとし、ステーキを切って口に入れた。

「あなたはわたしとよく似ているからですよ」

「そうは思えないけど」

彼は嚙むのをやめ、わたしの目をじっと見た。「いや、とてもよく似ている」

ウエイターが階段の上で、わたしたちの食事の進み具合をながめていた。

「すみません、料理の残りを包んでいただけますか」わたしはウエイターに頼んだ。帰ることばかり考えて、高級料理をじっくり味わうにはほど遠い。お皿には、家に帰って楽しめるだけのホタテが残っている。

ウェイターはわたしのお皿を下げ、コーヒーをお持ちしましょうかと訊いた。

「いいえ、けっこうです」

「わたしはまだ半分も食べていませんよ」ウェイターがいなくなると、レジーがむっとしていった。「相手が食べている最中に自分の皿を下げさせるとは、どういう？」

「もうこれ以上は無理なので」

顔つきがやわらぎ、彼はうなずいた。

「ええ、わかりますよ。ソースが固まりはじめましたからね。とても食べる気にはなれない」

何もわかっていないらしい。

ウェイターが持ち帰り用の袋を持ってもどってくると、レジーは自分のお皿を前に押しやった。

「おいしかったよ、特筆すべきところはないがね」ウィンクをして、わたしを指さす。「彼女がそういっていたと、シェフに伝えてくれ」

「わたしは何もいっていませんよ」

レジーはお皿の上で指を振った。

「わたしのも包んでもらおうかな。デザートの分を空けておかないとね」

ウェイターは小さくお辞儀をしてから訊いた。「同じ袋にお入れしましょうか？」

わたしはウェイターの手から袋を取った。「いいえ」

果てしなく長い時間が過ぎ、レジーは自分用の袋を受け取ると、デザートはどうするかと訊いた。

「もう帰ります」わたしは即答した。「あしたは朝早いので」

「たとえばどういう仕事で？」

「いろいろあります。公式晩餐会のまえは、いつもあわただしいんです。目の前にひとつ迫っていますし」

「それならヴァージルが得意ですよ。大規模な宴会をじつにうまく切り盛りできる。その点は——」感慨深げに。「ほんとうに優れていた」

これはうれしい情報？　わたしは晩餐会で腕をふるうつもりだったのに、それすら無理ということ？　料理のお皿が下げられるように、残った自信もあっという間に目の前から消えた気がした。

一階のロビーに下りる。レジーが外は寒いから、自分が駐車係から車を受け取ろうと申し出た。

「いいえ、大丈夫です。これくらいなら、寒いとは感じませんから」

神さま、ごめんなさい。このところ嘘ばかりついています。

彼はわたしといっしょに外に出ると、見送りをするといってきかなかった。

「ディナーはすごく楽しかった。このお返しをしていただけませんか？　次回はあなたがわたしをどこかへ連れていってください。ここほど一流でなくてもよいから。わたしのほうがあなたより高給取りでしょうからね」

啞然として、わたしは言葉を失った。

「金曜日は?」と、彼。「夜なら空いています」

そのとき車が到着した。

「ごめんなさい」そういって、レジーがキスしてこないうちに彼の背後にまわり、駐車係にチップを渡した。いったんドアを閉めかかった駐車係に手を振って、やめさせる。そして車のルーフ越しに、レジーにいった。

「金曜の夜は試食会があるんです。ファースト・レディの初めての試食会なので、時間がかかると思います」

レジーは顔をしかめたけど、わたしは運転席にすわってドアを閉めた。彼は手を振りながら大きな声でいった。「電話しますよ!」

わたしは車を発進させた。「ええ、でも出ないわよ」

コージーブックス

2017年１月発売の新刊

仲良しおばあちゃん５人組はまたしても
人には言えない恥ずかしい夢を実現中に事件に巻きこまれ!?

死ぬまでにやりたいことリストvol. 2
恋人たちの橋は炎上中！

エリザベス・ペローナ／子安亜弥[訳]

“死ぬまでにやりたいことリスト”のひとつ「セクシーな写真を撮る」という夢を達成するため、おばあちゃん５人組は誰にも見られないよう細心の注意を払って撮影にのぞんでいた。撮影現場に選んだ橋は、フランシーンの曾祖母と御者の禁断の恋の思い出が眠る場所。ところが貸馬車で撮影の真っ最中に銃声が鳴り響く！　発砲事件に巻きこまれた５人組は、またもや警察に苦しい言い訳をすることになり……!?

950円(税別)・ISBN978-4-562-06061-0

★シリーズ好評既刊★

①真夜中の女子会で事件発生！
860円(税別)　ISBN978-4-562-06053-5

コージーブックス オフィシャルホームページ
http://www.cozybooks.info/

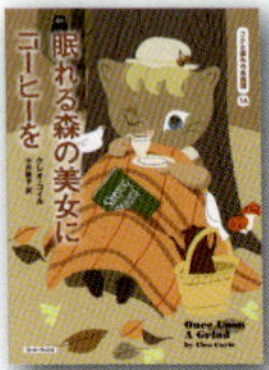

コクと深みの名推理

クレオ・コイル／小川敏子[訳]

ＮＹの老舗コーヒーハウスを切り盛りするクレアは、一杯のコーヒーにも、真実の追求にも手をぬかない素人探偵！

⑪謎を運ぶコーヒー・マフィン
950円（税別） ISBN978-4-562-06025-2

⑫聖夜の罪はカラメル・ラテ
1100円（税別） ISBN978-4-562-06034-4

⑬億万長者の究極ブレンド
1100円（税別） ISBN978-4-562-06043-6

⑭眠れる森の美女にコーヒーを
1200円（税別） ISBN978-4-562-06055-9

スープ専門店

コニー・アーチャー／羽田詩津子[訳]

地元住民から愛され、美味しいと評判のスープ店。でも次々に襲いかかる試練を前に新米店主は……!?

①謎解きはスープが冷めるまえに
860円（税別） ISBN978-4-562-06056-6

秘密のお料理代行

ジュリア・バックレイ／上條ひろみ[訳]

ＯＬライラのもうひとつの顔は秘密のケータリング業。でも依頼人の秘密を守ったせいで事件に巻きこまれ!?

①そのお鍋、押収します！
830円（税別） ISBN978-4-562-06057-3

絶品チキンを封印せよ

15

怒りをふつふつとたぎらせながらハンドルを握りしめ、アパートに向かった。そもそも、なぜこんな誘いを受けたのか、猛烈に自分自身に腹が立つ。わかっていたはずじゃない？自分の勘を信じなきゃだめよ。曖昧な態度をとって、気が進まないのに同意して……。だけど理由ははっきりしていて、彼を傷つけたくなかったのだ。車を走らせながら、首を横に振る。いままさにこの瞬間、世界じゅうでどれだけの人が、相手を傷つけまいとして気まずい状況に置かれているのだろう？　そんなふうに考えると、気持ちが沈む代わりに苦笑が浮かんだ。そう、わたしひとりじゃないんだもの。たくさんの人がわたしと同じ思いをしているわ。

アパートのエントランスを抜け、フロント・デスクのジェイムズに「こんばんは」と手を振った。と、そのとき携帯電話が鳴って、ついつい大きなうめき声がもれた。たぶん、レジーからだろう。

「仕事にもどってこいという連絡かい？」ジェイムズが訊いた。

携帯電話を取り出し、ディスプレイを見る。

「ううん。知らない番号からよ」レジーではなく、ほっとした。そこで不在着信があること
にも気づいた。

ジェイムズに手を振っておやすみなさいといい、エレベータに向かう。

「もしもし？」

「オリー？」

「そうですけど」

相手は何もいわない。

「どなたですか？」

「きみの推理力も錆びついたかな？」からかうようにいい、舌打ちか何かの小さな音がした。

「声を聞いた瞬間にわかってくれると期待したんだが」

うれしさがこみあげた。「ギャヴ？」

「それでこそオリーだ」電話の向こうでほほえんでいるのがわかる。

「元気？　いまどこにいるの？」ずいぶん久しぶりだった。特別捜査官レナード・ギャヴィ
ンとたまに話すことはあっても、この何年かは一度か二度ばったり会ったくらいでしかない。

「いまは町にいるんだ」彼はあえて曖昧な言い方をした。「もちろん公務でね。最近起きた
事件を、きみがまだ解決していないのはなぜか、その理由を訊きたくて電話したんだよ」

わたしは笑った。「報道では解決ずみよ。知ってるでしょ？」

また舌打ちのような音。「背後でいろいろ動きがあると聞いたものでね。闇が深すぎて、

いくら視力がよくても見えない」

「あなたもかかわってるの？」

「わたしは自分の仕事をするだけだよ」

静まりかえったエレベータ・ホールで、自分の声が反響して聞こえる。

「これからエレベータに乗るの。回線が切れたら、すぐに折り返すわ」

「いや、こちらももう行かなくてはならない。金曜の夜、会えないかな？　コーヒーでも飲みながら近況報告しよう」

「ええ、ぜひ」といってから、予定を思い出した。「ごめんなさい、金曜はちょっと無理だわ。夜に試食会があるの。公式晩餐会のことは知ってるでしょ？」

「そうか」ため息が聞こえた。「残念ながらあきらめよう」

「土曜日は？」

「土曜にはもう町を離れている。いろんなことが起きているからね、電話では話せないが」

「あら、急に興味がわいてきたわ」

「いまに始まったことじゃないだろう？」

「ええ、そうね」からから笑い、すぐまじめな声であやまった。「タイミングが合わなくてごめんなさい」どうか、心底がっかりしているのが伝わりますように。「状況が変わったら教えてちょうだいね」

「状況は刻々と変わっているよ。きみにはそのことも話したかったんだが」電話の向こうでギャヴの名を呼ぶ声がした。「そろそろ行かないと。また連絡するよ」

わたしが返事をしないうちに電話は切れた。

あのようすだと、つぎの連絡はそうすぐにはないだろう。エレベータが上がっていくなか、わたしは彼の番号を携帯電話に登録した。


あくる日の朝、シアンが厨房に駆けこんできた。外の寒さでほっぺたが赤い。

「デートはどうだった？」ジャケットのジッパーを下ろしながら訊く。「ゆうべ、電話しようかと思ったんだけど、オリーのご帰宅がどれくらい……」眉毛をぴくぴくさせる。「遅くなるか、見当がつかなかったから」

「その話はよして」わたしは両手を上げた。「ああいうデートなら、トムとよりをもどしたほうが、はるかにいいわ」

シアンの表情が暗くなった。「そんなにひどかったの？」

返事をしかけたところで、噂をすれば影とばかりに、トムが現われた。しかも、見るからにぴりぴりしたムードだ。そしてまっすぐガルデスたちのほうへ行ってから、顔をこちらへ向けて厨房スタッフに挨拶した。きっと何か起きたのだ。トムはかなり長く護衛官たちと話してから、わたしをふりむいた。

「ちょっといいかな、オリー？」

「今朝はずいぶん早いのね」腕時計を見ながらそういって、厨房を出ていくトムの後ろにつく。「何かあったの？」

「例のシェフの件で、きみが忙しくなるのはわかっているからね、時間があるうちに話しておきたいと思ったんだ」

トムは厨房を出たところで立ち止まった。朝のこの時間帯、センター・ホールはまだ職員の行き来がなく静かだ。

「バッキーやシアンの前では話せないの？」

「進展があったんだよ。ポールもふくめて、とりあえず職員の一部に話してから、その後全員に最新情報を伝える予定だ。このまえの内輪の会議で、給仕係のひとりがチキンの箱を持った人物を目撃したという話をしただろう？」

「ええ」

「詳細はいえないが、その人物がわかったんだ」

わたしは息をのんだ。「誰なの？」

「いまはいえない。ここではね。しかし、それは護衛官で、すでに任務を解かれ、事情聴取を受けている」

ビッグ・ニュースだった。「ほんとうに、あなたの部下のひとりが――」

トムは片手を上げた。「質問には答えられない。きみは知っておくべだと思ったから話したまでだ」

「どうして？　どうしてわたしは知っておくべきなの？」

「きみも事情を訊かれるかもしれないからだ、裏付けを得るために。だから就任式当日のことを思い出せるかぎり思い出し、細部について考えてほしい。どんなに些細なことでもかまわない」

とっくに考えたわよ、といいそうになったけど、いまのトムにそんな台詞は通じないだろう。

「きょうはやることが多くてね」彼は話を終わらせようとした。「きみも忙しいだろう」

「PPDが取り調べを受けたりするの？」

「きみはそう思うのか？」

そのとき、ひらめくものがあった。「ギャヴね。ギャヴが調査の責任者なのね」

トムの顔が引きつった。わたしのほうへ一歩近づく。

「なぜ特別捜査官の名前が出てきたのか、ぜひ教えてもらおうか」

「きのうの夜、電話があったから」

「そして任務について知らされた？」

「まさか」わたしは両手をげんこつにして、腰に当てた。「金曜の夜にコーヒーでも飲まないかって誘われたの。いま町にいるとはいったけど、理由まではいわないわ。２＋２の足し算くらい、優秀な科学者でなくたってできるわよ」

トムは一歩、下がった。「彼はきみをどこかへ誘ったのか？」

「そういうのじゃなくて、できたら近況報告でも、というくらいよ」

トムの眉間の皺が浅くなった。

「できたら、ということは？」

「結局はできないの。金曜の夜はハイデン夫人の試食会があるから」

「そうだったね」

ひょっとして、やきもちを焼いている？　と訊きたくてたまらなかったけど、そんなことをいえば、彼はもっとかたくなになるだろう。わたしたちはゆっくりと、でも着実に、お互い傷つかずにすむ接点に近づきつつあるところだ。以前の関係にからんだ冗談は、せっかく近づいてきた接点をまた遠ざけてしまいかねない。

「話はこれでおしまい？」

トムはうなずき、背を向けようとした。

「あ、ちょっと待って。ひとつ教えてほしいことがあるの」

トムは片方の眉をぴくりとあげ、わたしは彼のそばに寄っていくと、声をおとして尋ねた。

「ギャヴィン捜査官と話すのが、禁じられているわけじゃないわよね？」

トムの顔に険しさがもどった。「彼とは会わないんだろう？」

わたしは周囲を手で示した。

「彼が調査にかかわるなら、このあたりでばったり会うことだってあるもの」

トムは曖昧な表情をした。「彼の仕事の拠点は遠隔地だ」

わたしは首をすくめた。

「それでも彼のところにすべて報告がいくの？」

トムはいらだったように「そうだ」とだけいうと、また背を向けた。

「最新情報をありがとう」

わたしは声をかけたけど、トムは無言で去っていった。


厨房にもどって間もなく、ポールがやってきた。

「おはよう、みなさん。新しいシェフを紹介させていただこう」ポールはわたしに笑いかけた。「オリー、きみはヴァージル・バランタインに会ったことがあるね？」

わたしは前に進み出て、片手を差し出した。

「直接お話しできるのを楽しみにしていました。記者会見のときは、ご挨拶さえできませんでしたから」

「ええ、そうでしたね」ヴァージル・バランタインはわたしの手をしっかり握った。〈フィズ〉で見たときの印象より、いくらか若い。三十代後半くらいだろう。

彼は黒い眉をあげてにっこりした。両方のほっぺたにえくぼができる。

「ようやくホワイトハウスの厨房に来ることができました。これまでは、上階のキッチンで仕事をしていましたから。魔法はここで――」床を指さす。「起きるんですね。厨房で仕事ができることをたいへん光栄に思います」

第一印象は、申し分なくすばらしかった。

「わたしたちも、こうしてお迎えできて、とてもうれしく思っています」といいつつ、心のなかで首をかしげた。彼はもっぱら上のキッチンで仕事をして、人手が足りないときとか、必要に応じてここに来るのではない？　「とくに来週は、公式晩餐会がありますし」

ヴァージルは、おや、という顔をしてポールをふりむいた。

「ぼくが失念したのだろうか？」

「いや、まだ手順に慣れていないスタッフもいますから」と、ポール。たぶんハイデン夫人の秘書官ヴァレリーを指しているのだろう。「必要情報を迅速に伝えるようにはしていますが、ときにはうっかりミスもあります」

ヴァージルはとりあえず納得し、こうつづけた。

「では、急いで準備にとりかからなくてはいけない。その晩餐会の主賓は？」

わたしは具体的なことを説明してから、「そういえば」といった。「大きなイベントはずいぶん経験なさっていると聞きました」

ヴァージルは左右の眉がくっつくほど顔をしかめた。

「誰がそんなことを？」

べつに隠し立てする必要はないだろう。

「先日、ご友人と話す機会があったんですよ」きのうのデートについて、シアンにすべて話しておけばよかったと後悔しつつ、彼女を指さす。「シアンとふたりで、〈バックウォーク〉に行ったんです」

「ああ……」察しがついたらしい。だけど表情はうれしそうではなかった。

「レジーですね」

「彼はオリーと知り合えたのをとても喜んで――」シアンがよけいなことをいった。でもわたしの鋭い視線を感じたのだろう、きのうデートしたことまではいわない。「とてもいい方のようですね」

「料理はどうでした？」彼は話題をレジーからそらしたいのだろう。わたし自身がよくやる手だから、ぴんとくる。「食事をしに行ったんでしょう？」

「すばらしかったですよ」と、シアン。

ポールは一歩あとずさり、両手を叩いた。

「では、そろそろいいかな？ 仕事の邪魔をするのも、これくらいにしておこう」

ヴァージルはポールをふりかえり、厨房を出ようとする彼を引きとめた。

「スタッフのみなさんに、もっと伝えることがあるのでは？」

ポールはとまどい、ちらっとわたしを見た。

「とくにありませんよ」と、ポール。「あなたが厨房チームに加わると聞いてすぐ、オリーには職務経歴書を渡しました。彼女のことだから、しっかり読んで把握しているでしょう。気兼ねなく、存分に仕事を楽しんでください」ポールはいつだって礼儀正しく、人の気持ちをくみとるのがうまい。その彼が、わたしと同じものを感じとったのがわかった。そう、ヴァージルは何かが不満なのだ。ポールは不満の理由がわからないらしく、「わたしもふくめて、みんなあなたを歓迎していますよ」といった。

しばらく気まずい沈黙がつづいた。

「ありがとうございます」ヴァージルはうなずいた。「みなさん、どうかよろしくお願いします」そして咳払いをひとつ。「どうも、すっきりしないんですが……」ほほえんだけど、目は笑っていない。「厨房を引き継ぐことをうれしく思っていますし、みなさんがホワイトハウスの慣習を熟知していることに安堵もしています。ぼくに欠けているのは、まさにその点ですからね。一日でも早く慣れるよう努力しますよ」

わたしは内臓が引っ掻き回されるような感覚に陥った。

「なんともおちつかない気分です」ヴァージルは緊張を隠すように声を出して笑い、両手を広げた。「みなさんに紹介していただくとき、ぼくが料理長になることも伝えてもらえるものと思っていたので。そこがどうもすっきりしないというか――」

わたしは心臓が飛び出して床に落ちたのがわかった。ぽちゃっという音まで聞こえた気がする。

「ちょっと待ってください」ポールが彼をさえぎった。「わたしはそのようなことは聞いていません。ここのエグゼクティブ・シェフはオリーです。その点は変わっていませんよ」

「しかし……」ヴァージルはまごついた。「雇用条件では、ぼくが大統領一家の食事の責任者ですよ」

「ええ、たしかに」と、ポール。「ご家族のプライベートな食事に関してはそうですが、メインの厨房の責任者は、変わらずオリーです」

心臓が床から跳んでもとの位置におさまった。まえより少し強くなったみたいだ。

「いや……」ヴァージルはわたしをふりむいた。「厨房を監督するのはぼくだと約束されました」

「それは上の階にある大統領一家のプライベートキッチンです」ポールはきっぱりといった。

「わたしの手もとに雇用契約書のコピーがありますが、エグゼクティブ・シェフの職位を引き継ぐという文言はありません」

「しかしあのとき……」ヴァージルはそこで黙った。

「わたしのオフィスでお話ししたほうがよさそうですね」ポールはとまどうヴァージルをうながしてドアのほうへ向かった。そしてドア口でわたしをふりかえり、ほほえんだ。心配するな、という励ましの笑顔だろう。でもわたしは心も内臓もゼリー状態だった。

ふたりがいなくなったところで、バッキーとシアンがそばに来た。

「いまのは何だったんだ？」というバッキーの問いをかわきりに、ふたりは次つぎ質問を浴びせてきた。でもわたしは、どれにも答えられない。

「ぜんぜんわからないわ。見るもの聞くもの、すべてが悪い知らせみたい」だったら目も耳もふさぐしかないのかも——。

「ファースト・レディがヴァージルをエグゼクティブ・シェフにしろと主張したら、ポールは拒否できるかな？」と、バッキー。わたしも同じことを考えていた。

「たぶんできないでしょうね。大統領夫人のいうことには、めったにさからえないわ。わたしたちにできることはないような気がする」

「おちついてね」と、シアン。「何かよくないことがあると、オリーはいつもわたしたちにそういうでしょう」

「十分おちついてるわよ」といった直後に訂正する。「そうね、おちつかなきゃね」

きょうのシアンのコンタクトは紫色だけど、いまはそこに思いやりの色が浮かんでいる。

「オリー、あとはわたしたちに任せて、きょうは家に帰ったら？」

わたしは大きな声で笑った。でもすぐに不謹慎だと気づいてあやまる。

「気持ちはありがたいけど、家には帰れないわ。晩餐会が控えているのに、仕事をほうりだすなんてできないもの」

シアンが何かいいかけ、わたしはさえぎった。

「それにポールとヴァージルがもどってきたとき、わたしはここにいなきゃ」かならずもどってくると思った。それもたぶん、さして時間がかからずに。「強さを見せないとね。結果がどうなろうと立ち向かわなきゃ。それも真正面から」

ふたりは小さな声で同意したけど、おそらく本心ではないだろう。シアンはわたしの腕をつかんでいった。

「仕事がすべてじゃないわ。それを忘れないで、オリー。自分をいちばんに考えてちょうだい。何が自分にとっていいかを考えるの」

ガルデス護衛官とヌーリー護衛官でさえ目をそらしている。わたしは注目を集めるのに芯から疲れてきた。

明るい面を考えようとしたけど、ひとつもないように思えた。ヴァージルがエグゼクティブ・シェフになったら、シークレット・サービスのこのふたりは試食係を解かれ、べつの任務につくだろう。そしてわたしも、どこか違う場所で仕事をすることになる……。

もう考えるのはよそう。やさしく気遣いされればそれだけ、逃げ場がなくなっていくような気がする。

「わたしにとって何がいちばんいいか。それはね、晩餐会を成功させるため、料理に没頭することよ」力を込めて、カウンターに人差し指を突き立てる。「ほかにはないの。わたしはまだエグゼクティブ・シェフなんだもの、たとえ残り時間があと五分しかなくてもね。晩餐会に最高の料理を出す責任があるの」

16

悶々《もんもん》としながら時は過ぎ、一時間ほどたった。時計に目をやり――これで何度めだろう――ポールとヴァージルの話し合いは難航しているらしいと思った。結論ありきなら、五分でもどってこられるはずだ。時間がかかりすぎている。よい徴候ではなかった。

金曜日のファースト・レディの試食会では、チェサピーク湾産のカニを使ったアニョロッティを出すつもりで、いまわたしはそれをつくっているのだけど、うまくいかない。気もそぞろのせいか、どうも軟らかすぎるのだ。時間をかけて生地をこねたのに、しゃっきりしない。

アニョロッティの生地は滑らかで、つややかで、もちっとするくらいの弾力が欠かせないのだけど、いま目の前にある生地は反抗的というか、だらだらしてわたしのいうことを聞こうとしないのだ。

「材料はきちんと計量したんでしょ？」シアンが訊いた。

「そのつもりなんだけど」ため息をついて、カウンターの生地を見下ろす。「たぶん小麦粉が足りないのよね」

「おそらくね」

「そんなつらそうな顔でわたしを見ないでよ」

「ごめんなさい」ちらっと時計に目をやる。「何が問題なのかな?」

「さっぱりわからないわ」と、そこで思いついた。「ひょっとしたら、昼食の準備をしているのかも。うん、きっとそうよ。お腹をすかせた大統領ご夫妻をほったらかしてまで話し合いはできないわ」

「そうね、きっとそうね」シアンはアニョロッティ用バジルソースの準備にとりかかった。もちろん、わたしは生地をなんとかまともに仕上げなくてはいけない。そこで反抗的な生地に小麦粉を加え、なだめたりすかしたりしていると、どうにかいうことを聞きはじめた。ヴァージルは上のキッチンで昼食を用意している、彼とポールの話し合いは決着がついている、と自分にいいきかせ、仕事に没頭する。アニョロッティのカニのフィリングは出来上がっているから、生地を成形し、手間はかかるけど楽しい作業を開始した。アイデアどおりのアニョロッティに仕上がれば、ファースト・レディも晩餐会で供するのを承認してくれるだろう。

作業に集中して、時計のチェックを忘れた。でもそれ以外にも、気になることはある。ハイデン夫人は試食会でどんな反応をするだろう? わたしが初めて試食会の進行をしたのはほんの数年まえだった。キャンベル大統領夫人の横には、式事室長になったばかりのピーター・エヴェレット・サージェント三世がいて、なんだかんだと口出しをした。バッキーは芽キャベツを使った新作をつくっていたのに、サージェントが芽キャベツをばかにして晩餐会メニューからはずし、険悪なムードになったのだ。

でもその後、バッキーの新作はべつのイベントで供され、おおいにお褒めの言葉をいただいた。そしてわたしはエグゼクティブ・シェフになってから、試食会にはサージェントを参加させないことを最優先事項にしている。

顔がほころんだ。先代のエグゼクティブ・シェフ、ヘンリーが退職して以来、この厨房はほとんど変わっていないけど、わたしたちなりには前進しているように思う。ファースト・ファミリーやゲストのためにつくってきた料理はどれも、わたしたちの誇りだった。

「何を考えてるの？」シアンの声がわたしを現実にひきもどした。「ゆうべのデートのこと？」

「ええ、もちろん」しらじらしい返事をする。

「ぜんぜん話してくれないけど、そんなにひどいというのが想像つかないのよねえ……」

わたしは声をおとした。「どれくらい悲惨だったか、言葉では表現できないわ。あの人は自分のことが大好きで、自尊心は天井知らずよ」

シアンはくすくす笑った。「なんとか自分を印象づけようと思ったんじゃない？」

わたしは指先を湿らせ、カニをのせた生地の端をなぞってから、その上にもう一枚かぶせた。

「たしかに印象には残ったわね、いやというほど」合わせた生地の縁を押さえていく。「それに彼は、自称エグゼクティブ・シェフの友人らしいし」

「そのことを訊こうと思ってたのよ」

「このところ、厄介なことばかりよね」

いきなりシアンが顔を上げ、わたしの背後をじっと見た。またサージェントが来たのかしら、と思ってふりかえると、そこにいたのは噂のヴァージルだった。でも、彼ひとりきりで、ポールの姿はない。

「少し話せますか、オリー?」ずいぶん深刻な面持ちで、太い眉をぎゅっと寄せている。

「はい、いいですよ」わたしは手を拭いた。シアンが作業のつづきをやってくれることになり、冷蔵室のほうへ行こうとしたら、彼は首を左右に振った。

「場所を移したいけど、いいかな?」頭をかしげて外のホールを示す。「ほんの二、三分ですむから」

胃がぐるぐるし、顔がほてって引きつる。

「いいですよ」同じ台詞をいい、彼について厨房を出た。

すると、ホールの東側で職員と話していた秘書官のヴァレリーが、こちらに気づくなり話をやめて近づいてきた。ツイードジャケットの胸もとにクリップボードを抱え、バックストラップの黒いハイヒールが音をたてないよう気をつけている。

「よかったわ、ふたりいっしょで。晩餐会の新しい情報があるの」

ヴァレリーは最新情報が書かれた紙をわたしとヴァージルに渡した。受けとるヴァージルの表情からは何も読みとれない。渡すヴァレリーのほうもいつもと同じだけど、彼女は大統領夫人の秘書官なのだから、わたしと彼のどちらが厨房のトップになるかをきっと知っている。ごく最近、その件に関して意見も求められたはずだ。いま、彼女は献立についていくつか質問し、「いいメニューね。見ているだけで楽しいわ」と、いった。

「ありがとう。アメリカならではの献立を意識したつもりなの。試食会で気に入ってもらえたら、わたしのほうで……わたしたちのほうで、すぐ晩餐会用に食材を注文するわ」

彼女はうなずいた。「はい、わかりました」それからさらにいくつか質問してきたけど、進捗状況に関してなので、来たばかりのヴァージルには答えられない。かれこれ十分ほどたっただろうか、秘書官ヴァレリーはカリグラフィーの打ち合わせをするとかで、東棟《イースト・ウイング》へ向かった。

そしてヴァージルも歩いてチャイナ・ルームに入りかけたけど、わたしはその隣にある部屋を指さした。

「ヴァーメイル・ルームにしましょう」

彼はうなずき、わたしを先に通した。〝ゴールド・ルーム〟とも呼ばれるこの部屋には、ヴァーメイル（金メッキされた銀）のコレクションだけでなく、ファースト・レディたちの肖像画も飾られている。ジャクリーン・ケネディやパット・ニクソン、エレノア・ルーズヴエルト、ナンシー・レーガンなどの歴代大統領夫人と並んで、ハイデン夫人の肖像画もいずれ飾られることになるのだろう。壁はやわらかな黄色で、チャイナ・ルーム側の壁にある暖炉もそれに近い色だった。わたしは暖炉の縁に指をはわせ、この部屋のおちつきをわが身にもとりこもうとした。ヴァージルが何を話したいのかはわからない。でも、場所が厨房でないことはよかったと思う。

ドアは開け放したままにして、彼も暖炉の前にやってきた。

「どうも、ぼくらはスタートでつまずいたらしい」

何かいわなくてはとあせり――よく考えずにしゃべってしまうのはわたしの大きな欠点のひとつだ――口を開きかけたところへノックの音がして、開いたままのドアから年配の女性が入ってきた。直接会うのは初めてだけど、彼女はグランマ・マーティだ。ハイデン夫人のお母さまで、周囲は親しみを込め、〝おばあちゃん《グランマ》〟を付けて呼ぶ。

「あら、ごめんなさい」満面の笑みで彼女はいった。「お邪魔だったかしら？」

「とんでもありません」ヴァージルとわたしは同時にいった。

何かお困りですかと訊こうとしたけど、彼女はためらうことなくまっすぐヴァージルのところへ行った。

「ご機嫌いかが？」両手をのばして彼の手を包む。目尻と口のまわりにうっすら皺《しわ》があるにはあるけど、実際の年齢よりはずっと若々しかった。お腹はぽっこりし、短い髪は白くなっている。それでも四十代の娘をもつ母親には見えない。

「はい、元気にしています」ヴァージルが答えると、グランマ・マーティは彼の手を離し、わたしをふりかえった。

「失礼だけど、あなたは？」

喉が詰まった。わたしはまだエグゼクティブ・シェフよね？

「オリヴィア・パラスと申します。ぜひオリーと呼んでください」

グランマはやさしい笑みを浮かべたまま、わたしの全身をさっとながめた。

「あなたも厨房のお仕事をしているようね。とてもかわいらしい名前だわ、オリヴィア。あなたにぴったり」

「ありがとうございます」

「ねえ、ヴァージル」彼に視線をもどす。「来週、古い友人をお招きしようと思うの。おばあちゃんたちが喜びそうなものをつくってくれない？」

「何かご要望は？」

グランマは顔の前で両手を振った。

「あなたのお料理ならなんでもいいわ。わたしの好きなものはわかってくれているし、お任せよ」

ヴァージルはうなずいた。

「よろしくお願いしますね」グランマはウィンクした。そしてドアに向かいながら、「お会いできてよかったわ、オリヴィア」といった。「ヴァージルにこき使われないようにね」今度はわたしにウィンクする。「噂によると、彼はスタッフに厳しいらしいから。でもそういうところが、逆に慕われてもいるようよ」

こめかみがずきずきした。いいたいことがあってもいえない。と思っているうち、グランマ・マーティは部屋を出ていった。頭痛がして、顔が熱く、なんとか気持ちをおちつけようとした。喉に引っかかっているものをぐっと飲みこむ。

「グランマはほんとにすてきな方だよ」ヴァージルがつぶやいた。

彼はわたしの動揺に気づいていないらしい。なんなら、いますぐ彼に晩餐会の仕事も任せたっていいのよ、ホワイトハウスのことを何も知らない彼に——。と思ったところで、ふうっと息をついた。たぶん、わたしがいなくても、彼はうまくやってのけるだろう。経験豊富なバッキーとシアンがいるのだから、彼が何をしようとしまいと、上手に補佐するはずだ。

もう一度、喉をごくっとさせる。まだ何かが引っかかって痛かった。いまここで、自分にできることはさしてないだろう。

「グランマの食事会、がんばってね」

「曜日を訊くのを忘れたよ」

「え？」

彼は廊下に目をやり、顔をしかめた。「ヴァレリーに訊いてみよう。さっきは何を話すかで——」人差し指で〝きみとぼく〟を示す。「頭がいっぱいだったんだ。でもまあ、グランマが好きなものはわかってるし、いいメニューを考えるよ。彼女はいつだって喜んでくれる」

「それはよかったわね」わたしはおざなりにいった。頭のなかをいろんな思いが駆けめぐる。

わたしはまだホワイトハウスの職員なのだろうか。ポールから悪い知らせは届かないから、たぶんまだ雇われているはずだけど、だとしたら新しい肩書は何？　マスコミに知られたら、どんな書き方をされるだろう。記者たちの大合唱が聞こえてくるような気がする。これまでにも、わたしの名前は何度となく、料理とは無関係に報道されてきた。彼らは部数をのばし、視聴率をとる機会をいつもうかがっている。

ヴァージルはわたしが何かいうのを待っていた。でも、何をいえばいいのかわからずに。わたしは両手を上げた。

「それで、お話というのは？」

「ほんとうに残念というしかないが……」

その先の言葉は想像がついたので、覚悟を決める。

「ぼくはハイデン家のメイン・シェフをずっと務めていて……」

じらされるのはつらかった。結論だけいってほしかったけど、彼は自分の思いを話しつづけた。ハイデン家は自分にとっていかに大切か、ホワイトハウスで仕事をすることにどれほどわくわくしたか、あんなことを思った、こんなことを思った――。

「ぼくの勝手な思いこみだったようだ」

意外な台詞に、わたしは首をかしげた。

「どういうこと？」

「お詫びしなくてはいけない」

「お詫び？」

彼は視線をそらし、またちらっとわたしを見てからふたたびそらした。

「ここに来るとき、厨房の指揮を引き継ぐと思いこんでいた……厨房全体のね。でも、それは間違っていた」どこか遠くを見るような、まるで後悔しているような目になる。「ぼくはエグゼクティブ・シェフではないし、雇用契約も、それを約束するものではなかった。ぼくの一人合点だったんだ」顔をゆがめる。「失敗したよ」わたしの目をまっすぐに見る。「この仕事を引き受けなければよかった、という意味ではない。ホワイトハウスには来たかったからね。ぼくにとっては、とても大きなステップだ。ただ、なんというか……状況がよくわかっていなかった」

気まずそうだったけど、わたしのほうは胸に安堵の波が押し寄せてきた。

「わたしの、エグゼクティブ・シェフの仕事を引き継ぐわけじゃないのね？」

「ぼくの早とちりだった」彼は首を横に振った。

わたしは何もいわず、彼は両手をわたしのほうに差し出してつづけた。

「要するにね……」まるで自分に向かって話しているようだ。「きみはホワイトハウス初の女性エグゼクティブ・シェフだ。それがいきなり現われた男にすげかえられたら、世間的にはよくないだろう」そこであわててつけくわえる。「悪くとらないでくれ。きみも立派な料理人であることはわかっているから」

なんだか微妙な表現にも聞こえるけど――。

彼はまた両手を差し出した。「つまり、ぼくはエグゼクティブ・シェフになれると思っていた。自分はそれにふさわしいとさえね。だが結果的に、ぼくはエグゼクティブ・シェフにはならない。ぼくのせいでいやな思いをさせてしまって申し訳なかった」

わたしは心底ほっとして尋ねた。

「それで、仕事の分担はどうなるの？　あなたはファースト・ファミリーのキッチンで、ひとりで調理するのかしら、それともわたしたちといっしょにメインの厨房で？」

彼の表情が曇った。「メインの厨房で、きみたちといっしょにやる」そこでひと呼吸。「ぼくは……きみの監督下に入る」

「わかりました」

「今後はどうか、わだかまりをもたずに接してほしい。ぼくの早とちりがいけなかったんだ」

クビにならないどころか、エグゼクティブ・シェフのままでいられるとわかり、わたしは(露骨に浮かれた顔をしないよう気をつけて)彼に握手の手を差し出した。

「わだかまりなんてないわ」これからは同じ厨房仲間なのだ。「だからそんなことは気にしないで。状況がはっきりしたのが何よりよ」

「そうだね」

ふたりで厨房にもどると、シアンとバッキーが心配げに顔を上げた。そしてわたしの表情を見て察したのだろう、ほっとした顔つきになる。

今後の体制を伝えるため、わたしはヴァージルをシアンたちのところへ連れていこうとした。すると、背後で彼がいった。

「みなさんも、何を話し合ったのかが気になっているだろうから」

わたしは驚いてふりかえった。彼は両手を上げ、バッキーとシアンだけでなく、ふたりのシークレット・サービスも手招きして呼んだ。

比較的狭い厨房には大きすぎる声で、彼はつづけた。

「みなさんには知る権利があるし、ぼくも誤解を解きたいと思います。ここにいるオリヴィアは――」初めて名前を呼ばれたけど、とくに友好的な印象はなかった。「エグゼクティブ・シェフにとどまります。そしてぼくは、みなさんといっしょにここで仕事をし、担当はファースト・ファミリーの日常の食事です。ただし、ぼくの休日には代役をお願いすることもあり、逆に、みなさんがぼくのサポートを必要とするときもあるでしょう」

わたしは無言でただ突っ立っていた。でも、こんな演説まがいのことをされたら、どちらが厨房の責任者なのかあやふやになる。ここはしっかりしなくては――。

「ありがとう、ヴァージル」わたしは彼の話をさえぎった。「あなたが仲間に加わってくれて、ほんとうにうれしいわ。ましてや来週は、公式晩餐会があるから」ポールの真似をして、両手をぱちっと打ち合わせる。「さあ、とりあえず試食会に向けてがんばりましょう。仕事、仕事！」

厨房内の空気が変わった。お芝居の幕は下り、みんな目前の仕事にもどる。わたしも気持ちを切り替え、バッキーをふりかえった。

「進捗具合はどう？」

バッキーは例のアニョロッティの出来について話してくれた。金曜日の試食会でファースト・レディに味わってもらうまえに、晩餐会の一品としてふさわしいかどうかをしっかりテストし、味見し、検討しなおさなくてはならない。

ホワイトハウスの厨房はそれほど広くないので、ヴァージルの作業スペースを確保すればもっと狭くなる。でも半面、それ以外のスペースは公式晩餐会の準備だけに使え、大統領一家の食事のために朝、昼、晩と数時間おきに中断する必要もなくなった。

それからしばらくして、コンピュータに必要食材を入力していると、シアンが横に来ていった。

「ファースト・ファミリーの食事をつくらないのは、やっぱりさびしいわ」

小さな声ではあったけど、わたしはすばやく周囲を見まわした。ヴァージルは厨房の反対側にいるから、こちらの会話は聞こえないだろう。

「同感よ。それに、これを見てちょうだい」わたしはコンピュータ画面を指さした。「彼が使っている食材なんだけど」

「あら、すごい……。ずいぶん高級志向ね」

「ハイデン夫人の承認を得ているのか、一度、彼に確認したほうがいいわね。大統領一家の私的な食費は一家の負担だということを知らないのかもしれないわ。かなり高価なものばかりだもの」新鮮な魚や肉類、有機野菜はさておき、ヴァージルは大量のキャビアやトリュフ・オイルに加え、わたしでさえ高価だとわかるヴィンテージ・ワインまで注文していた。

「こんなワインを……」シアンも気づいた。「料理に使うの？」

わたしはうなずき、そのレシピを示した。ホワイトハウスではつねに一流の料理を出すけど、あくまで良識の範囲内でのことだ。もちろん、どんなファースト・ファミリーにもお気に入りの料理はある。だけどさすがにここまでは……。公式晩餐会には高級食材がふんだんに使われる一方で、日常の食事にはもっと簡素なものが好まれた。

わたしはヴァージルに尋ねてみようと、彼をふりかえった。「ヴァージル――」

すると元気な足音がして、アビゲイルとジョシュアが入ってきた。ふたりともおそらく戸外にいたのだろう、ほっぺたが赤い。その後ろには、子どもたちを警護するポスト護衛官とゼラー護衛官がいた。

「ヴァージル！」ジョシュアがにこにこしながら彼に駆け寄った。「ここでぼくに料理を教えてくれるんだよね！　ヴァージルがそういったって、お母さんから聞いたんだ！」

ヴァージルはぎこちない笑みを浮かべた。

「うーん、ちょっとだけ事情が変わったんだよ、ジョシュア」

少年の顔から笑みが消えた。「どういうこと？」

「きょうの朝、ジョシュアのお母さんと話したときはね、ぼくが上のキッチンで料理をしているあいだ、ジョシュアはここでほかのシェフたちに料理を教えてもらえばいいと思ったんだよ。だけどね、ぼくもずっとここで仕事をして、責任者はパラスさんということになったんだ」わたしのほうに手をのばし、残念そうに首を振る。「つまり、ぼくはボスじゃないから決められないんだ」

少年はぽかんとした。「ボスじゃないの？」

「ごめん、ジョシュア」

「ちょっと待って」と、わたしはいった。「ジョシュア、覚えてるかしら？　あなたもお姉さんも、いつでも好きなときにここに来ていいのよ」

「うん、でもぼく……」ジョシュアは涙声になった。「ヴァージルが教えてくれると思ったんだ。ヴァージルがつくるみたいな料理をつくりたいんだ」

「そうだったの。でもね、大きな晩餐会でみんな大忙し、というときでなかったら、ぜひ遊びに来てちょうだい。みんな喜んで秘密の技を教えるから」

ジョシュアは眉間に皺を寄せた。「ほんと？」

「ええ、ほんと。信じてちょうだい」

ジョシュアは疑いのまなざしを向けた。あまりに真剣でかわいくて、わたしは笑いそうになるのをこらえた。

「うん、わかった、信じる。ぼくはね、ほんものの料理を習いたいんだ。ジャガイモの皮をむくとかじゃなくて」

一生懸命なようすがいとおしくて、わたしは少年の髪をくしゃくしゃっと撫でたくなった。

「了解、ジョシュア。何かご希望があれば教えてね。準備しておくから」

少しは気が晴れたのか、ジョシュアはうなずいた。

するとボスト護衛官が少年に、「ここに来るときは、かならずわたしも同行しますので」といった。

ジョシュアはまた眉根を寄せた。「近くにいなかったらどうするの？　ほかの護衛官じゃいけないの？」

今度はボストがしかめ面になった。「ほかの護衛官は関係ありません。担当はわたしですから。上の住居フロアでは護衛しませんが、あなたがここに来るときは事前にわたしに連絡するよう、ほかの職員にも伝えておきます」

かわいそうに、ジョシュアは意味がよくわからず、黙りこくってしまった。ボストはとても真面目な護衛官だと思うけど、ジョシュアに対してこんな話し方をするなんて、少年の警護には不向きなのかもしれない。それにこのまえは、トムのいないところでわたしを呼び出し、意味不明なおかしな質問をした。

お姉さんのアビゲイルが、ゼラー護衛官に何やら小声で話しかけた。そしてゼラーがうなずくと、アビゲイルはヴァージルをふりむいていった。

「来週、学校がお休みの二日間、お友だちとキャンプ・デービッドに行くんだけど、そこでお料理をつくってもらえる？　それともほかの人に頼んだほうがいい？」自分はどちらでもかまわない、というふうに首をすくめる。「どうなるか、ちゃんと決めておきたいだけなの」

ヴァージルはどう答えたらよいかわからないようで、わたしの顔を見た。

「キャンプ・デービッドには——」わたしが答える。「常勤のシェフがいるの。泊まるのはアスペン・ロッジかしら？」

アビゲイルがゼラー護衛官に目で問うと、ゼラーはうなずき、わたしはつづけた。

「じゃあ、何か食べたいものがあったら教えてちょうだい。わたしたちからキャンプ・デービッドのシェフに伝えるわ。メニューのご相談にものりますよ」

ヴァージルが咳払いをした。「パラスさんは、ぼくが相談にのる、といっているんだよ。状況が許せば、ぼくが当日、キャンプ・デービッドに行ってもいい」期待をこめたまなざしでわたしを見る。「べつにかまわないでしょう、シェフ？」

わたしは即答できなかった。「来週のいつかしら？」

アビゲイルはわたしとヴァージルの顔を見比べながら答えた。「火曜と水曜だけど」

公式晩餐会は水曜だから、準備のラスト・スパートの時期だ。猫の手も借りたいときに、キャンプ・デービッドに行かれてはたまらない。でもそれをアビゲイルの前で話すのは控えたほうがよいだろう。わたしはほほえみ、「では、あとでお知らせしますね」とだけいった。

「そう……」アビゲイルはいささか不満げだ。「わかりました」

ヴァージルはお手上げの仕草をした。「ボスには従わなくちゃね。きみのお願いは後回しだ」

むっとするのをこらえ、わたしは話題を変えた。

「金曜日に、お母さまと初めての試食会をするの。あなたとジョシュアも来るんでしょう？」

「はい、たぶん」アビゲイルはいかにもわたしに失望したようすで――これで二度めだ――ゼラー護衛官をふりかえった。「いまから宿題をするわ。ひとりで上に行ってもいい？」

ゼラーは感情を表に出さない。「わたしもいっしょに行きます」

アビゲイルは不満げにくるっと背を向け、ドアに向かった。ゼラーがそのあとにつづく。そしてジョシュアはまた、わたしに疑いのまなざしを向けた。

「ほんとだよね？」

「ええ、ほんとよ」

ジョシュアとボスト護衛官も厨房を出ていき、わたしはほっとため息をついた。子どもと接すると緊張してしまうのはなぜかしら？　自分でも理由がよくわからない。

仕事にもどりかけたところで、ヴァージルが唐突にいった。

「ぼくにはジョシュアの料理師範をする時間などないからね」

え？「でも、ファースト・レディにはそういったんでしょ？」わたしは上階を指さした。

「厨房スタッフが教えてくれる、といっただけで、ぼくが教えるとはいっていない」

「そのときはまだ、自分がエグゼクティブ・シェフだと思っていたから？」

「ぼくが思ったのは――」

「自分が大切な仕事をしているあいだ、子どもの相手はほかのスタッフに任せればいいと思った？」どうしても嫌味な言い方になった。

「子どもの相手だって大切だ」

「もちろんわかってるわ」

「護衛官の話を聞いただろう？　どっちみちジョシュアは、勝手にここには来ないよ」

料理に興味をもつ少年の相手をするのはいやなのかしら？

「ポスト護衛官は新任だから、任務に厳格であんな言い方をしただけよ。一、二カ月もしていろんなことがおちつけば、ジョシュアもちょくちょく来られるようになると思うわ。それで楽しんでくれるならいいんじゃない？」

ヴァージルは背を向け、自分の持ち場に行きながら何かいった。でもわたしには聞こえない。

「ごめんなさい、なんていったの？」

彼はわたしをふりむいた。「子どもは台所に入るもんじゃない、といったんだ」

17

シアンからまた、仕事が終わったら話したいことがあるといわれた。場所は相談のすえ、ホワイトハウスの南東、数ブロックのところにある小さなレストランにする。わたしもシアンも訪れたことがあり、素朴ながらおいしい料理を出してくれるお店だ。シアンはわたしより先に厨房を出て、ヴァージルもその後すぐに仕事を切り上げ帰っていった。わたしはバッキーとふたりで後片づけをする。

そしてようやくホワイトハウスの南東ゲートを出て、ペンシルヴェニア通りに向かった。身を切るような寒さに背を丸め、携帯電話をとりだして、大好きな人にかけてみる。

「オリー！　電話をくれるなんてうれしいよ！」

ヘンリーの声を聞けて、わたしもとってもうれしい。長年エグゼクティブ・シェフを務めたヘンリーは、後任にわたしを推薦してくれた。これまでだってさんざんお世話になっていたけど、またアドバイスがほしくて、電話するのをこらえられなかった。

「ごめんなさい。これは愚痴の電話なの」

ヘンリーの口調が心配げになった。「何かあったのかい？」

わたしはヴァージルがスタッフに加わったこと、彼がエグゼクティブ・シェフに任命されると思いこんでいたことを話した。

「どうしても好感がもてなくて……。それでご指導いただきたいと思ったわけ」

ヘンリーは笑った。「それなら、電話の相手を間違えているよ。わたしはただ、きみやパッキー、シアンより年寄りだっただけだ」

「あら、ずいぶんご謙遜。でもね、わたしにはわかってるの。もう何かアドバイスを思いついているんでしょ？」

ヘンリーはまた笑った。「まあ、多少はね。だが申し訳ない、いま出かけるところなんだよ」

「マーセデスとお出かけ？」

「うん、そうなんだ。だがオリーのためなら、いくらでも時間をつくるよ。話の続きはいつがいい？」

「土曜の夜は？」わたしは時間をいって、ヘンリーもよく知っているお店の名前を挙げた。

「おや……。土曜はデートの日だろう？　待ちわびている人がいるんじゃないか？」

「今週末は、いないの」

「最近の週末はいつも、だったりしてな。よし、ではわたしとデートしよう。時間は……うーん、六時くらいでいいか？」

「わたしのせいで予定を変えたりしないでね」

「オリー」こんなに温かい声で呼ばれて、喉の奥がひくついた。

「きみのためなら、いくらでも喜んで時間をつくるよ」

ヘンリーはいつもわたしを元気づけてくれる。

「ありがとう。土曜のデートが待ち遠しいわ」

「わたしもだ」屈託のない笑い。「キャンセルは、なしだぞ。新しい大統領に残業を頼まれても、きっぱり断わりなさい」

「はい、そうします。じゃあ、土曜の六時ね」


外の寒さとうってかわって、〈シルヴェスターズ・ダイナー〉の店内はとても暖かかった。タマネギやお肉の焼けるにおい、マカロニ・アンド・チーズの香りに迎えられ、ジャケットを脱ぎながらシアンを探す。すぐそばのテーブルでは、男性がターキーのオープンサンドにかぶりつき、熱々のグレイビー・ソースがしたたり落ちた。見た目はけっして美しくないけれど、味は保証つきだ。

シアンは奥の壁ぎわ、青いブース席からこちらに向かって手を振っていた。そう、たしかにわたしはシアンと待ち合わせたのだけど……その隣には、なんとヌーリー護衛官がいた。それもホワイトハウスでは見せたことがないような、しあわせいっぱいのにこにこ顔だ。ピンクの制服のウェイトレスや食器を片づけるウェイター助手をよけながら、わたしはそちらへ進んだ。

「どうしたの？」ほかに言葉が浮かばなかった。「びっくりしたわ」

「あら」シアンは鼻に皺を寄せた。「とっくに感づいてると思ってたけど」

「とんでもない」腰をおろしながら、これではヴァージルのことを話題にできないと思った。

「こんばんは、ヌーリー護衛官」

「マットと呼んでください」彼はシアンの肩を軽く叩いた。「いまは勤務時間外だから」

トムはデートのときも、笑顔で〝勤務時間外〟なんていったことはない。彼によれば、護衛官は二十四時間待機中だからだ。いやにくつろいでいるヌーリーを心配するか、それともさわやかだと感じたほうがよいのか――。いずれにしても、シアンはしあわせそうだった。

レイフのことはなんとか割り切れたのだろう。わたしはほほえんでヌーリーにいった。

「じゃあそうさせてもらうわ、マット」

「ところで、例のヴァージルというシェフはどうです？　二番手なのが不服そうに見えましたけど」

「そうね……」わたしは言葉を選びながら話した。「厳密にいえば、バッキーがわたしの第一アシスタントなの。新しい人が加わったら、どうしても最初はおちつかないだろうけど、じきにみんな、何十年もいっしょに働いてます、みたいな雰囲気になると思うわ」

「さすがエグゼクティブ・シェフですね」

「あら、ありがとう」

まだ二十歳くらいのビッピーという名のウェイトレスに注文し、彼女がテーブルを離れるとすぐ、シアンがいった。「マットから、ボストの話を聞いていたところなの」

わたしは椅子の背にもたれ、ゆっくり周囲を見まわした。高い天井の店内は混み合い、四方はみな楽しそうにおしゃべりして、わたしたちの会話を聞かれる可能性はなさそうだ。それでもやはり、公共の場でホワイトハウスのことを、どんな些細なことであれ話題にするのは避けたほうがいい。ヌーリーもわかってくれたようで、シアンの肩を軽く叩き、自分の唇に人差し指を当てた。

「ボストが誰かなんて、みんな知らないわよ」シアンはわたしたちの反応にむっとしたらしい。「うちの猫かもしれないじゃない？」

「たしかにそうだが」と、ヌーリー。「控えるにこしたことはないよ」

「オーケイ、わかった。じゃあオリーには、あとで話すわね」シアンは隣のヌーリーを見た。「それならいいでしょ？」

彼はうなずいた。「機密事項はひとつもないからね」わたしにやさしい目を向ける。「トムと交際したことがあれば、その点は十分わかってくれているでしょう」

どきっとした。どうやらシアンは、わたしの個人情報を勝手にしゃべったらしい。

「ええ、わかってるわ。で、あなたたちの場合は、おつきあいしていることをオープンにするの？」

答えたのはシアンだ。「いまのところ、秘密にしておくつもり。新しい大統……いえ、新しく来た人たちの……」わたしを安心させるためか、にぎやかな店内を見まわす。「仕組みがおちつくまではね。だけどいずれはおおっぴらに……。ね、マット？」

ヌーリーはシアンの手を叩きかけてやめ、愛情たっぷりにほほえんだ。ふたりの今後は容易に予想できそうだった。どちらも運命の人と出会ったかのように目を輝かせている。ただ、知り合ってまだほんの一週間程度だ。シアンがレイフとの別れの反動だけでヌーリーとつきあうのでなければいいけど。彼女は誰かに必要とされたい、求められたいと願い、そこに運よくたまたまマットが現われた。すべてうまくいき、末永くしあわせな関係がつづく可能性はもちろんあるし、ほんとうにそうなったらいいとは思うけど……。

三人でおしゃべりしながら（話題は映画とか小説とか、安全なものばかり）、わたしはトムとデートしはじめたころを思い出していた。トムは自信家で、毅然として、強い人だった。そんなところが彼を優秀な護衛官にする半面、恋人にはなりきれなかった。彼はわたしをありのままに見ようとはせず、役に立ちたいと思う気持ちやそこからくる行動を理解するより先に、ガールフレンドはこうあるべき、という彼の理想に近づくよう願った。そしてわたしが彼のルールに従えないことで、ふたりのあいだに溝ができはじめた。

わたしなりに、理解はしている。トムは果たすべき仕事をきちんと果たし、わたしも仕事にベストを尽くしていた。だけど予期せぬ事件が発生したとき、わたしはホワイトハウスを守ろうとして彼のテリトリーに踏みこみ、彼はそれをいやがった。もちろん、彼を責める気なんてなかったけれど、かといって彼の理想に合うよう自分を変えることもできず——。結局、わたしたちは違う道を歩むことになった。その傷は癒えた、といえば真っ赤な嘘になる。

「厨房に例のあれを置いていった人のことで、何か思いつくことがあるんじゃない？」

シアンの言葉が、わたしを現実に引き戻した。

「ううん、ないわよ」

「ほんと？　オリーは何か事件があるたび、不思議な勘が働くじゃないの」

「でも何も思いつかないわ」もう一度否定してから、ヌーリーに目をやった。「わたしがかかわった事件のことは知っているでしょ？」

ヌーリーはうなずいた。「報告会で聞きました」

「でも今回の件に関しては、最初こそかかわったし、会議にも出たけど、それ以外はいっさい無関係だから」

シアンが疑うような目でわたしを見た。

「引っ越してきたご家族に迷惑をかけたくないし」と、わたしはいった。「今回はお行儀よくするの。あのご家族とはまだ知り合ったばかりでしょ？　なのに厨房の件であんなことがあって、それだけでも頭が痛いのに。だから口も手も出しません」

シアンはほほえんで、ヌーリーの肩を軽くつついた。「いまはそういってるだけよ。先のお楽しみってことね。きっとまた首を突っこむわ」

「われわれが万全の態勢でやりますから」ヌーリーはわたしに笑いかけた。「今回は大丈夫ですよ」

それからは雑談をして楽しく食事をつづけたけど、わたしは内心、ふたりから早く離れたかった。とにかくひとりになりたい。

そうしてひとりで地下鉄に乗り、窓の外をぼんやりながめた。シアンたちと食事をして、ついギャヴのことを考える。今週末、彼と会えたらよかったのに——。なぜかとても悲しくなった。

水曜の早朝、厨房に入るとシアンがいった。

「あら、わたしより早く来て何をしていたの？」

シアンは答えなかったけど、早く来た理由は十分に想像がつく。ヴァージルが朝食を準備するのを、ヌーリー護衛官が看視するからだ。ファースト・ファミリーのふだんの食事はヴァージル担当になったから、ほかのスタッフが朝の五時に出勤する理由はない。それでもわたしが朝早く来ているのは、厨房全体に責任があるからで、シアンはもっと遅くてもかまわないのだ。でも恋人のためだったら、睡眠時間が短くなろうとたいした問題ではないだろう。

わたしは厨房を見まわした。ところで、肝心のヴァージルはどこ？

「ねえ、オリー、見てよ」

「早くこれを見て」シアンがせかした。「セクレスト議員の記者会見よ」

「いま？　何かあったの？」

シアンはボリュームを上げた。

場所はホワイトハウスの記者会見室で、サンディ・セクレスト議員が腕を広げて演台の両端をつかみ、苦渋の表情で言葉を選びながら話している。

「大統領の指示で、わたしから最新情報をお伝えします。大統領も後ほど声明を発表しますが、現在はアルムスタンの代表と会談中で、いまここに来ることができません」

これは妙だわ。

「ご存じのように、一週間まえ、ライマン・ホール病院が武力占拠されましたが、関係したテロリストたちは身柄を確保され、さらなる犠牲者を出すことなく人質は解放されました。しかし、アルムスタン関係筋からの情報によると、犯行グループの所属する組織はこれであきらめたりはしないだろう、とのことです。この組織はアルムスタン国に代わって活動していると主張していますが、政府の支援は受けていません。彼らの目的は、テロリストのファーボッドを、わたしの管轄下にあるウィスコンシン州の刑務所から釈放させることです。彼らはここ、ワシントンDCを襲撃しましたが、今後の襲撃計画は全国に及ぶ可能性があります。地域を問わず、市民のみなさんはくれぐれも警戒を怠ることなく、不審な行動は些細なものであれ、通報してください」

記者たちから——こんな時間でも会見室は満杯だ——質問が飛び、なかのひとりが立ち上がって訊いた。「わずか一組織のために、そこまで警戒しなくてはいけないんですか?」

議員の答えに、わたしはぞっとした。

「一組織とはいえ、きわめて残虐です。目的達成のためなら——ファーボッドの釈放のためなら、手段を選ばないでしょう。組織全員の身柄が確保されるまで、気をゆるめるわけにはいかないのです」

「つまり、小さな集団がアメリカ全土に大惨事をもたらす可能性があると?」

彼女はうなずいた。「同時襲撃はなくても、アメリカの根幹部分を襲撃可能だと信じるに足る情報を得ています。きわめて非情、かつ狡猾です。けっして油断できません。ですから、こうして情報を公開しているのです。アメリカの市民全員に、耳となり目となってほしいのです。不審な行動は漏らさず報告してください。それがどんなに些細な……」

セクレスト議員の話はつづいていたけど、音声が消え、女性記者が現われてまとめに入った。「ご覧いただいた会見は、先ほどホワイトハウスで開かれたものです。大統領の依頼により、セクレスト議員の会見は一日をとおして、何度か放送する予定です」べつのカメラに顔を向ける。「各地の反応はさまざまで、セクレスト議員の警告に困惑している市民も大勢います。なんといっても、具体的な警戒対象がわからないのですから。当局はパニックが広がることも懸念しています。すでに警察機関には情報が寄せられているものの、大半は根拠のない情報のようです」

場面が切り替わり、シュロの並木の前に立つ警官が映し出された。彼は帽子を取り、額の汗を拭った。「非常に厄介ですよ。警察は寄せられた情報を徹底的に調べるため、走り回っています。軽犯罪が多発しかねません。現場が手薄になっていますからね。寄せられる情報はでっちあげのものがきわめて多い。警察官に幻を追わせ、間抜けに見せたいだけなのでしょう」そこで無線が鳴り、警官は「では失礼します」と記者にいった。

シアンはボリュームを下げた。「セクレスト議員は、大統領やアルムスタンの指導者たちと早朝まで話し合っていたみたい」

「なんの連絡もなかったわね」わたしはうろたえた。「話し合いの場所には、何か食べられるものを用意したのかしら？」

「わたしたちに伝える必要はないんじゃない？　ヴァージルがここにいたから」

それならよかったけど、いまごろ知らされるとやはりあせってしまう。わたしこそ、もっと早くに厨房に来るべきだった。ここにも上のキッチンにも食料はたっぷりあるから、給仕人でも軽食の準備はできる。でも、どんな話し合いにしろ、大統領には気持ちがやわらぐ食べものをそばに置いて臨んでほしい。

「ヴァージルは、いまどこ？」

シアンは上の階を指さした。「眠ってるわ」

「え？」わたしは厨房をぐるっと見まわした。「朝食の支度は？」

「彼が準備してたんだけど、わたしが来たら〝あとは頼む〟っていわれたの。徹夜したからって」

つまり話し合いが行なわれているときも、厨房にはずっと人がいたわけだ。それでひとまず安心とはいえるけど、わたしに電話連絡くらいしてほしかった。

「なんとかうまくやれたのかしら？　ヴァージルは何かいってた？」

「すべてスムーズ、何の問題もなしだって」

「だったらよかったわ」

シアンとふたりで、ヴァージルが準備中だった朝食を仕上げた。独創的なところはさすがだと思う。でも、ちょっと過剰な気もした。わたしだったらプルーンにパンプキン・ヨーグルトを合わせたりしないし、そのうえウォールナッツやイチジクのトッピングなんて思いつきすらしない。繊維質は大切だけど、ちょっとやりすぎのようにも感じた。わたしが知るかぎり、大統領のお好みはトーストかクロワッサンにコーヒーという軽めの朝食で、その代わり、昼食がたっぷりめなのだ。ヨーグルトと風変わりな魚のキッシュの朝食が上階へ運ばれていった……。食べた感想が、すごく気になる。とはいえ、ヴァージルはもともとハイデン家のシェフなのだ。当然、わたしが知らない何かを知っているのだろう。

こうなってみると、ヴァージルがスタッフに加わったのはよかったのかもしれない。わたしは新しいことを学びたいし、ヴァージルはわたしの知らないことをたくさん知っているらしい。ただし、それを教えてくれるかどうかは別問題だ。そのうち時間がたてばわかるだろう。

寝ぼけまなこのヴァージルが厨房にもどってくるとすぐ、バッキーとシアン、わたしは、金曜夜の試食会と、来週の晩餐会の準備に没頭した。晩餐会メニューには、ファースト・レディの味見が不要な基本的な料理もいくつかあり、デザートの選択肢は、ペイストリー・シェフのマルセルに一任だ。

「これ全部が試食会用なのか？」午後半ばになって、ヴァージルがわたしに訊いた。「試食するのは何人？」

「いつもは二、三人だけど、今回は子どもたちも参加予定だから。それにファースト・レディが少しでもたくさんの意見を聞くために、秘書官やほかのスタッフにも声をかけたの」

彼はうなずいただけで、とくに感想はなかった。

「朝食はどうだった？」わたしは訊いた。「あなたが用意したとおりにつくったけど、給仕人からはまだ何も聞いていないの。あのヨーグルトは面白いわね」

「ぼくの新しいレシピだ」

「ちょっと食べてみたのよ、上に持っていくまえに」

「何だって？」顔が紅潮した。「ぼくを信用していないのか？」

その反応に驚いて、わたしは少しばかり防御の姿勢をとった。

「味見は日常茶飯事よ」厨房のあちこちに置かれた試食用スプーンの容器を指さす。「仕事の一部だもの」

「ぼくがつくったものはべつだ」

「お言葉ですが、ヴァージル、きょうはわたしたちがつくったのよ」

「何か勘ぐったから試食したんだろ」

「違います。それにいまのところ、この厨房からファースト・ファミリーに出す料理はすべて――」わたしはヌーリーを、それからガルデスを指さした。「護衛官ふたりが試食する決まりになってるわ」

「みんなどうかしてるんじゃないのか？」彼は両手を広げて上げると、あとずさった。「いや、何もいわなくていい。ここはぼくの厨房ではないからね。ルールをつくるのはぼくじゃない」唇を、顔をゆがめる。「自分の作業場にもどるよ。お邪魔して申し訳ない」

こんな成り行きになるとは思いもしなかった。「ちょっと、ヴァージル……」

「いや、どうか仕事をつづけて。大切な公式晩餐会の準備に集中してくれ。ぼくはぼくで、アメリカ合衆国大統領とそのご家族の食事をつくるから」なおも両手を上げたまま、「ぼくはここじゃ下っ端だからね」というと、今度は小声になった。「自由世界のリーダーのために料理をするのは、たいした仕事じゃないらしい」

「ヴァージル！」わたしはぴしゃりといった。「少し話しましょう」ドアを指さす。「厨房の外で」

センター・ホールに出ると、驚くほど静かだった。わたしは口を開きかけたヴァージルを制した。

「感情に任せた発言は、わたしの厨房では控えてちょうだい」

わたしの厨房という言葉に、彼は眉をぴくりと上げた。

「いっしょに仕事をする以上、お互い敬意を払いましょう」

彼はまた口を開きかけ、わたしはまたさえぎった。

「あなたにはあなたの信念があるのでしょう。でもこの厨房では、上のご家族のキッチンにいるときと同じように分別ある行動をとり、個人的な意見はもちこまないでほしいの」

納得したようには見えなかった。そこでわたしは具体的にいうことにした。

「あなたがわたしをどう思おうとかまわない。でもね、ホワイトハウスでは、この厨房では、それをごまかすことも覚えなきゃ」彼は驚いたのか、一歩あとずさった。

すると、そばのエレベータが止まってドアが開き、ファースト・レディが現われた。わたしは感じのいい表情を顔に貼りつけ、どうかヴァージルも同じことをしてくれますようにと祈った。

「おはよう」と、ハイデン夫人。「ちょうどよかったわ、あなたたちに会いたかったの。厨房のようすはどうかしら？」

「はい、順調です」

夫人はわたしの答えがわかっていたかのようにうなずいた。

「いっしょに仕事をするときは、オープンな雰囲気でやるのがいちばんだと思うのよ」

いやな予感がした。今度は何？

夫人はほほえんだけど、それは楽しいニュースの前兆というより、安心させるためだとわかる。「きょうの朝食のことでお話ししたいのだけど」考えこんだように、眉がぎゅっと寄せられた。「あれを用意したのはあなたではないわよね、ヴァージル。でしょう？」

「はい」ヴァージルがいい、わたしを手で示した。「オリーとシアンです」

「思ったとおりだわ」そこでまた笑顔を見せる。「オリー……」やさしい口調。「あなたが一生懸命なのはよくわかるし、わたしたちの好みを知るためにいろいろ工夫したいのもわかります。でもね、今朝のメニューは……」鼻に皺が寄る。「あれはいきすぎだと思うわ」ヴァージルのほうを見る。「あなたは主人といっしょに徹夜したのよね。だから今朝は、代わりにオリーとアシスタントがつくったんでしょう。今後はあなたがオリーたちを指導してあげなさい」ヴァージルに向けた笑顔は正真正銘の笑顔だった。「なんといってもあなたは、ハイデン家の好みをよくわかっているから」

わたしはヴァージルに目をやった。当然、そうだろう。あれはぼくのレシピですと告白するのを期待したけど、彼はだんまりを決めこんでいる。珍奇なプルーンや魚のキッシュのレシピを考えたのは自分だなんて認めるはずもない。ヴァージルの表情は読めないけど、いまここで初めて、これは彼が仕組んだことなのだと気づいた。

ハイデン夫人は厳しい言葉を補うように、わたしの顔を見ていった。

「でも聞いたところでは、あなたは豪華な晩餐会は得意なんですってね。金曜日の試食会、とても楽しみにしているわ」

「はい、全力を尽くします」これまでにないほどすばらしい晩餐会にしてみせる、と心に誓った。ヴァージルの手を借りずにできればなおいい。そうだ、彼にはアビゲイルといっしょにキャンプ・デービッドに行ってもらおう。

「お邪魔してごめんなさいね」ハイデン夫人はさようならと手を振って、西棟《ウエスト・ウイング》に通じるパーム・ルームへ歩いていった。

「罠だったのね？」夫人の姿が見えなくなると、わたしはヴァージルにいった。「よく覚えておくわ」

彼が何かいう間もなく、わたしは背を向け厨房にもどった。

18

木曜の午後、学校から帰宅したジョシュアが厨房に飛びこんできた。

「ただいま！　何か手伝うよ！」

「お帰り、ジョシュア」ヌーリー護衛官は少年の頭を撫でた。ホワイトハウスがまた狙われているという具体的な情報はないものの、護衛官ふたりはひきつづき試食係の任務についていた。トムによると、何も起こらなければ、ふたりは公式晩餐会後、通常任務に復帰するらしい。実際のところ、厨房にいてもとくにわずらわしいことはなかったけれど、いなければいないほうがありがたい。広いとはいえない厨房で、護衛官ふたりの立派な体格が占める空間は、貴重な作業スペースなのだ。

ガルデス護衛官が訊いた。「ボストはどこに？」

「ここだ」愛想のない声がして、ボスト護衛官の大きなからだが戸口にぬっと現われた。

ジョシュアがヴァージルの肘をつつく。「ねえ、何をしたらいい？」

「ジョシュア」いかにも煩《わずら》わしげにいい、ジョシュアはしゅんとなった。「いまは都合が悪いんだよ」

「ぼく、何か手伝う」ジョシュアはボストをふりかえった。でもボストは、自分には無関係というように両手を上げる。「料理ショーをいっぱい見て、勉強してるから」

わたしやシアン、バッキーは作業をつづけていたけど、意識はどうしてもジョシュアたちのほうに向いてしまう。少年は称賛と恐れが入り混じった茶色の目で、悲しげにヴァージルを見上げていた。

ヴァージルは夕食の準備の真っ最中だった。何をつくっているのか、できることなら正確に知りたかったけど、試食会が明日に迫っているから、そうそう気にしてもいられない。厨房で聞こえるのは、作業の音だけだ。しばらくしてようやく、ヴァージルがいった。

「いいかい、ジョシュア」少年の顔を見もしない。「ここは料理をつくるほんものの厨房だからね。ここにいると危ないよ」ボストのほうをちらっと見る。「こんなふうに走りまわらせておくなんて、ジョシュアのボディガードは無責任だな」

少年は頭を振った。「走りまわってないもん。ぼく、ほんとうの料理をしたいんだよ」

「まだ八つだろう」

「もう九歳」

「それでもね」

ジョシュアはわたしを指さした。「でも、オリーがいったよ——」

ヴァージルが少年を追い出しそうなのを感じ、わたしは割って入った。

「ねえ、ジョシュア、かわりにわたしのお手伝いをしてくれない？」

隣でバッキーがあきれた顔をしたけど、わたしは無視した。

「でも……」ジョシュアは考えこんだ。

「ほら」わたしは発酵させておいた生地を取り出した。「どうやってこねるか、知ってる?」

ジョシュアの目が輝いた。「知ってるよ!」フード・ネットワークの番組のお気に入りシェフの名前を挙げて、パンをつくる工程を説明しはじめた。それもじつに真剣に。

「すごいわねえ」説明が終わったところで、わたしは感心していった。ジョシュアはほんとうによく知っている。

バッキーがぶつぶついうのが聞こえたけど、それも無視した。

わたしはスツールを引っぱってきて、中央のカウンターの前に置いた。

「ここで生地をこねてくれる? そのまえにまず、手を洗ってきてね。隅々までていねいに洗うの。いい?」

ボスト護衛官はうんざりした顔になり、たぶんいらついている。ヴァージルは精一杯、わたしとジョシュアを無視していた。協力要請されても拒否する気なのだろう。バッキーは思いっきりぐるっと目を回す(白目をむきだし、まぶたが閉じなくなるのでは、と心配になるほどに)。

ジョシュアはスツールの上に立つと、うれしそうに生地をこねはじめた。工作用の粘土と変わらない手つきだけど、気にしないことにする。床に落としたところで問題ない。ガス抜きを待つ生地はほかにもまだあるからだ。

「これでいいと思ったら教えてね、ジョシュア」

「うん!」自信満々、元気いっぱいの返事。とにもかくにも、かわいらしい。わたしの将来計画に、これまで子どもはいなかった。とくに子どもと親しく接したことはないし、早く母親になりたいと思ったこともない。でも、この子はほんとうに魅力的。

シアンがそばに来て、耳もとでささやいた。「オリーはわたしよりいい人ね」

一時間ほど過ぎたころ、ボスト護衛官がジョシュアの貢献に終止符を打った。ジョシュアは三つ分の生地をこね、味見用のスプーンを補充し、レモンを搾ってヒヨコ豆とタヒニ(練りゴマ)、ニンニクと混ぜ、フムスをつくるのを手伝ってくれた。

「宿題の時間です」ボストがいった。「お母さまの決めたスケジュールです」

ジョシュアはしぶしぶ自分の持ち場を明け渡した。

「ちょっと待って」わたしは引きとめた。「帰るまえに、パンをオーヴンから出して、焼き上がりを見てみない?」

ジョシュアとわたしはミトンをはめ、ふっくらしてきれいに焼き色のついたパンをラックからとりだした。

「上出来だわね」

わたしがいうと、ジョシュアうなずいてにっこり。

「お部屋に持っていくといいわ。宿題をしているあいだに食べてもいいし。でも、冷まさないとだめよ」ボウルに移しておいたフムスを指さし、冷ましたパンのくりぬき方をジョシュアに教える。「そこにフムスを入れておけば、ちぎったパンを浸して食べられるでしょ。いかが？」

「すごい！」

ボストも荷物の一部を持って、彼と少年は厨房から出ていった。わたしはほほえんでふたりを見送る。ジョシュアも満足してくれたようで、よかったよかった。

ヴァージルが横にやってきた。「家族の食事はぼくの担当だということを忘れた？」

「いいえ、忘れてないわよ」それだけいうと、わたしは背を向けた。

「だったら、持っていかせちゃだめだろう」

背中で聞いたヴァージルの台詞を、わたしは無視した。

しばらくすると、ヴァージルの姿が消えた。シアンは彼が注文した食材に関して訊きたいことがあったのだけど、厨房のどこにもいないのだ。

「お手洗いにでも行ったんじゃない？」と、わたしはいった。

「三十分も？」

そんなにまえからいないの？　わたしはまったく気づいていなかった。たぶん、気づきたくなかったのだろう。

「気は進まないけど、ポールに相談しようかしら。ヴァージルはわたしの管理下にあるのが不満なのかもしれない。ここじゃなく、上のキッチンで仕事をしてもらうほうが、みんなにとってもいいような気がするわ」

シアンはエプロンで手を拭きながら何かいいかけ、バッキーはそれを目で制すと、護衛官ふたりに向かっていった。

「悪くとらないでほしいんだが、厨房の微妙な問題をおふたりの前で話し合いたくないんだ」

ヌーリーとガルデスは顔を見合わせた。ガルデスは笑い、口の前で鍵をひねるような仕草をした。「わたしは何もいいませんよ」

ヌーリーはシアンをじっと見る。「われわれのことは、いないと思ってください」

バッキーは納得できないようで、わたしのすぐ横に来ていった。

「ポールに話すべきだ。あの男には、どこかおかしいところがある。対応を先延ばしにしていたら、状況はひどくなるよ」

「そうね、同感だわ。わたしがもどるまで、ここはふたりに任せてもいい？」

「ええ、任せてちょうだい」シアンがいった。

シンクで手を洗い、よく拭いた。ポールの執務室はそうしょっちゅう訪ねないから、この時間に在室しているかどうかはわからない。でも電話で相談するようなことではなかった。

階段をあがり、執務室に行く。ドアは開いていて、なかから聞き覚えのある声がした。

「彼女に嫌がらせをされているんです」ヴァージルがドアに背を向け、ポールに不満をぶつけていた。

ポールはヴァージルの肩越しにわたしに気づいて片手を上げた。といっても、挨拶というより、彼に気づかせるためだったような気がする。だけどヴァージルはそれを無視し、不満をいいつづけた。

「彼女の管理下というだけでもむしゃくしゃするのに、ぼくの担当仕事にまで手を出してきた。息子に食べものを持たせて……」

「ジョシュアよ」わたしはドア口に立ったままいった。

ヴァージルはくるっとふりむいた。顔が怒りにゆがんでいる。

わたしは自分でも信じられないほどおちついていた。ヴァージルが感情的になればなるほど、わたしは冷静になるらしい。

「ハイデン大統領の息子さんの名前はジョシュアよ。名前で呼んでも問題はないでしょう」

殴り合いを始めるとでも思ったのか、ポールはわたしとヴァージルのあいだに立った。

「お互いの責任範囲という点で、意見の相違があることはわかるが……」

「彼女はぼくをつぶそうとしている」と、ヴァージル。「今後のために話し合おうとしたんだけどね、ぼくの存在が不快らしい」ばかにしたようにわたしを見る。「まあね、その気持ちはわからなくもないよ。ぼくだって、もしぼくのようなシェフが急に登場したら怖いと思うだろう。仕方ないといえば仕方ない」

わたしはあきれた。いいかえしたかったけど、ポールの前では理性的でいたい。

そのときポケットのなかで携帯電話が鳴った。でももちろん無視だ。

ポールは両手を上げた。「よく話し合って調整しよう。何であれ、最初からスムーズにいくわけがないからね。一歩引いて、何がベストかを考えるんだ」その言葉を強調するように一歩あとずさったけど、わたしやヴァージルが口を開く間もなくつづけた。「では、話し合う日を決めようか。参加者はこの三人だけだ。そして不満の原因を明らかにして、基本原則をつくる」そこでわたしの目を見た。「公式晩餐会の準備で忙しいだろうから、きみが話し合いの候補日をいくつか挙げてくれないか」それからヴァージルの目を見る。「きみとわたしは候補日のなかで都合のよい日を選択し、調整する。どうかな？」

ヴァージルの声が高くなった。「どうもこうも、ばかげているとしかいえませんよ。ぼくの仕事をさらに取り上げる気なんですか？　そもそもこんな仕事、引き受けなきゃよかった……」

ヒールの音がしてふりむくと、わたしが使ったのと同じ階段から秘書官ヴァレリーが現われた。書類フォルダを手に、ためらいがちに近づいてくる。

「お邪魔でしょうか？」

ポールはにっこりした。「いや、かまわないよ」

ヴァレリーはわたしたちのところまで来ると、ヴァージルのほうに手を振った。

「彼に用事があって。《マスタリー・メイル》誌がホワイトハウスの新任シェフを紹介するので、いまカメラマンが来ているんです」彼女は控えめにほほえんだ。「少しだけ、彼をお借りできますか？」

ヴァージルの表情ががらりと変わった。胸を張り、満面の笑みで腕時計を確認する。

「時間どおりだね。ありがとう、ヴァレリー」それからポールをふりむいた。「これでもホワイトハウスのためにできるかぎりのことをやっているつもりなんですよ」

ヴァージルとヴァレリーを見送ってから、ポールに尋ねた。

「わたしは彼に何か悪いことをしたのでしょうか？」

「きみは皮肉屋のバッキーとうまくやれるようになったじゃないか。きっとヴァージルともうまくやれるよ」

わたしはうつむいて首を振り、なかば独り言のようにいった。

「バッキーは皮肉屋といってても根はやさしいし、ヘンリーといっしょに仕事をして、ここのやり方を理解し、受け入れています。だけどヴァージルはプライドが高くて、ホワイトハウスで仕事をするのは自分のためでしかない。そして自分なりのやり方でやろうとします」目を上げてポールを見る。「彼が後任になったらどうなるか、とても心配です」

「後任？」

「はい、わたしを追い出したいんだと思います」

「彼にそんなことは――」わたしの表情に気づいたらしく、ポールは言葉を切ると、代わりにこういった。「時間がたてば彼もわかるさ」

「わたしには時間がありません。ファースト・レディはわたしのことをあまりお気に召していないようですから」悲惨な結果に終わった初日の朝食と、ヴァージルのレシピどおりにつくった朝食の件を話す。「ファースト・レディのお口には合いませんでした。そしてヴァージルは、そのレシピは自分のものだと正直にいいませんでした」

「きみは事実を話さなかったのか？」

「いいたくてもいえませんでした。ファースト・レディの前で、子どもの喧嘩のような真似はできませんから。でもこれでは、子どもの喧嘩そのものですよね」

「ともかく話し合いの場をもとう」

ポールの気遣いに、わたしはお礼をいった。「土曜日にヘンリーに会うので、相談してみるつもりです。わたしひとりの力ではどうしようもない気がするので」

「自分を過小評価しないように。ヘンリーは信頼できる人物に厨房を託したんだから」

「ありがとうございます、ポール」

階段をおりながら、携帯電話を確認した。未読メールが一件。ギャヴからだった――〝土曜日は予定がなくなった。五時ごろは？　お茶か食事でも？〟

うれしい、と思ったけれど、ヘンリーとの約束は六時だった。わが愛する師との約束をキャンセルするわけにはいかない。それにおそらく、わざわざ予定を変えてくれたのだ。でもヘンリーに会いたい半面、ギャヴの誘いを断わるのが悲しかった。しょんぼりして、ギャヴに〝土曜は予定がある〟と返信することにした。でも送信ボタンを押すまえに、〝ヘンリーと〟とつけくわえておく。ギャヴは前任のエグゼクティブ・シェフのことを知っているし、どういうわけか彼には、土曜の予定はデートだと思われたくなかったのだ。

厨房にもどると、シアンとバッキーはポールとの話し合いの結果を聞きたがった。だけどヴァージルの発言を教えたら、よけい悪印象をもつだろう。そこでわたしはおおまかなことだけ話し、ふたりに仕事を再開させた。試食会に晩餐会に、考えることは山のようにあるのだ。ヴァージルのことで気力と時間を浪費してはいけない。

一時間後、バッキーが時計を見ていった。

「彼はまだ取材中なのか？」バッキーは野菜を（ヴァージルが厨房を出ていったときのまま、刻まれることなく放置されている野菜を）指さした。「夕食の支度もできていない。スケジュールによれば」――ヴァージルがカウンターに置いた予定表を示し――「あと四十五分で出すことになっている。献立のなかの一品は、焼くだけでもそれくらいの時間がかかるんだ。やることはいっぱいあるのにほったらかしか？　夕食をつくる気がないとしか思えないよ」

わたしは大きなため息をついた。ヴァージルの代わりに夕食をつくるか、何もせずにファースト・ファミリーを待たせるか？

わたしはぶつぶついい、もう一度自分に問いかけた――わたしたちは彼に何か悪いことをしたのかしら？　ようやくわたしはいった。

「できないわ」

バッキーもシアンも、ヴァージルがまずい朝食の責任をわたしたちに押しつけたことは知っている。バッキーの顔がぱっと明るくなった。

「彼のしりぬぐいはしないんだな？」

「ファースト・ファミリーを空腹にはさせられない、ということよ」わたしはきっぱりといった。「ヴァージルが準備していたものを仕上げて、時間どおりに夕食を出すの」

バッキーは目を細めた。「気をつけろよ、オリー。用心しないと、ヴァージルはやりたい放題やり、そのうちここは彼の厨房になる」

「正しいことをするだけよ」気は乗らないながらもヴァージルのレシピを確認し、正道を歩むことが大切なのだ、と自分にいいきかせる。

そしてナイフを手にしたちょうどそのとき、気まぐれシェフがもどってきた。

「さあさあ、どいてくれ。こっちは大事な仕事があるからおしゃべりしている暇はないんだ」

すると、わたしがナイフを持っているのに気づいて立ち止まり、視線がナイフから野菜へ移った。

「何をしているんだ？」

「食事の時間に間に合わせようとしていたの」

彼は両手で追い払うような仕草をした。

「ぼくを何だと思ってる？　これでもプロなんだぞ。ちゃんと考えているよ」

「よかったわ」わたしは喜んでその場を離れた。「がんばってね」

「ああ、ところで」ヴァージルは早速ニンジンを刻みはじめた。ＳＢＡシェフのアグダに負けないくらいの猛スピードだ。「この週末、レジーに会う予定なんだよ」鋭い視線でちらっとわたしを見る。「きっと話がはずむだろう」

「ちょっと止めて」

ヴァージルは顔を上げた。

わたしはニンジンを指さした。「その手を止めて。いま、いますぐ」

彼は刻むのをやめた。

わたしは人差し指を立て、声をおとした。といっても、その気になればバッキーたちにも聞こえる程度だ。彼もシアンも耳をそばだてているにちがいない。部屋の空気がはりつめているのがわかる。

「ホワイトハウス内部のことを……」わたしはヴァージルに近づきながらいった。「ファースト・ファミリーや職員のことを、厨房やわたしたちのことを、外でひと言でもしゃべったら……」顔が熱くなってきたのを感じる。「あなたのクビが確実に飛ぶようにしますからね」

19

きょうは試食会だけど、お昼まえにハイデン夫人から、ミーティングをしたいという連絡があった。呼ばれたのは、わたしひとりだ。

ヴァージルは朝からずっと姿が見えない。給仕人によると、とんでもなく早い時間に出勤して朝食の準備をし、ファースト・レディの軽めのランチも〝対応済み〟だという。いったいどういうことなのか。わたしは彼からなんの連絡も受けていないのだ。きょうの試食会は夕食の代わりになるだろう。ヴァージルはメモを残していたけど、これもまた不可解だった――しばらく動きがとれないので、厨房に行くのは早くても土曜日の朝になる、というのだ。

ハイデン夫人からは、上階に来るようにといわれていた。最上階には温室菜園があるけど、めったに行くことはない。いまは一月で、収穫できるものはあまりないからだ。その下の階、大統領一家の私室が並ぶフロアの東端に、ご家族の居間として使われるイースト・シッティング・ホールがあり、ハイデン夫人が指定した場所はそこだった。わたしはずいぶん久しぶりで、最後にここに来たのはいつだったか思い出せないくらいだ。

淡い黄色で統一された居間の手前には、アーチ天井の短い入口通路がある。わたしはそこで、居間に入るよう呼ばれるのを待った。居間ではハイデン夫人と秘書官ヴァレリーがソファにすわり、わたしの知らない女性数人と話していた。ソファの後ろにある扇形の窓からは陽光がたっぷり射しこんで、明るくてとても心地よさそうに見える。わたしのいる入口通路は全体が白い木製で、頭上にはクリスタルのシャンデリア、足もとは淡い黄色の絨緞だ。そして壁沿いには鉢植えのシダが置かれている。部屋にいる女性たちは、家具について話し合っているようだった――メリーランド州の倉庫からここに何を持ってくるか、何をここから運び出すか、といったようなことだ。ヴァレリーはわたしが通路に立っているのに気づくと人差し指を立て、ハイデン夫人にささやきかけた。

夫人は顔を上げてにっこり笑い、周囲の女性たちに少し外してほしいと頼んだ。女性陣はメモ用紙や筆記道具を集め、ハイデン夫人とヴァレリーをソファに残して足早に出ていく。

「すわってちょうだい、オリー」ヴァレリーがいい、黄金地に葉のモチーフがデザインされたウイング・チェアを示した。

わたしはそこに腰をおろしながら、膝が震えているのを感じた。

ハイデン夫人はヴァレリーに手を差し出し、「あのリストを」といった。

ヴァレリーはファイルから書類を取り出して夫人の手にのせる。

夫人はリストをざっとながめたけど、内容がすでに頭に入っているのは明らかだ。

「請求書がきたの」と、夫人はいった。

この先の話は見当がつく。

「あなたはこれを見たかしら？」

「請求書は見ていませんが」と、わたしは答えた。「請求書のもとになった食材リストは見ました」

夫人はわたしをじっと見つめている。腹を立てているのか、あるいはただ関心があるだけなのかはわからない。わたしは待った。

「この法外な額の説明はできる？」夫人はほほえんでいたけど、いつものように、わたしを怖がらせないためのつくり笑顔だ。「わが家では、一年分の食費でも、ここまでにはならないわ。ましてや一週間ではね」

「はい」わたしは大きく息を吸いこんだ。「説明させていただきます」

夫人は請求書を握ったまま、膝の上で両手を組む。「では、始めてちょうだい」

「どのエグゼクティブ・シェフも——わたしが知るかぎり、ですが——新しいファースト・レディがいらっしゃると同様の説明をさせていただきます。わたしから提出した食材リストにはそのメモを添付しておきましたが、せっかくなので、ここでお話しいたします」

夫人の美しい眉の片方がぴくりと上がった。

「請求書を拝見してもよろしいですか？」わたしは手を差し出し、夫人は請求書を渡してくれた。

「かなり高額ですね……」わたしは認めた。「でも、一部は職務上必要なもので、新政権の最初の週は、いつも出費がかさみます。ご家族にはホワイトハウスでくつろいでいただけるよう、ご要望のあった食材のうち、保存可能なものは買い置きして、いつでもお好みの料理をお出しできる態勢をとりますので」

夫人が納得していないのは、その目に浮かんだ色でわかった。

「それにしても、この請求額はふつうじゃないわ」

わたしはうなずいた。「ホワイトハウスに持ちこむ食材には万全の注意を払い、一つひとつに徹底した予防措置がとられます。〝うっかり〟などということも許されません。そのため、やむなく高額で購入する場合もあり、大半はシークレット・サービス経由です。予算は守るようにしていますが——今後についてはご相談させてください。——結果として、ホワイトハウスに持ちこまれるものは最高級品です」

夫人は何度かまばたきした。反論したいが礼儀を守ってやめておく、という顔つきだ。

「わかりました」と夫人はいった。「それでもこれは使いすぎに思えるわ。うちの家族の嗜好や好き嫌いのリストは渡したでしょう？　日常の食事でキャビアやトリュフを食べたいなんて書いた覚えはないのだけど……」マニキュアをした長い指で、わたしが持っている請求書を示す。「それに、その高価なワインは料理に使うの？」

耳の奥で、血がどくどく鳴った。この場でできることは（いえることは）ひとつしかない——。

「ご家族の食事に関し、裁量権があるのはヴァージル・バランタインです。このワインは彼が購入しました」

夫人の表情は変わらないけど、わたしの答えが意外だったのはわかる。

「それでもあなたの確認をもらうことになっているのでしょう？」

「いいえ、彼が準備する食事に関し、わたしには発言権がない、と直接いわれましたので」

夫人はまた曖昧な笑みを浮かべた。「だけど、かならずしもそうではないんじゃない？先日だって、あの一風変わった朝食を用意したのはあなたとアシスタントでしょう？」

「彼はセクレスト議員や大統領と徹夜したことから朝食の準備ができず、代わりにわたしたちが仕上げました。でも献立は、彼が用意したものです」ようやくほんとうのことを話せて、信じられないくらいほっとした。でも誤解を招かないよう、きちんと締めくくらなくては。

「わたしたちは、彼の考えたレシピに従っただけです」

「あら……」夫人は秘書官に目をやり、またわたしに視線をもどした。「だったら、あの朝食に関するあなたの感想を教えてちょうだい」

本心をいうわけにはいかない。素人ならともかく、プロとしてのわたしの品性にかかわるだろう。その場しのぎのおべんちゃらではなく、かつ本音を隠す言葉を探した。

「とても野心的だと思いました」

夫人が手をのばし、わたしは請求書を返した。

「では来週の晩餐会費用はどうなるの？　どれくらいの経費がかかるのかしら？」

「きょうの試食会と、公式晩餐会にかかわる費用はご家族の私的な出費にはふくまれません。そのような催しに必要な仕入れはべつに記録し、処理されますので」

「あれもこれも、慣れないことばかりで……」夫人の口調には謝罪がこめられているように感じた。

「はい。申し上げたように、政権が替わった当初はいつも、エグゼクティブ・シェフからファースト・レディにご説明させていただきます。最初はどなたでも、とまどわれますので」

夫人は初めて、温かい笑みを浮かべた。「これから少しずつ、時間をかけてお互いを知るようにしましょうね」


厨房にもどるとすぐ、バッキーがわたしのそばに来た。

「大統領夫人から、ヴァージルの居場所を聞いたかい？」

シアンもそばに来て、ガルデスとヌーリーはこちらの会話に耳をそばだてている。

「ううん、聞かなかったわ。彼がどこにいるかなんて話に出なかったもの。食費について話しただけよ」

「それなら、新任シェフの居所を当ててごらんよ」

「さあ……」知らないのは、どうやらわたしだけらしい。

「ゴルフ場だってさ」バッキーは腕組みをした。「大統領といっしょに」

真っ先に頭に浮かんだのは――「一月なのに？」

「さるフロリダの大物が、大統領をゴルフに誘ったんだ」

「それで大統領は、ヴァージルを連れていったの？」厨房は静まりかえった。バッキーはまじめくさってうなずく。

いつものわたしなら「冗談でしょう？」と返すところだ。だけどどうみても、冗談ではないらしい。わたしはうなずき、事実をなんとか受けとめてからバッキーに尋ねた。

「なぜなの？」

バッキーは露骨に顔をゆがめた。「きっと、ゴルフがうまいんだろ」

「そうじゃなくて――」

「わかってるよ」バッキーはさえぎった。「ぼくも理解できない」

厨房にいる全員が、わたしのつぎの言葉を待っていた。

「わかったわ。そういうことなら……大統領がスタッフと家族づきあいしたいなら……奇妙な食事をつくるけど、チェックのゴルフパンツが似合う料理人を親しい友人とみなしているなら、それはそれでいいんじゃない？」ひとりずつ顔を見ていくと、みんな感情をこらえているようだ。「わたしたちはファースト・ファミリーに喜んでもらうためにここにいるのよ。政権が替わっても、わたしたちは変わらずこれまでどおり仕事に励まなくちゃね。よけいなことで気をもむのはよしましょう」

だけどバッキーもシアンも動こうとはしない。

「話は以上。さ、仕事よ仕事。時間は待ってくれないわ」

そしてあっという間に試食会の時間になった。バッキーとわたしは、上の配膳室に向かって狭いらせん階段をあがっていく。シアンは厨房に残り、料理を給仕用エレベータで送る係だ。階段をのぼりきると、わたしは手すりを握っていた手をエプロンで拭いた。

背後でバッキーの声がした。「緊張してる?」

「みたいね」

「マルセルはどんなデザートをつくったんだ?」

マルセルとは階段の途中ですれ違ったけど、お互い試食会のことで頭がいっぱいで、言葉を交わしていなかった。

「たしかミックスベリーのコブラーよ。お得意のクラストを使ったもので、ハイデン夫人たちがもし気に入らなかったら——それはちょっと考えにくいけど——アイスクリームを出すつもりじゃないかしら。でも、ともかくベリーで感動させたいはずよ」

「そしてきみも、この献立で夫人たちをあっといわせたい」

「ええ」ごくっと唾を飲みこんだけど、喉にサボテンが生えているようだった。

バッキーは持ってきたものを西側の奥のカウンターに置いた。

「ぼくはここで作業するよ。これならきみも給仕用エレベータへ行きやすいし、全体的なタイミングを計れるだろう」

「ありがとう、バッキー」

彼は少し間をおいてから、「きょうはヴァージルがいなくてよかったな」といった。

思わず口もとがほころんだ。「ほんとにね。だけど陰口は禁物よ、大統領とゴルフをしていようがいまいが」

ダイニング・ルームのテーブル席は、給仕人たちがきちんと整えてくれていた。ハイデン夫人は東側の中央で、左右にはアビゲイルとジョシュアがすわっている。秘書官ヴァレリーとアシスタントひとりがアビゲイルの側に並び、ジョシュアのほうにはアシスタントがふたりすわって、どこかおちつかなげだ。

その対面、テーブルの西側に、椅子は一脚も置かれていない。給仕人たちがこちら側から参加者それぞれに小皿を配膳し、わたしもそこで説明したり、夫人たちの反応を見たりする。

試食会が始まり、最初の一品はアニョロッティだ。細心の注意をもって仕上げた生地には自信がある。そしてハイデン夫人の反応を見るかぎり、結果は合格らしい。子どもたちもカニを気に入ってくれたようだった。一品ずつ順番に出していき、幸運の女神に守られているらしく、すべて順調だ。

夫人たちが試食するそばで、わたしはメモをとっていった。給仕人たちはグラスが空くたびに水を注ぎ、子どもたちも試食を楽しんでいるようだ。ナンタケット産のホタテは好評で(ただしアビゲイルを除く)、晩餐会の献立に残ることになった。

全体的な感想を聞く時間になり、わたしは息を詰めた。そして、ほっと胸をなでおろした。大人はみんな、どの料理も褒めてくれたのだ。

「ホウレンソウ、おいしかったよ。お代わりしてもいい?」ジョシュアがいった。

給仕人が急いでお代わりを運び、マルセルがデザートとともに登場した。フランス訛りがきつくなっているので、マルセルもいまのわたしと同じく、とても緊張しているのだとわかる。

「どうか、もうお腹いっぱいでデザートなど食べられない、ということがありませんように」彼は銀の蓋を持ち上げ、ミックスベリーのコブラーを披露した。

ジョシュアがお代わりのホウレンソウを食べはじめ、ハイデン夫人が息子に腕を回した。

「この子は甘いものをあまり食べないの」

すべての試食がすんで、わたしはハイデン夫人に感謝の言葉を述べ、ほかの参加者たちにもお礼をいった。

「オリヴィア」退出しようとするわたしを、夫人が呼び止めた。「ちょっといいかしら？」左右の子どもたちに目をやる。「アビゲイルもジョシュアもお部屋にもどりなさい」

「ごちそうさま」ジョシュアが椅子からおりながらいった。「すごくおいしかったよ」

アビゲイルははにかんだような笑顔で「おいしかった。ありがとう」というと、弟といっしょに部屋を出ていった。

わたしは黙ってその場に立ち、テーブルの五人の女性はおしゃべりをやめた。これから始まることがたぶんわかっているのだろう。でも、わたしにはわからない。テーブルをはさんで陪審員と向き合う被告人の気分だ。静寂を破りたくて、わたしは尋ねた。

「どのようなお話でしょうか、ファースト・レディ？」

ハイデン夫人はほほえんだけど、わたしには椅子を勧めなかった。

「ヴァージル・バランタインがね」と、夫人はいった。「菜園を始めてはどうかというの。すばらしいアイデアじゃない？　ホワイトハウスの公式な菜園よ。緑豊かな自然栽培をとりいれれば、マスコミも好意的に見てくれるでしょう。わたしは彼の提案に賛成なの。ホワイトハウスから全国にメッセージを送ることになるわ。それに、食費を抑える助けにもなるんじゃないかしら」屈託なく、小さな笑い声をあげる。「最初にあなたに話したかったの。なんといってもヴァージルの上司だし、最終決定権をもつのはあなたでしょう」

そうでないことは、夫人もわたしもわかっている。決定権をもつのはほかでもない、ここにいる大統領夫人なのだ。それでも夫人の気遣いはありがたかった。ただし——。

「菜園はすでにありますが」

「温室じゃないの。もっと本格的なものよ」

「はい、上階の温室のほかにも、数年まえにできました」これは否定しようのない事実なのだ。このわたしが始めたのだから。「かなりの収穫量があります」

「どうして一度も聞いたことがないのかしら？」

その質問には答えようがなかったので、こうつづけた。

「数週間ほどしたら、何かご希望の栽培品種がないかをうかがうつもりでいましたが——」

夫人はわたしをさえぎった。「広さはどれくらい？」

「おおよそ三十平米です」

「ずいぶん小さいわ」といったのは、秘書官ヴァレリーだ。「もっと広いほうがよくないかしら？　そうね、その三倍くらいあるといいわ」彼女は夫人の顔を見た。「うまくいけば、マスコミも注目しますよ。たくさん収穫できれば、食料配給する慈善団体に寄付できますし。種まきや植え付けは学校の子どもたちに手伝ってもらうとか。大きな話題になります」

女性たちがいっせいにしゃべりだした。菜園の維持管理の仕方や通知するメディアの種類等などだ。わたしがここにいることを忘れてしまったらしい。

秘書のひとりがこういった。「こんな名案を思いついたのは、シェフのヴァージル・バランタインでしょう？　ファースト・レディが彼をここにお連れになったのもうなずけます」

わたしはもう一度いいたかった。ホワイトハウスにはすでに、整備された菜園があるのだ。よくできた菜園だし、以前から地元の慈善団体にも寄付している。でも、狭量だと思われたくなかったから、ぐっとこらえた。ただ、わたしが無策で何も考えていないと思われても困る。

わたしは咳払いした。

「もうひとつ、アイデアがあります」

驚いたことに、全員が静かになって耳をかたむけた。

「近隣には、地元農家の直売所がありません。週に一度か月に一度、ホワイトハウスの南の敷地を一部開放して、彼らに販売してもらったらどうでしょう？」

ひとりが懐疑的なまなざしでわたしを見た。「それはちょっと……」ハイデン夫人をふりむく。「セキュリティの問題があるかと思います。販売者一人ひとりの身元調査をしなくてはいけないでしょう。キュウリを買いに来ただけの人も、身元確認が必要になるかもしれません。一般人が毎週ホワイトハウスに来ることを許可したら、たいへんなことになります」

「とても……野心的なアイデアね、オリヴィア」と、ハイデン夫人はいった。「考えておくわ。ご苦労さまでした。ありがとう」

さがってよいということで、わたしはダイニング・ルームをあとにした。後片づけは給仕人がやり、わたしは厨房にもどってバッキーやシアンと仕事を再開する。試食会に出した料理はどれも合格点をもらえた。なのになぜか、気分は晴れなかった。

20

土曜日は休みをとり、雑用をこなした。部屋を掃除しながら、猫を飼おうかしら、と考える。これまで何万回も考えて何万回もあきらめた。そしてきょうも、あきらめることにした。こんなに変則的な生活では、飼われるペットがかわいそうだ。

それでも部屋のキーを玄関脇のボウルに入れ、買い物袋を抱えてキッチンに入ると、温かく迎えてくれる人がいたらどんなにいいだろう、と思ってしまう。それがたとえ、四本足の友人でも。

夕方、ヘンリーに会いに出かけるまえに、厨房のバッキーとシアンに電話をかけてみようかと思った。でもやっぱりよしておく。休みの日に電話を入れる習慣はないし、バッキーたちがきちんと仕事をしているのはわかっている。気になるのは、そういうことではなかった。きのうの試食会で、ヴァージルの〝すばらしいアイデア〟が絶賛されるのを聞いてしまったから、わたしの休日が彼にとっては昇進の階段をのぼる絶好の機会になるかも——などと、やり場のない陰鬱な思いにとらわれたのだ。

そして五時十五分にアパートを出た。ヘンリーと待ち合わせたレストランはうちから三十分で行けるけど、早めに着くにこしたことはない。料理人というものは、ほかの料理人がつくるものに興味津々で、わけてもわたしはその程度がひどい。きょうのレストランの料理長はテレビにも出演しているトップ・シェフで、お店の評判もとてもよかった。カウンターでオーダーするスタイルのメキシコ料理専門店だけど、店名はいささか風変わりな〈壊れた王冠〉。テーブルが空いていればいいけれど……。

着いてみれば、お店の外にもうヘンリーがいた。

「お待ちしておりましたよ、オリヴィア」

ヘンリーは仰々しくいい、わたしは両手をのばし抱きついた。

「会いたかったわ」

ヘンリーも抱きかえしてくれ、わたしの腕をつかんだまま体を離した。

「元気そうだね、いつものように。厨房の調子はどうかな？」

お店に入ってオーダーの列に並ぶ。電話でも少し話してはいたけど、もう一度最初から説明することにした。

「ローレル・アンの悪夢ふたたび、という感じかしら」ヘンリーの後任の座をわたしと争った女性シェフにたとえてみる。「でも今回はヴァージル・バランタインという男性で、いまのところ、わたしよりはるかに有利なの」

「ローレル・アンのときも、きみはそう思っていたじゃないか」と、ヘンリーはいった。近くに人がいるときはあからさまには話せないので、ぼかして説明する――〝奥さま〟がお気に入りの人物をうちのスタッフに加えたんだけど、彼はわたしの役職につきたいらしいの。ヘンリーの陽気な表情が少し曇った。

　オーダーの順番が来て、わたしはステーキのタコスふたつとお豆、ライスを注文し、ヘンリーはここの看板料理のブリートだ。これはメキシコ料理の定番といっていい。そしてミネラルウォーターを一本ずつ。わたしたちは支払いをすませると、奥のほうに静かなテーブルを見つけ、ウェイターが料理を運んでくるのを待った。

「ここならまわりを気にせず話せるな」腰をおろすとヘンリーがいった。

　わたしは最新情報を伝え、料理が運ばれてきて食べながら話す。

「新政権の誕生に……」と、ヘンリー。「わたしは何度か立ち会ったが、きみはエグゼクティブ・シェフになってから今回が初めてだ。ただこのわたしも、お抱えシェフを連れてきた一家は経験がないな」声が少し大きくなった。「毎日の食事は……」と、そこで言葉につまる。「ご家族の食事はすべて、わたしたちの仕事だった」ゆっくりと首を左右に振り、悲しげな目でわたしを見る。「何といっていいかわからないよ、オリー」

　それからは一時間以上、バッキーやシアン、そしてヘンリーのガールフレンド、マーセデスのことを話した。わたしが注文したタコスは、これまで食べたなかで最高のおいしさだった。ヘンリーもブリートを褒めたけど、ひとつだけ不満を口にした。

「アボカドをもっと気前よく入れてもいいんじゃないかな」

　会話が途切れ、水を飲もうとボトルに手をのばすと、ヘンリーがその手を包んでいった。

「新しいシェフを迎えたいまの状況はひとつの試練だ、オリー。だが、きみなら乗り越えられる。自分の直感に従いなさい。これまでもそうやって、うまく乗り切ってきただろう？」

ヘンリーの手の温もりと励ましの言葉がうれしい。「ありがとう、ヘンリー」

お店を出て、これからはもっと連絡をとりあおうと約束して別れた。気持ちが軽くなったのを感じる。何かが解決したわけではないけど、ヘンリーはわたしを信頼してくれている、と思うだけで足どりが軽くなった。

アパートに向かっていると、携帯電話が鳴った。見るとギャヴからのメール——〝まだヘンリーといっしょ？〟

電話すると、彼は最初の呼び出し音で出た。「調子はどうだい？」

「絶好調よ。あなたは？」

彼が首をすくめるのが見えるような気がした。「もうしばらくDCにいるんだが、きょうは仕事を終えて、ホテルでテレビのチャンネルを次つぎ替えているところだ。なぜきみにメールを送ったのか？　おそらく……」

「テレビを見ていたの？」腕時計を見ると八時を少し過ぎたところだ。「ということは、会える時間があるのね？」

「いま？」

「もうベッドに入るのならべつだけど」

笑い声が聞こえた。「そんなにおじいちゃんじゃないよ。いまのところはね」

「何か食べた？」

「うん、ピーナッツとリンゴを」

「それは夕食じゃないわ」

「出張中はそれが夕食だ」

思わず言葉が口をついて出た。「うちに来ない？　何かつくるわ」

「〝うちに来ない？〟いつのことかな？」

以前、帰宅途中に暴漢に襲われたとき、ギャヴはわたしをアパートまで送ってくれた。だから場所はわかっているはずだ。

「わたしはいま帰るところなの」そういいながら、冷蔵庫や戸棚に何があるかを考える。昼間、買い物をすませておいてよかった。「二十分もすれば着くから、すぐに何かつくるわよ。電話してくれたら、アパートのエントランスを開けるわ」

「休日に仕事をさせたくはないが……」

久しぶりにうきうきしてきた。ヘンリーと会っていたときとは、また違う気分だ。

「あなた次第よ」わたしはギャヴをからかった。「ホテルの部屋でピーナッツを食べるほうがいいなら、それはそれで」

「よし。二十分で行く」

八時半ごろ、アパート近くの駐車場を横切っていると、暗がりで車にもたれかかっている人影が見えた。車はありきたりの目立たないもので、わたしが見慣れた政府支給車だ。

「こんばんは、ギャヴ」わたしが声をかけると、彼は車から離れてこちらにやってきた。外灯の明かりを受けて、ギャヴがほほえんでいるのがわかる。でも、いつもスーツにネクタイ姿の彼が、トレーナーとジーンズで歩いてくるのを見て少しとまどう。記憶にあるよりずいぶん若い……。最後に話してから、どれくらいたつかしら？　一年？　二年？

「寒くないの？」わたしは前がはだけたレザー・ジャケットを指さした。

「なにごとも慣れだよ」ギャヴは首をすくめた。

「早かったわね」

「手づくり料理をいただくためならね」肩を並べて歩く。

「わたしに会いたいからじゃなく？」

ギャヴは小さく笑い、白い息が舞って闇に消えた。

「さんざんな目にあわされたきみに？」

わたしも笑った。

アパートの入口前で、ギャヴはいきなり立ち止まり、わたしの顔をじっと見た。

「どうしたの？」わたしも立ち止まる。

「会えてうれしいよ、オリー」彼自身、自分の言葉にまごついているようだった。「ほんとうに」

頭のなかの霧が晴れていき、わたしも同じ思いなのを感じた。

「ええ」ほほえんで彼を見上げる。「わたしもあなたに……会いたかった」

彼はにっこりし、また歩き出した。ぎこちない沈黙が、とても心地いい。

フロント係のジェイムズはうたた寝をしていたから、起こさないよう忍び足でデスクの前を通る。

「彼はジェイムズっていうの」わたしはささやいた。

「知っているよ」

横目でちらっとギャヴを見る。「初めて会ったとき、わたしの経歴はどれくらい調べていたの？」

口の端だけの微笑。「それなりにね」

ほのぼのした静寂のなか、エレベータが上がっていく。それにしても、服装でこんなにも印象が違うなんて。

「よく似合っててすてきよ」

彼は階数表示を見るのをやめ、わたしをふりむいた。「きみもだ」

エレベータが大きな音を立てて止まった。ウェントワースさんの部屋のドアがほんの少し開いていても、いつものことだから驚きはしない。だけどウェントワースさんのほうは、隙間からのぞく片目だけ見ても、ひどくびっくりしたらしいのがわかる。するとドアが、大きく開いた。

「こんばんは、オリー」ウェントワースさんは廊下に出てくると、さりげなくわたしたちの行く手をふさいだ。「調子はいかが？」わたしに話しかけながら、視線はギャヴに向けられている。「お見かけしたことがあるような……まえにどこかでお目にかかったかしら？」

「こちらは——」特別捜査官のレナード・ギャヴィンさんです、といいかけて、やはりよすことにした。「友人のレナードです」

「こんばんは、ウェントワースさん」ギャヴが挨拶した。

自分の名前を知っていることに、ウェントワースさんは一瞬唖然としたものの、すぐに目を細めてこういった。

「ということは、あなたも彼らのお仲間ね？」にっこりしてわたしを見て、またギャヴに視線をもどす。「お嬢さんの面倒をよく見てあげてちょうだいね」

「はい、そうします」

「それじゃ、おやすみなさい」ウェントワースさんは背を向けて、わたしは鍵をとりだした。

部屋に入ってドアを閉め、ギャヴにあやまる。

「ごめんなさいね。いまごろウェントワースさんは、ああでもないこうでもないって想像をめぐらせているわ」

「気にかけてくれるのは、ありがたいことだよ。ただ一点……」

わたしはドア脇のボウルに鍵を入れ、彼をふりかえった。

「ただ一点……何？」

「つぎは〝ギャヴ〟で紹介してくれないかな？　レナードという名前はあまり好きじゃなくてね」

「わかったわ」つぎに疑問を覚えつつもうなずいた。

彼のジャケットを受けとり、玄関の小さなクロゼットにかける。

「信じられないかもしれないけど……」といいながら、彼をリビングルームに案内した。「これでもきょう、掃除をしたのよ。だからいつもよりは、ましなの」わたしはキッチンに行って電気をつけた。「ホワイトハウスの厨房とは比較のしようもないわ」

彼もわたしにつづいて入ってきた。

「最新式の調理具がずらりと並ぶ、広いキッチンを想像していたが」

「がっかりした？」

「とんでもない。こちらのほうがずっとおちつくよ」

「どうぞ、すわって」

彼は椅子に腰をおろし、軽くおしゃべりをして、どんなものが好きかを尋ねた。食料を買いこんだあと、たまたまポークチョップを冷凍せずにおいたのはラッキーとしかいいようがない。わたしはオーヴンを予熱し、下ごしらえにとりかかった。母がよくつくってくれたレシピで、市販のランチドレッシング風味のポテトチップを砕き、ポークチョップにパン粉ふうにまぶすのだ。

「三十分くらいかかるけど、時間は大丈夫？」

「ひと晩でも大丈夫だよ」ギャヴの頬がピンクになった。深い意味に受けとられかねない表現だったからだろう。「三十分くらい平気だが、それよりむしろきみのほうが心配だ。あしたも早朝出勤だろう」

「最近はそれほどでもないのよ」わたしはヴァージルのことを話した。

彼はカウンターで調理しているわたしの横に立つと、「手伝おう」といってくれた。

ふたりでサラダをつくり、付け合わせも二種類つくる。ホワイトハウスで起きているいろんなことを話し、ギャヴもヘンリーと同じように、直感を信じるようアドバイスしてくれた。

「きみは勘がいいからね。まえにもいったが、見過ごされがちなことにもよく気がつく。目をしっかり開いて、自分の仕事をつづければいい」

とても元気づけられて、「あなたのほうはどう？」と訊いた。テーブルについた彼の前にサラダを置く。「仕事は順調？」

「きみもいっしょに食べないか？」

お腹はすいていなかったけど、彼もひとりでは食べづらいかもしれない。

「そうね」といって、自分には少なめによそった。リースリングを取り出し、それをかかげて「ワインは？」と訊く。

「飲めないんだ」彼は食べながらいった。「いつ呼びだされるかわからないからね。でも、きみは飲んで」

ギャヴが食べているあいだ、わたしはワインを飲み、ポークの焼け具合を確認した。ホウレンソウに最後の仕上げをし（公式晩餐会で予定している料理の簡易版だ）、彼に尋ねた。

「それで、何か話してもらえることはある？」

サラダをむさぼるギャヴを見て、かわいそうに、ほんとうにお腹がすいていたんだわ、と思った。おいしそうに食べてくれるのがうれしくて、できたての温かいポークを早く出してあげたいと、わたしのほうが待ちきれなくなった。

「まあね、噂はいろいろ耳に入るよ」

ギャヴが話していたことやトムから聞いた話をもとに推測してみる。

「護衛官のなかに問題があるとか？」

ギャヴの目が暗くなった。「マッケンジー護衛官はどんな話をした？」

マッケンジー護衛官？　ずいぶんあらたまった言い方だ。

「たいしたことは何も。ただ、あのヒ素入りチキンは厨房で見つかったから」

「そして報告書を読むかぎり、きみの強硬な態度が子どもたちを毒から守った」

わたしは否定するように手を振った。「規則に従えば、誰でも同じことをしたわ」

「聞いた話とは違うな」

「シークレット・サービスがファースト・レディに事実を話してくれたらいいんだけど……。ハイデン夫人との関係がうまくいかないのよ。わたしが子どもたちをがっかりさせたと責められたの。だけどそれも仕方ないと思うわ。夫人は何があったのかを知らないんだもの。でもね、それ以来、ぎくしゃくしちゃって」

タイマーが鳴り、わたしはオーヴンの扉を開けた。ギャヴはわたしの顔をじっと見ている。

「ここから直接お皿にのせてもいい？」

「略式で結構。慣れるのは早いほうだから」

顔がほてったのは、オーヴンの熱気のせいではなかった。ギャヴに背を向け、「じゃあ、そうさせてもらいます」といい、お皿にポークをのせる。それから付け合わせのホウレンソウと残りもののマッシュポテト（温めておいたもの）を添え、彼の前に置いた。それにしても、これはなかなか食欲をそそる組み合わせだ。タコスでお腹はいっぱいなのに、わたしはホウレンソウを自分のお皿に盛った。夕食を外で食べる機会が増えればますます、エプロンの紐を結ぶのが苦しくなるかも。

「チキンにヒ素が入っていたことを、いまだにハイデン夫人に伝えていないのはどうして？」

ギャヴは答えず、ポークを噛みながら目を閉じて「とてもおいしい」といった。「きみは天才だね」と、そこで目を開く。「お世辞ではないよ」

わたしは当初、ギャヴは四十代後半くらいだろうと思っていたけど、いまフードつきのトレーナーでくつろいだようすを見ていると、どうも違うような気がしてきた。たぶん、スーツが彼を年上に見せるのだろう。あるいは、責任の重さか。

彼はこちらへ身を乗り出していった。「ハイデン夫人には、息子たちが狙われた可能性があることを知る権利がある。誰だって、自分の子どもが危険にさらされたら知りたいと思うだろう」

「お子さんがいるの？」

彼はかぶりを振った。「結婚したことはない。きみは？」

「わたしも」

乗り出していたからだをもどし、彼はまたポークを食べた。

「だがマッケンジーの判断は正しいと思う。この状況で情報漏えいがあってはならないし、夫人はホワイトハウスに不慣れだ。きみがチキンを隠したことを夫人が快く思っていないのは、シークレット・サービスはみな知っている。そこからわかることはひとつ――ハイデン夫人はホワイトハウスのセキュリティ・ルールを受けいれるどころか、理解もしていない、ということだ。情報漏えいを防ぐうえで、夫人に真実を知らせるわけにはいかない」料理をひと口。「すまない。食べながら話すのは行儀が悪いが、とてもおいしくてね。それに飢餓状態だったから」

わたしは笑った。「ええ、気にしないで楽にして」

「シークレット・サービスは、ハイデン夫人が事実を知れば、子どもたちにもチキンを食べられなかった理由を説明する可能性が高いと推測している」

「そこまでは考えなかったわ」

「まあね」ギャヴはマッシュポテトをすくった。「九歳と十三歳の子に口止めしたところで無駄だろう。知ったら最後、ニュースは広まってしまう。ともかく慎重を期さなくてはいけない」

「そのためなら、わたしを生贄《いけにえ》の羊にするのも致し方ない」

彼はポテトを飲みこんだ。「残念ながらね」

「それならそれで納得できるし……」わたしはゆっくりワインを飲んだ。「ヴァージルの件さえなければ、もう少しおちついていられるんだけど。ハイデン夫人はわたしを離職させたがっているような気がするの」

ギャヴはポークを切りながらいった。「きみにはシークレット・サービスに友人がいるじゃないか。みんな全力できみを守るよ」

「わたしがつまずいてころぶのを見たがってる人も、たくさんいると思うわ」

彼はくすくす笑った。「きみは手に負えないからね。じつをいうと、爆弾を警戒する講習で初めてきみに会ったとき、キャンベル家はどうしてこんなにやかましい生意気な女を雇っているのか、と不思議に思ったよ。それに、例の個人指導のとき――」

「わたしに冷や汗をかかせるのを楽しんでいたでしょう」

「たしかに」ギャヴはほほえんだ。「しかし、あのときはまだ……」

言葉がとぎれた。わたしはその先を待ったけど、彼はポークを口に入れ、ほんとうにおいしい、としかいわない。

「ところで、ギャヴ。どうしてひとりなの？」

彼は眉をあげ、無言で質問の意味を尋ねた。

「どうして、一度も結婚していないの？」

彼の目が笑い、それからほっぺたも笑った。

「そっくり同じ質問を返そう」

「わたしはキャリアのためよ」

「お互い、答えは同じだな」視線をおとす。「ほぼ、ね」

今度はわたしが眉をあげる番だった。

ギャヴはお皿の左右にナイフとフォークを置き、わたしの目を見つめた。

あら……。彼には長いつきあいのガールフレンドでもいるのかしら？　わたしが何か勘違いしていただけ？　顔が熱くなるのがわかった。

「ごめんなさい、よけいなことを訊いて」

「いや」ギャヴは大きなため息をついた。笑おうとしたけどうまくいかない。「きみとわたしは友人。それも、とてもいい友人だ。知り合った当初、ごたごたしたにもかかわらずね」

わたしはうなずいた。

「だったら、これくらいは知っておいてもらってもいいだろう」わたしを安心させる表情をつくったつもりかもしれない。でも結果は、その反対だった。「そのうち結婚して、子どもをもって、というようなことは考えていた。実際、二度ほど結婚寸前までいったことはある」

わたしは黙って話の続きを待った。

「二十代のとき、ジェニファーという女性と婚約した。しかし……」

彼にとってつらい話なのは、目を見ていればわかる。

唇を引き結び、彼は深い大きなため息をついた。

「ジェニファーは……〝メリーランドの連続殺人鬼〟の最後の犠牲者となった」

その事件が起きたとき、わたしは十代でぼんやりとしか覚えていない。

「そのとき、あなたはシークレット・サービスだったの？」

「いや、まだだ」

「ライフルを使った無差別殺人よね……ワシントンDCで起きた連続狙撃事件のような」

「共通点は多い」唇は引き結ばれたままだ。「快晴の日曜の朝、ジェニファーはジョギングに出かけた。そして彼女が殺されて、事件は解決した。犯人はきわめてずさんな犯行で捕まったんだ」口もとをゆるめようとしたけど、うまくいかない。「たまらなかった。乗り越えたくても乗り越えられないと思った」どこか遠くを見る。「そのすぐあとにシークレット・サービスに入った。仕事に没頭し、恋人など不要だ、というふりをした。そして五年がたち、モーガンに出会った」

表情を見るだけで、どんな話がつづくのかわかるような気がした。

「婚約してから一週間後、彼女も亡くなった。飲酒運転の犠牲になってね」

わたしはテーブル越しに、彼の手に触れた。「なんていったらいいのか……」

彼は指を絡ませてきた。「モーガンが亡くなったのは十二年まえだ。以来、仕事のことしか考えなかった。自分は不幸を招く男だと思ったから、誰とも親密にならないと心に決めた」

心臓の鼓動が速まり、その音がギャヴにも聞こえるような気がした。そっと静かに訊いてみる。

「いまでも同じ思い？」

「わからない……。だがたぶん、不幸を招く男だ」

思いがけず彼の傷ついた姿を見て、胸がしめつけられた。

「そんなことないわ」

彼の目は悲しみであふれている。「いいや、それは……」

「わたしの命を救ってくれたじゃない」

「きみを救ったのはきみ自身だ」

「それはあなたがヒントを与えてくれたから。そしてわたしを信じてくれたから」

ギャヴはわたしの手を強く握りしめてから放すと、椅子の背に深くもたれた。それからまたポークを一切れ、口に入れる。これまでの緊密な、はりつめたような空気は消えた。

「出身はどこ？」わたしは軽い調子で話題を変えた。「ワシントンDCだと思っていたけど、いまはホテル暮らしなんでしょ？」

彼は食べながら答えた。「郊外にアパートを借りているが、一年間、国外勤務を命じられてね。だからアパートは同僚に貸しているが……」首をすくめる。「ホテル暮らしもそう悪くない」

「今回はここにどれくらい？」

「今度の件が解決するまでだ」

「それは……チキンがホワイトハウスに持ちこまれた件？」

「首謀した組織はわかっているが、関与した者は不明だ。協力者がいたはずなんだよ、それも内部に。いちばん恐れているのはそこだ」

「あなたが潜入捜査するわけじゃないんでしょう？　責任者として危険な任務についたりしないわよね？」

これまでにないくらい、ギャヴは目を細めた。

「ほかの誰かに訊かれたら、機密事項だ、と答えるだろう。しかしきみには、具体的なことは話せない、とだけいっておこうか」

「でも、心配だわ」

彼は指を振った――この件はもう終わり。

「ホウレンソウを、もっといただけるかな？」

深夜までおしゃべりした。朝まで話していられそうだったけど、ギャヴは朝六時にミーティングがあるといい、わたしも（朝食はヴァージルが準備するとはいえ）早くホワイトハウスに行きたかった。ギャヴにジャケットを渡して玄関まで行く。

「いまごろはもう、さすがのウェントワースさんも寝ていると思うわ。だからエレベータまで安心して行けるわよ」

廊下に出ると、ギャヴは彼女の部屋のドアに目をやった。

「閉まってるな」ささやき声で。「奇襲はなさそうだ」

彼はもう一度、ごちそうさまといった。「今夜はとても楽しかったよ」

わたしのほうも、遊びに来てくれた友人にお別れをいわなくてはいけない。

「それじゃあ、おやすみなさい。また会えるのを楽しみにしてるわ」

ギャヴは動こうとしなかった。わたしのすぐ前に彼がいる。体温を感じられるくらいすぐそばに。

「連絡をもらってうれしかったわ」彼の顔を見上げる。「来てくれてうれしかった」

ギャヴは半歩、わたしに近づいた。キスされるかも、と思い、そうしてほしい、と思った。

彼にキスを返したい。

わたしは彼のほうへ腕を伸ばした。「帰って……ほしくない」

ギャヴの瞳に、あの悲しみがよぎった。

「帰らなくてはいけない。お互い、わかっているように」

「あなたは不幸を招く男なんかじゃないわ」

彼はわたしの額から、やさしく髪を払ってくれた。

「この思いはきみにはわからない」

「ギャヴ……」

「もうここには来ないほうがいいだろう」

「ほんとうにそう思う?」

ギャヴの顎が引き締まり、一歩あとずさった。

「すまない。たぶん来るべきではなかったんだ」

彼がエレベータに乗り、扉が閉まるのを見つめる。自分でも、いま何が起きたのかよくわからないまま。

21

ギャヴの訪問を、シアンには黙っていることにした。もし話したら、目を輝かせてあれこれ知りたがるだろうし——彼女が喜ぶような出来事は何もなかったけど——わたしには冷静に話せる自信がなかった。気持ちを整理するにはしばらくかかるだろう。初めてギャヴに会ったときは、鼻もちならない人だと思った。でもいまは……。いまは、すっかり変わってしまった。彼のことをもっと知りたい。もっともっと、知りたい。

お昼まえにトムが厨房にやってきて、不思議な感覚にとらわれた。きのうの夜、ギャヴをアパートへ招いたことのうしろめたさ、それを秘密にしておくことの喜びにも似た奇妙な思い、そしてトムと別れてから初めて感じた安堵感——。ギャヴと会ってから間もなくトムと顔を合わせ、わたしはもう立ち直っている、と思えた。

無理せず自然に笑顔になる。これはとてもいいことだ。

「ニュースがある」厨房にいた全員が集まるとすぐ、トムは話しはじめた。バッキーとシアンのほかに、ヴァージル、ガルデス護衛官、ヌーリー護衛官もいる。「まず最初に——」トムはふたりの護衛官を指さした。「きみたちにはべつの任務についてもらう」

誰かが何かいう間もなく、トムはガルデスに指示した。「ただちにマーティン護衛官のところへ行き、指示に従ってくれ」そしてヌーリーにはこういった。「きみはハイデン夫人のところへ行ってくれ」

「ハイデン夫人のところ?」わたしは思わず尋ねていた。

こちらに向けられたトムの顔は〝どうしてきみは、いつもそうなんだ?〟といっている。彼はヌーリーに視線をもどした。「さあ、ハイデン夫人がお待ちかねだ」

ふたりの護衛官はただちに厨房から出ていった。

「つまり厨房にはもうベビーシッターがつかないのね?」

「そういうことだ。といっても常駐しないというだけで、護衛官がときどき状況確認のために顔を出すから」

「わかりました。引き続き協力して、これまでと同じように迎えるわ」

シアンが質問の手を挙げた。「ヌーリー護衛官に何かあったの?」

「どうして?」トムの口調は険しい。

「ただ、どうしたのかなと思って。彼がここにいるのが当然のようになっていたから」

「べつの任務につくのは、それも理由のひとつだ」わたしのほうをちらっと見てから、シアンに向かって話しつづける。「シークレット・サービスとホワイトハウスの職員は、親密にならないほうがいい」

シアンの顔が爆発しそうなほど真っ赤になった。「ただ訊いてみただけよ」

「配置換えは即効性があるんだよ」

ちゃんとした答えではないと思ったけど、トムの話はこれで終わりではないらしい。

「あと何点か、話したいことがあるんだが……」彼はヴァージルに顔を向けた。「申し訳ない、しばらく廊下に出ていてもらえますか？　こちらの三人と内密に話したいので」

ヴァージルは面食らい、「わかりました」といったけど、見るからに不満げだった。

彼が出ていくとすぐ、トムは声をおとして話しはじめた。

「毒入りチキンのことは、すでに承知だと思う」バッキーとシアンに向かっていう。「チキンからヒ素が検出され、オリーは口止めされていたが、あなたたちにも想像はついたはずで、ハイデン夫人にはもちろん、誰にもいわずにいてくれたことに感謝します」

夫人に報告しない理由はゆうべギャヴから聞いたので、わたし個人は納得できている。バッキーとシアン、そしてわたしはうなずいた。

「オリーはもう知っているが、ヒ素入りチキンを扱った護衛官の事情聴取が進んでいる」

バッキーとシアンは不安げに顔を見合わせた。

「護衛官が厨房にチキンを持ちこんだのか？」バッキーが尋ね、トムは顔をしかめた。

「イエスでもあり、ノーでもある。彼のことは徹底的に調べて、証言の裏付けをとった。あのチキンは、こちらの推測どおり、引っ越しのときに持ちこまれたらしい。ただ、誰かがあれをハイデン家の引っ越し用バンに紛れこませるところを目撃した者はいない。事情聴取中の護衛官はチキンの箱を、引っ越し荷物が仕分けられたディプロマティック・レセプション・ルームで見つけたといっている。彼は厨房のスタッフが用意したと思ったらしい。だからここに持ってきたと」

「その護衛官は何かおかしいとは感じなかったのか？」

「彼にかぎらず誰であれ、疑問は抱かなかっただろう。ハイデン家の荷物が自宅を出てホワイトハウスに運ばれ、荷解きされるまで、きわめて厳重に管理されるからね。つまり、あの箱を紛れこませた者は、信用度の高い人間ということになる」

「そういうことなら……」わたしはショックだった。「片端から疑うしかなくなるじゃない」

「だから護衛官のほとんどを配置換えした。引っ越し当日、ハイデン家の所有物に近づけた護衛官たちはいま、レジデンスの外の任務についている。つまり完全に潔白と考えられるのは、数人の主要人員のみだ」

「あなたもそのひとり？」

トムはうなずいた。

「それでガルデス護衛官も厨房から外されたのね……。就任式の日、彼に会ったわ。ボスト護衛官にも」

「彼らだけでなく、当日ホワイトハウスにいた護衛官はみんな配置換えされたよ」

「それにしても、対応が遅くない？　だって、シークレット・サービス内部に怪しい人がいるなら、もっとまえに配置換えしてもいいでしょう？」

トムの小鼻がふくらんだ。「知ったあとでなら、何だっていえる。いいかい、今回の配置換えは、護衛官の事情聴取があって初めて、しかも時間をおかずに実行されたんだよ」トムの目に怒りがよぎった。「あいかわらず、後知恵で批判するのが得意だな」

わたしはかなりむっとした。でもトムはすぐ、頭を横に振りながらあやまった。

「すまない。いいすぎたよ」いくらかおちつきをとりもどす。「このところ、かなりの緊張状態がつづいているから、つい……」わたしたち三人の目を見ていく。「ぼくだけでなく護衛官全員がね。シークレット・サービスはいま、当然ながら、厳しい目を向けられている。そしてきょう、早朝のミーティングで――」

ギャヴがいっていたミーティングのことかしら？

「配置換えの指示があったんだ」トムはあえてわたしの目をしっかりと見た。「この調査の担当護衛官たちは、きみたち厨房スタッフに、最新情報を伝えるべきだと主張している」

「あら……」シアンがつぶやいた。

トムはまた、わたしをじっと見た。「今度の件では最初から厨房がかかわり、きみの適切な行動のおかげで大統領の子どもたちは難を逃れた、よって厨房には最新情報を伝えておくほうがよい、というのが上官たちの判断だ。ただし、きみたちが愛情をこめて〝ベビーシッター〟と呼ぶ護衛官が任務を解かれたからといって、ホワイトハウスへの脅威がなくなったわけではないことを認識しておいてほしい」そこで少し顔をしかめる。「上官たちはね、シークレット・サービスの護衛官を終日厨房に置くのは効率的ではないと考えているんだ。きみたち三人のことを信頼しているらしい」

「ヴァージルは？」と、わたしは訊いた。「どうして席をはずさせたの？」

「ファースト・ファミリーにとって危険人物ではなくても、セキュリティ上は要注意人物だ。そいま話したようなことを彼が知ったら、さっそくハイデン夫人にご注進におよぶだろう。そんなことをさせるわけにはいかないからね。病院で人質になった職員と毒入りチキンとの関連については、何も知らないはずだ。知っているのは報道された情報くらいだろうから、今後もひきつづきその状態でいてもらったほうがいい」

さらにいくつか質問をして、そろそろ話が終わりかけたころ、ヴァージルがドア横の壁をこつこつ叩いた。

「そろそろいいかな？　仕事をしたいんだが」

トムは手を振って彼を招き入れた。

「ちょうど終わったところです」そしてわたしたち三人をふりかえる。「配置換えに関して何か質問があれば、いつでもどうぞ。ぼくの部屋は知っているよね？　ただ、尋ねる相手はこのぼくか、本件の調査主任にかぎってほしい」

「主任っていうのは？」

シアンが訊いたけど、わたしはもうわかっている。

「以前会ったことがあると思うが、ギャヴィン特別捜査官だ」

シアンはわたしの顔を見た。「ギャヴなの？　たしか、連絡があったんじゃない？　オリーは彼がもどってくることを知っていたの？」

わたしはトムの視線を感じながら、もごもごと訳のわからないことをいった。

「では以上です。みなさん、ありがとう」トムはそういうとわたしをふりかえり、「きみとはもう少し話したいことがある」と、廊下のほうを指さした。「いいかな?」

いったい何? ギャヴが昨夜のことをトムに話したとか? まさかね。彼はそんなことをする人じゃない。それに食事をしただけだから。これからもたぶん、それ以上のことは何もないだろうし……。胃がきりきりするのをこらえながら、わたしはトムについて廊下に出た。

給仕人がふたり、カートを押してエレベータに向かっていたので、トムは右側のチャイナ・ルームの前で止まると、左右に目をやってから声をおとしていった。

「きみにだけ教えておく、いいね? ほかの誰にも話さないように」

「わかったわ」と答えたものの、話の内容はまったくわからない。

「このまえ、ぼくに訊いただろう、ボストとゼラーのことを?」

わたしはうなずいた。

「きみの想像どおりだった。ふたりはぼくを避けて、きみの友人のギャヴに直接、申し立てをした。配置換えは、それも理由だ。ギャヴは切れる男だから、冷静にプロらしく対処したよ。ふたりの言い分が正当なものなら、正規ルートで申し立てればいいわけだからね。そうしなかったのは、ふたりに何か思惑があったからだ」厳しい顔つき。「きみには、注意喚起してくれたお礼をいいたかった。電話で聞いたときはそっけなくて申し訳ない」

気にしないでといおうとしたとき、そばの階段をおりてくる足音が聞こえた。

トムはふりかえり、それが誰だかわかると一瞬緊張した。

わたしは「ギャヴ!」と声をあげそうになるのをこらえる。その代わり、「こんにちは、特別捜査官」と笑顔で挨拶した。

ギャヴのほうは、すぐにはこの場の状況を把握できなかったらしく、いぶかるような目でうなずき、「こんにちは、ミズ・パラス」といった。それからトムに顔を向ける。

「マッケンジー護衛官、厨房のみなさんに最新情報を伝えたようだね」

ギャヴはまたわたしを見て、わたしは見つめかえした。彼の目にとくに感情はなく、完全に仕事モードだ。でも……。

トムは一歩下がると、わたしとギャヴを交互に見て、「伝えました」といった。「別件でミズ・パラスにお礼をいっていたところです」

「ごくろうさま」ギャヴは無表情のままつづけた。「午後二時の会議には出席できそうもないから、わたしの代わりに出てもらえるかな?」

トムはちょっと驚いてから、すぐ冷静に応じた。

「了解しました。配置換えについて、残っているほかの護衛部隊に説明する会議ですね。特別捜査官ご自身の口で伝えるものとばかり思っていましたが」

「その場にいられれば、そうするよ」

トムの顔に警戒の色が浮かんだ。「ひょっとして――」

ギャヴは片手を上げてさえぎった。「状況が変わったんだ」それからわたしに向かってもう一度うなずき、「またお会いできてよかったです、ミズ・パラス」というとすぐ、その場を去った。

「どうしたの？」わたしは訊かずにはいられなかった。「彼は何か危険なことでもするの？」

トムは目を細めた。「何か知ってるのか？」

「べつに何も。ただ、ほかのことに気をとられているように見えたから。言葉少なでぶっきらぼうだったし。あなたもそう思わなかった？」

トムはしばらくわたしの目を見てから、ようやく口を開いた。

「ギャヴは頭が切れるし有能だ。彼なら無事にやりきるよ」そういって腕時計を見る。「ともかく、ありがとう、オリー。ぼくはそろそろ行かないと」

わたしはギャヴとトムの後ろ姿をしばらく見つめていた。ふたりのために、わたしにできることなど何もないのはわかっている。ふたりとも、すてきな人。ふたりとも、強く聡明で、心やさしい人。たぶんトムのいうとおりなのだろう。ギャヴのことは心配しなくていい。わたしは天を仰ぎ、彼をお守りくださいとつぶやいた。

22

みんなひたすら仕事に集中した。バッキーとシアン、わたしは秘書部門やカリグラフィー部門と打ち合わせをし、ケンドラは公式晩餐会にふさわしい装花の手配をする。本番を三日後に控え、目がまわるような忙しさで、時間はいつもの二倍の速さで過ぎていった。

「ヴァージルがいても、そんなに気にならなくなったわね」シアンがささやいた。ヴァージルはいま厨房を出ていったところだ。「どうしてかしら？　彼もここに馴染みはじめたってこと？」

バッキーがわたしたちのそばに来て、「ヴァージルはきのう、一度もかんしゃくを起こさなかったよ」と苦笑いした。「たぶんきみのおかげだ、オリー。きのうは休みだったからね。はたしてきょうはどうなるか？」

「ここに来てまだ日が浅いもの。馴染むまで時間がかかるわよ」わたしはとりあえずそういってからつづけた。「ハイデン夫人が食費の心配をしていて、彼にそれを伝えたわ」

「いつ？」

「今朝よ。大反論されると思ったけど、そうでもなかったわ」首をすくめる。「日常の食事は、新聞や雑誌をにぎわせる大統領ご一家ではなく、ふつうの家族のためにつくるんだってことをわかってくれたと思うけど」

「わたしたちに対しても、そろそろ温かい目を向けてくれなくちゃ」と、シアン。

「彼なりにつらいんじゃない？　ホワイトハウスのエグゼクティブ・シェフになるつもりでいたんだから。そうでないとわかっても平然としていたら、そっちのほうが驚きよ。気持ちを整理しなくちゃいけないもの。ただね、立場を理解したところで、それに満足するかどうかは疑問だけど。彼の注文した食材がかなり高額で、ハイデン夫人がそれに不満だったことを伝えたら、ずいぶんショックだったみたい」

「マスコミが彼に注目して――」と、バッキー。「その〝イノベーション〟とやらを報道しなくなったら、彼もきっと退屈してくるよ。ぼくの予想では、一年後、彼はニューヨークの高級ホテルのエグゼクティブ・シェフになっているな」そこではっと、シアンに目をやった。レイフがホワイトハウスからニューヨークへ移ったことを思い出したのだろう。「すまない。べつにそれが悪いという意味じゃないから」

シアンはバッキーの腕をやさしく叩いた。

「気にしないで。もう彼のことは乗り越えたから」

これだけは認めよう――ヴァージルが大統領一家の食事を担当することで、晩餐会に向けたわたしたちのプレッシャーはかなり軽減された。正直なところ、彼を喜んで厨房に迎えたとはいいがたいけど、いまはさほどでもなくなった。

そのときそのときで、思ったことをすぐ口にするべきではない、ということだ。

秘書官のヴァレリーがやってきた。

「みなさん、こんにちは」笑顔で挨拶し、「水曜の晩餐会の準備は順調？」と訊くと、誰かを探すように厨房のなかを見まわした。

「ええ、順調よ」わたしはエプロンで手を拭きながら彼女のほうへ行った。「必要なものはそろったし、新鮮なお肉や野菜は、火曜の午後か水曜の午前中に届く予定なの」

「スタッフ全員が、一週間休まず出勤するの？」

珍しい質問だった。「あしたはバッキーが休むけど、火曜と水曜は全員そろうわ」

「ヴァージルはどこかしら？」

「どこかへ行ったみたい」

「しょっちゅうだよ」と、バッキー。「厨房から姿を消すのは」

ヴァレリーの笑顔がしぼむことはなかった。「ヴァージルはどれくらい晩餐会にかかわるの？」

「彼の担当はご家族の食事の準備だから」と、わたしは答えた。「でも、最後の追い込み時には手伝ってもらうことになると思うわ」

「実質的にはあなたたち三人ということ？　それで問題なく回せるの？」

「水曜の午前中に、臨時のSBAシェフたちが来てくれるから。でも、どうしてそんなことを訊くの？」

彼女の笑顔が若干こわばった。「水曜日に、数時間ほどヴァージルを借りたいの」

「どんな仕事で？」

「いずれお話しするわ。いまは準備で忙しくて、それどころじゃないでしょう？　お邪魔してごめんなさいね」

彼女はそそくさと厨房から出ていった。

「賭けてもいいよ」と、バッキー。「われらがヴァージルはいまごろ、将来に向けてまた写真撮影しているんだろう。それにしても、あの秘書官は何がいいたかったんだ？　ヴァージルがいなくたって準備はできるよ。秘書官がおむつをしているころから、ぼくたちは公式晩餐会をこなしてきたんだから」わたしを、それからシアンを見る。「まあ、少なくとも、ぼくはね」

シアンはバッキーの肩を叩いた。「彼女がおむつをしているころから？　すごいわねえ。あなたがそんなにおじいちゃんとは知らなかったわ」

バッキーはにやっとした。「まだ高校生のころから、かな」首をすくめる。「はいはい、わかりました。たぶん高校生ではなく大学生です」

それからしばらくしてバッキーは仕事を終え、帰っていった。その少しまえ、ヴァージルは家族用の夕食を給仕人に渡し、いまは持ち場を片づけている。わたしとシアンは、きょうの午後の仕事をメモしていった。これがあれば、あしたの朝、仕事を始めるまえに進捗具合を再確認できるだけでなく、水曜の晩餐会に向け、修正すべき点があるかないかも見えてくるからだ。シアンもわたしも、いくら時間がかかっても気を抜くことなくメモしていった。

「こんばんは」厨房の入口から声をかけてきたのは秘書官ヴァレリーだった。

ホワイトハウスも夜になれば喧騒がおさまり、穏やかな静寂がおとずれる。そこへ彼女の甲高い声がとどろいて、わたしはぎくっとした。彼女にもそれがわかったのだろう、声をおとしてヴァージルに尋ねた。

「仕事はあとどれくらいで終わりそう？」

ヴァージルは時計をちらりと見た。「十分くらいかな」

彼女は首をかしげた。「そのあと、少し時間をとってくれないかしら？　ちょっとお願いしたいことがあるの」

ヴァージルは持っていたボウルとスプーンを下に置き、手を拭いた。「いま話して」

「それがだめなの。すごく特別なお願いなのよ。時間はたいしてかからないから……」親指と人差し指で〝ほんのちょっとだけ〟と示す。

「わかった」ヴァージルは上の空で答えた。「ここにいるよ」

三十分後、彼は厨房を行ったり来たりしていた。見るからに、苛立っている。ひっきりなしに壁の時計や腕時計、それにドアのほうに目をやり、あきらめたような深いため息を何度ももらした。そして、いまもまたため息をひとつ。

「いつまで待たせるんだ?」ヴァージルが訊き、わたしとシアンは目を合わせた。

「さあ、わからないわ」と、わたしはいった。「でも、重要なことでなければ、残ってほしいとはいわないでしょう」

彼は何やらぶつぶついった。

「アビゲイルはあなたに、キャンプ・デービッドでパーティ料理をつくってもらいたがっているから、そのことと関係あるんじゃないかしら」

「そうでないことを願うよ」

「行きたくないの? キャンプ・デービッドはいいところよ。きっと気に入るわ」

ヴァージルはうろつくのをやめ、コンピュータの前にいるわたしたちのところへ来た。

「大統領夫妻のパーティ料理なら、喜んでつくるよ」感情を抑えていう。「アビゲイルもジョシュアもちゃんとした子だけど、舌は肥えていないだろう? ぼくの料理より、どこかで買ったチキン・ウィングを食べるほうがいいに決まってる」彼はわたしに鋭い視線を向けた。

「いまさらいうのもなんだが、あのチキンを子どもたちに食べさせなかったのは、きみの大失敗だよ。好きに食べさせていれば、母親のハイデン夫人もこれほどぼくをそばに置きたがらなかっただろう」さも悲しげな顔をする。「もちろん、選挙が終わってすぐ誘われたんだけどね、チキンの件があってからは意地になっているようにすら見えた」

シアンもわたしと同じように、つらそうに顔をしかめている。厨房であの箱を見つけたとき、どうしてすぐに捨ててしまわなかったのか? 理由は、贈り主が名乗り出るかもしれないと思ったからだ。でも、過ぎたことを後悔してもむなしい。それに、もし捨てていたら、シークレット・サービスはファースト・ファミリーが脅威にさらされていることに気づかなかっただろう。何事も、なるべくしてなる、ということなのかもしれない。結果的にトムは警備を強化し、ギャヴがその経過を監視している。シークレット・サービスは、合衆国大統領とその家族を守るという任務を懸命に果たしているのだ。

そう思えば、みじめな気持ちもやわらいでいく。

「現実は変えられないわ」

「そうだな」ヴァージルはうなずいた。「だがもし……もし、ハイデン夫人がぼくをここに呼ばなかったら、いまごろはきみもぼくも、もっとハッピーだったんじゃないか？」彼は疲れた足どりで冷蔵室へ向かった。「在庫のチェックをするよ」

「オリー」シアンが小さな声でいった。「こんなことになったのは、全部わたしの責任よ」

「誰かが命をおとしたわけじゃないんだし」わたしも小声になる。「これが最善の結果だと思えばいいわ」

シアンは怪訝な顔をし、わたしは何事もなるべくしてなるのだ、といった。あのチキンに毒が盛られていたなんて、知る由もなかったのだ。

「オリーはほんと、いつも前向きよねえ……」

シアンがつぶやいたそのとき、秘書官のヴァレリーが厨房に入ってきた。ハイデン夫人とジョシュアもいっしょだ。

「こんばんは、オリー」ハイデン夫人がいった。「ヴァージルはいるかしら？」

すでにシアンは冷蔵室に向かっていて、ヴァージルを連れてもどってきた。彼はとびきりの笑顔でふたりと挨拶をかわすと、「ご用件はなんでしょう？」とハイデン夫人に尋ねた。

「ジョシュアのことなんだけど」夫人は息子をそっと押した。「さあ、自分で話しなさい」

また厨房で手伝いたいのかしら？　だったら、どうか今週ではありませんように。晩餐会に向けて、目がまわるほど忙しいのだから。でも、ジョシュアの輝く瞳を見たら、どんなお願いでも断われそうもない。わたしは少しはらはらした。

「シェフ・ヴァージル」少年は真剣な顔つきでいった。「水曜日は学校の〝仕事の日《キャリア・デイ》〟で、大人になったらやりたい仕事のお話し会があるんだ。ぼくはシェフになりたい、ヴァージルみたいに」

「ありがとう、ジョシュア。そういってもらえて、すごく光栄だ」

ハイデン夫人がまたジョシュアをやさしく押して、少年は話をつづけた。

「それで、やりたい仕事をいまやっている人を学校に呼ばなくちゃいけなくて、ぼくはヴァージルに来てほしいんだ」

ヴァージルは一瞬きょとんとした。〝何かの冗談ですよね〟という顔でハイデン夫人のほうを見たけど、夫人は笑顔で息子を見下ろしていて気づかない。

「なんといえばいいか……」ヴァージルの目が険しくなった。でもそれを感じたのは、わたしとシアンのほかには秘書官のヴァレリーだけらしい。そして、そのヴァレリーがいった。

「喜んで学校に行く、といえばいいんじゃない？」

「いや、それは……」ヴァージルは口ごもった。「生徒がそれぞれ、なりたい職業の人を連れてくるのか？」

ジョシュアは大きくうなずいた。

ハイデン夫人はあいかわらずほほえんでいる。「あの学校は一クラスの人数が少ないし、将来のことをよく考えてくれるの。それもあって転校先に決めたのよ。キャリア・デイは十年まえからやっていて、とても評判がいいの。だからジョシュアの願いをかなえてあげたくて」

口調は穏やかながら、夫人のいいたいことははっきりしていた。ヴァージルに選択の余地はないのだ。

「では、喜んで」ヴァージルはジョシュアをふりむいた。「ぼくを選んでくれてありがとう」

少年の顔が輝いた。

「やった！　今度の水曜だからね。ボディガードとかいろんな人がくっついてるのはぼくだけだから、発表は最後でいいって先生がいってた。だから、そんなに早く来なくていいよ」

そして秘書官をふりむく。「先生から、何時くらいか聞いてるよね？」

子どもでさえ、力の行使はすぐ身につくらしい。

秘書官ヴァレリーはうなずき、ヴァージルに笑顔を向けた。

「事務室にもどったらすぐスケジュールを送ります」

「はい、よろしく」ヴァージルはそう答え、夫人たちは厨房から出ていった。

三人がいなくなるとすぐ、彼は悪態をついた。

「聞こえるかもしれないわよ」わたしが注意すると、ヴァージルは「まったくばかげてるよ」とつぶやいた。

シアンとわたしは作業メモを書く仕事にもどった。でもヴァージルはまたうろうろしはじめ、それもわたしたちのすぐそばで、独り言の愚痴が際限なくつづいた。

「ねえ、ヴァージル」わたしはこらえきれずに声をかけた。「ジョシュアはあなたのことを尊敬しているの。とてもうれしいことじゃない？　めったにない機会だと思って、一役買ったらどう？　そして三十秒くらいは愚痴をこらえたら、あなた自身の気持ちもおちつくような気がするわ」

「いやなんだよ。まわりに子どもがいるとおちつかないんだ」

シアンが両手を上げた。「この仕事を引き受けたのはどうして？」

ヴァージルは〝わかりきったことを訊くな〟という顔をした。

「名声のためだ、もちろん。彼女の——」わたしのほうへ指をつきだす。「後任のエグゼクティブ・シェフになれると思ったからだよ。華やかなイベントをこの手で仕切るんだと思った。ところが現実は違った」そこでわたしの目を見る。「きみの仕事は、新聞の社会面で派手に報じられる大晩餐会の豪華メニューだ……」左右の手を上げる。「いやいや違う、社会面じゃない。きみがエグゼクティブ・シェフとして派手にに報じられるのは第一面だ。ぼくもそうなりたい、と思ったわけさ。子どもの世話役なんかじゃなくね。それにお遊戯会にも行きたくはない」

「子どもたちが将来の仕事を考える〝キャリア・デイ〟よ。お遊戯会じゃないわ」

「きみがぼくの代わりに行ってくれないか？」

「だめよ」

「どうして？」

「だってジョシュアはあなたに頼んだもの。ハイデン夫人もあなたをお望みよ。それにわたしは……」嫌味だとわかっても、こらえられなかった。「水曜日はとても忙しいの。新聞に載るような大きな晩餐会があるから」


帰宅途中でギャヴに電話したけど、留守番電話だった。ゆうべ話したことや、今朝のトムの「彼なら無事にやりきる」という言葉がひっかかって、とても心配になったのだ。どうしてこんなにギャヴのことばかり考えるのか自分でも不思議だったけど、ともかく気になって仕方がない。それに友人に、調子はどう？ と電話するのはよくあることよね？

この数年、たいした会話をしていないのに、ゆうべはなぜか胸がどきどきした。彼の現在の任務についてはまったく知らない。でもたぶん、いまは大統領とか高官たちと打ち合わせをしているのだろう。だから携帯電話の電源を切っているのだ。

心配でたまらなかった。

アパートの十三階でエレベータを降りたら、ウェントワースさんが部屋のドアを開けて待ちかまえていた。でもべつに、驚きはしない。

「わたしがエレベータに乗ったのをジェイムズから聞いたんですか？」

「ええ、彼が教えてくれたの。あなたは刺激的な生活を送っているから、おすそ分けいただけないかしらと思って」

わたしは声をあげて笑った。

「うちに寄っていかない？　スタンリーは下の階でまだ仕事中だから、〈ジョパディ！〉の録画でも見ようと思っていたの。クイズ番組は嫌い？」

「すみません、今夜は遠慮させてもらいます」

彼女は一歩、廊下に出てきた。「あの新しい男性はどなた？」

「このままご紹介したかと……」ギャヴの具体的な役職はいいたくなかった。

彼女はじれったそうに、杖をくねくね動かした。「そんなことを訊いてるんじゃないの」

「ただの友人です」

「あら、そう」ウェントワースさんの顔つきが、品のいい老女から魔女のごとくになった。「ただの友人以上に見えたけど？」

わたしには答えようがなかった。

「あの方はおいくつ？」

これには正直に答えられる。「正確には知りません。でも、わたしより少し年上です」

「最初の夫は七歳年上だったのよ」知恵を授ける魔女のように小さくうなずく。「完璧な年齢差だったのに、あんな若さで亡くなってしまって……」首を横に振る。「そしてふたりめは、十歳上だったんだけど……」今度は片手をひらひら振る。「完璧とはいえなかったわね。大人になる過程で経験したことが違って、ものの見方も違ったの。結局、離婚してしまったわ」

「スタンリーとは？」わたしが訊くと、ウェントワースさんはウィンクした。

「七つ違いよ。また完璧な年齢差」

「覚えておきます」

「きのうの男性は、あなたより七歳上に見えるわ。今度会ったら訊いてごらんなさい」

「はい、そうします」

わたしは自分の部屋に入り、もう一度ギャヴに電話してみた。でもやっぱり留守番電話だ。ウェントワースさんの言葉が頭のなかを駆けめぐり、胃が縮んでいく。どうしてギャヴのことがこんなに心配なのだろう？　彼は一年近く国外にいて、わたしはたまにしか思い出さなかった。なのにいまは、どこにいるの？　今度いつ話せるの？　と、それぱかり考えている。

23

月曜日はあっという間に過ぎていった。バッキーはお休みで、わたしとシアンはてんてこまいで、気がつけば一日が終わっていた。それでも何度かギャヴに電話をし、メッセージをふたつほど残しておく。

翌日の火曜日。ヴァージルは不機嫌になる一方だった。ジョシュアのキャリア・デイが明日に迫っているからで、ぶつぶつぶつぶつぶつ、ひっきりなしに愚痴をいう。この人は、気に入らないことがあるといつもこの調子なのかしら？　わたしは彼にちらっと目をやった。これじゃ誰かに注意された経験がきっとあるわね……。

バッキーは巨大ミキサーの横で作業をしていた。そのそばを、ヴァージルがぶつくさいいながら通り過ぎるのが四度めになったとき、さすがに堪忍袋の緒が切れたらしい。

「いいかげん観念したらどうかな。ここで仕事をするなら、自我はいったん脇に置いておくべきだ。それくらい、そろそろわかってもいいころじゃないか」

ヴァージルはその場に凍りついた。わたしはここで、何かひと言いうべきだったかもしれない。でも心の隅に、こうなるのも仕方がないというあきらめがあった。

「ぼくには責任感があるからね」と、ヴァージル。「大切な仕事を放り出し、小学校で無駄な時間を過ごすわけにはいかないんだよ。子ども相手に何をする？　シェフの仕事の実態をまともに知りもしない子どもの、どうでもいいつまらない質問に答えるのか？」

「まともに知らないから、ひとつでもふたつでも教えるのよ」と、わたしはいった。

「代わりにきみが行けばいいんだ。きみのほうが子どもの扱いはうまい」

「いいえ。あなたにお任せします」

パン生地をこねるシアンの横で、わたしはエシャロットを刻みながらかぶりを振った。

ヴァージルは腕を組んだ。「明日の午後、学校に拘束されるくらいだったら、まる一日休みをとるよ」

「え？　それはだめよ」

「どうして？　バッキーもきのう休んだじゃないか」

「それは話が違う」バッキーがいった。「郷に入っては郷に従え、という言葉があるだろう？」

「きのうはバッキーの公休日だったのよ」わたしは厨房の空気が緊張しはじめたのを感じた。

「バッキーが休むのは、あらかじめわかっていたことなの。今週のスケジュールは分刻みよ。休みをとるなら、事前にいってくれなくちゃ。ここで仕事を始めるとき、総務部長のポールから聞いたでしょう？　公休日以外は、一週間まえに申請しないといけないの。ふだんなら、ひとり欠けてもなんとかやりきるけど、公式晩餐会となるとそうはいかないわ」

ヴァージルはあきれ顔をし、組んだ腕に力を込めた。「スタッフによって、扱いを差別しているだけだ」

「先週のうちに休日申請していたら、話は違ったわよ」そこでわたしは思い出し、指を鳴らした。「だけど、あなたは先週、特別休暇をとったじゃない？　ゴルフをしてたのよね……フロリダで」

「大統領といっしょにね」

それはもう知っている。「ともかく、ここの規則に従ってちょうだい。明日はずっと厨房にいてね」

「小学校のお遊戯会に行くまでは、だろう？」

「ええ。そのときまで」わたしは壁の時計を見上げた。「ランチの準備は時間どおりに終わりそう？」

ヴァージルはむっとして、持ち場にもどっていった。彼が怒りっぽいのにはわたしも慣れてきて、まあそのうちおちついてくれるでしょう、と放っておくことにする。

するとシアンが、生地をこねる手をふっと止めた。何か思い出したのか、小走りでコンピュータの前へ行く。そしてスケジュール表を確認し、メールをチェック。それから時計に目をやって、わたしをふりむいた。

「追加発注したんだけど、シークレット・サービスからまだ連絡がないの。もっとまえに確かめておくべきだったわ。でもシークレット・サービスは、いつも間違いがないから。まさか忘れたりしてないわよね?」

「確認したほうがいいかも。すぐ電話してみるわ」

窓口になっているフローラ・スコットは不在だった。ほかの護衛官数人にもつながらない。

「まいったわね」

「また何かあったのかしら……」シアンが不安げにいった。

「直接行って確認するわ。未発注だと困るもの」

厨房からいちばん近いシークレット・サービスのオフィスに向かった。このまえ、ゼラー護衛官とポスト護衛官に詰問された部屋だ。でもそこには護衛官がひとりしかいなくて、食材のことも、フローラ・スコットの居場所もわからないとのこと。彼は申し訳ありませんをくりかえし、わたしはべつのオフィスに行ってみることにした。

東棟《ウエスト・ウイング》に向かいながらギャヴに電話してみたけど、あいかわらずつながらない。これまで折り返しの電話もないし、わたしはだんだん腹が立ってきた。もしつながったら、恨み言のひとつくらいいおう……と思ったところで、わたしたちはそんな間柄ではない、と思いなおす。あの晩アパートから帰るときの、彼の言葉がよみがえった。わたしの電話を無視したからといって、腹を立てる理由などないのだ。そんな理由は、わたしにはひとつもない。

頭のなかで、ふたりのわたしが言い争った。片方が〝あんなにたくさん話したのだから、これからもギャヴは連絡してくれる、電話に出ないのはちゃんとした理由があるからよ〟というえば、もう片方は〝彼にとってあなたはそれほど大切な存在じゃないのよ〟という。これはあの晩話して感じたもの、彼の表情から感じとったものとは違うけど、それでも可能性としては否定できない。

トムはオフィスにいた。でも、控室の護衛官から、「マッケンジー護衛官はいま電話中です」といわれ、待つことにする。

ソファの端にすわり、気持ちを晩餐会に集中させようとした。でもついつい、ポケットのなかの携帯電話をいじってしまう。出られないときに着信音が鳴りつづけると困るので、通常は電源を切ることが多いのだけど、きっとギャヴも同じようにしているのだろう。

でも、ホテルの部屋なら電源を入れているはず。なのにきのうの夜も留守番電話だった。とすると、ホテルに帰っていないということ？　あるいは深夜に帰ったせいで、折り返しの電話は控えたとか……。もしくは、わたしのことなんか何も考えていなかったか。

「マッケンジー護衛官がお会いになります」

わたしは立ち上がった。べつの護衛官がドアを開けてくれ、わたしがなかに入るとドアを閉めた。

「新任の護衛官？」控室を指さしてトムに訊いてみる。

「ああ、そうだ。で、用件は何だい？」

フローラ・スコットに依頼した食材のことを話すと、トムはすぐ確認しようといった。

「彼女は几帳面なんだけどな」彼は人差し指を立て、「ちょっと待っててくれ」というと、フローラを電話口に呼び出し、わたしに受話器を差し出した。「直接話したほうがいい」

わたしはフローラに追加注文を確認した。

「晩餐会は明日だから、朝のうちにかならず届くようにしてほしいの」

フローラは、もっと早く連絡すべきだったと詫びた。

「一部の食材に問題があったんですよ」

「どの食材？」

彼女が挙げたものはどれも、わたしが注文した食材ではない。だから彼女にそういった。

「ヴァージルがリストに追加したんです」

「え、彼が？」まったく、いいかげんにしてほしい。「わかったわ。だったら彼の購入分は、受領書をべつにしてもらえる？」

彼女はそうするといった。

「助かったわ」トムに受話器を返した。「ありがとう。おかげで時間がはぶけたわ」

「お役に立ててうれしいよ」

わたしが部屋を出ようとすると、トムがこんなことをいった。

「追加注文の件だけで、わざわざここまで来たのか？」

わたしは両手を上げた。「ほかのオフィスに行っても何もわからなかったの。メールの返信を待つ余裕もなかったし。時間的に厳しくて、食材が届かなかったら万事休すだから。少しでも早く確認できれば、それだけ仕事もはかどるわ」

トムはうなずいた。「そうか、わかった」

わたしはドアのノブに手をのばしたところでふりむき、何気なく訊いた。

「この二、三日、ギャヴの姿を見ないけど」

トムは腕組みをした。「ああ、見ないね」

「何かの調査中？」

トムは好奇心と痛みと悲しみが入り混じった顔をした。

「もしそうなら、誰よりも先にきみが知っているんじゃないか？」

「いいえ」わたしは正直にいった。「まったく何も知らないわ」

彼は無言で、デスクのマットの位置を整えた。

「じつはぼくも……」静かにいい、視線を上げると無表情のまま、わたしと目を合わせた。

「日曜日に廊下で話して以来、彼とは連絡がとれていない」

トムは片手を上げた。わたしの顔色が変わったのを見ていい添える。

「それを悪い徴候と決めつけないでくれ。彼の立場なら、しばらく音信不通になる可能性はいくらでもある」

「しばらくって……」

「しばらくだ」トムはため息をついた。「それ以上は訊かないでくれ。ただでさえ厳しい状況なんだから」

「わかったわ」というのは、口先だけだった。

「彼は無事だよ、問題ない」

24

眠ることができず、水曜はいつもよりもっと早く出勤した。公式晩餐会は行事のなかでもとりわけ重要であり、突発的なことはさておき、万全の態勢で臨まなくてはいけない。八時までに終える予定だった作業の大半を、五時半には仕上げた。厨房をゆっくり見まわしながら、すばらしい晩餐会になると確信し、気持ちが穏やかになっていくのを感じる。ハイデン家が引っ越してきて以来、とまどうことはいろいろあったけど、晩餐会に関しては不安もとまどいもまったくなかった。何年もかけて手順を練り、整えて、体系化してきたのだ。ハイデン夫人には、前政権から引き継いだ料理人たちの腕を見てもらおう。

ポケットに手を入れると、指先に携帯電話が触れた。ギャヴからまだ連絡はない。わたしのアパートで過ごしたことを気にしているのか、自分の気持ちがはっきりするまで電話はしたくないのか――。わたしは思いあがっていたのかもしれない。彼はわたしにまったく興味なんかないのかも。

喉に硬いしこりを感じた。もしかしたら、彼は何かのトラブルに巻きこまれ……。気まずい雰囲気になるかもしれないけど、時間を見つけてもう一度、トムに尋ねてみよう。仕事以外で心配事があるのはつらい。何よりきょうは、全力をあげて晩餐会を成功させなくてはいけないのだから。

ギャヴは以前、わたしには第六感があるといっていた。超能力や予知能力の類ではなく、何かが起こるまえに察知する勘だという。いまわたしは、腕やうなじの毛が逆立っているような気がした。これは何かの予兆だろうか。だとしたら、きょうは運命を左右する日なのかもしれない。でも……わたしにとって？　それともギャヴにとって？

いや、もうこれ以上考えるのはよそう。

「何時に来たの？」シアンがジャケットを脱ぎながら訊いた。「ヴァージルはどこ？」

「まだよ」なんとはなしに時計を見た。「そろそろ来てもいいころよね」ふりかえって、予定表を見る。「きょうは七時に、ハイデン夫人とジョシュアに朝食を出すことになっているわ。アビゲイルはキャンプ・デービッドだし、大統領の朝食はホワイトハウス・メスが用意するみたい。時間の余裕はあるわね」

「あら、すごい」シアンは周囲を見まわした。「全部オリーがやってくれたの？　ここで夜を明かしたわけじゃないでしょ？」

「家で眠れなかったから、それなら厨房で作業を始めたほうがいいと思ったの」

シアンは手をのばしてわたしの腕に触れた。「何かあったの？」

彼女に話したかったけど、不安を口にしたらそれが現実になってしまうような気がした。黙っていることが、ギャヴを守るひとつの方法になるかもしれない。わたしは鼻に皺を寄せた。

「とくに何もないわ、ほんとよ」

「信じられないけど……無理には訊かないわ。きょうはプレッシャーだらけだから」

十五分後にバッキーが到着した。でも、ヴァージルはまだ来ない。

「上のキッチンにいるのかしら」わたしがいうとバッキーが、電話で確かめたほうがいいといった。

「休みたいようなことをいってただろ？　もし来なかったらどうする？」

「プロだもの、それはないわよ」とはいえ、胃がきりきり痛みはじめた。受話器を取り、上階のキッチンを呼び出すと、出たのは給仕係だった。

「ヴァージルはそちらにいる？」声が二オクターブ高くならないよう気をつける。これくらいで、いらついてはいけない。

「いいえ。今朝はまだ顔を見ていませんよ」

「ありがとう」

電話を切って、バッキーに伝えようとふりむくなり、胃の痛みが増した。ポールと秘書官ヴァレリーが厨房に入ってきたのだ、それも見るからに暗い表情で。

「ひょっとして、ヴァージルはきょう休む、ということかしら？」

ポールはうなずいた。「体調が悪くて休むと連絡があった。きみも規則は知っているだろう。体調不良の者は、厨房で仕事をしてはいけない」

わたしは唇を噛みしめた。「わかりました。きょうのスケジュールに影響しますが、なんとかします」そしてバッキーに、「ハイデン家の朝食の用意をしてくれないかしら？」と頼んだ。「晩餐会の準備は、シアンとわたしで進めるから」

「とびきり早く出勤した甲斐があったわね」背後でシアンの声がした。「作業が予定よりずいぶん進んでいるもの」

たしかに――。「心配しないでください」わたしはポールとヴァレリーにいった。ここにいる三人の力で乗りきれる、という自信がわいてくる。「ヴァージルの仕事もカバーしますし、公式晩餐会にはゲストのみなさんに喜んでいただける料理を出します」

ポールは笑顔でうなずき、ヴァレリーもにっこりして、手にしたクリップボードにチェックマークを入れる、そしてつぎの仕事へ向けて厨房から出ていく……と思っていた。

ところが、ふたりともその場から動こうとしないし、笑顔もなしだ。それどころか、どちらも苦渋の表情をうかべている。

「ほかにも何かあるんですか？」

「ジョシュアの学校の件だが」と、ポール。「ヴァージルが行く予定だったね？」

「ええ、そのはずですけど……」わたしは慎重に答えた。胃のなかを虫が這いまわるような感覚に襲われる。「体調が悪くて、そちらも無理ということでしょうか」

ヴァレリーとポールは顔を見合わせた。

「だめです」わたしは両手を上げ、あとずさった。「それはだめです。できません」

「ジョシュアにはとても大切なことなのよ」と、ヴァレリー。

わたしは人差し指を立てた。「ジョシュアはヴァージルに頼んだんです。わたしではありません。ジョシュアの先生も、予定を変更してくれるはずです」

「こういった特殊なイベントの調整がどれくらいたいへんかは知っているでしょう?」

わたしは首を横に振った。

「いつも以上に警護が強化されるのよ」ヴァレリーはつづけた。「警備計画とか手順とか、時間的な問題もね。きょうキャンセルしたら、べつの日にまた一からやり直さないといけないの」

それはわたしには関係ないこと。とは口にせず、代わりにこういった。

「ジョシュアは毎日通学して、警護も毎日やっているでしょう? シェフがひとり加わったところで、たいした違いはないと思うけど」

ヴァレリーはため息をついた。「まわりはそう思っても、護衛対象がひとり増えればそれだけ警備はむずかしくなる、とシークレット・サービスにいわれたの。だからヴァージルが無理なら、代わりにあなたに行ってもらうようにと強く提案されたわ」

ホワイトハウスの大統領護衛部隊《PPD》から〝強く提案〟されたら従うしかない。形勢は不利になりつつあった。それでも反論材料はひとつだけある。しかも、かなり強力なものが。

「きょうは公式晩餐会があるの」それ以上の説明は不要でしょ、といわんばかりに。実際、わざわざいうまでもないことなのだ。「だから厨房を離れられないのよ。まる一日ね。大イベントだから、成り行きに任せるわけにはいかないの」

「離れるといっても二時間くらいよ。ジョシュアもあなたも、三時半までにはホワイトハウスにもどれるわ。晩餐会が始まるのは八時でしょう?」ヴァレリーはシアンのほうに手を振った。「彼女が〝予定よりずいぶん進んでいる〟といってたわ。その後の手順が決まっているなら、そこはスタッフに任せて、二時間ぐらい厨房を離れられるんじゃない?」

わたしは下唇を嚙んだ。ヴァレリーはじつにうまい誘導をする。ここでわたしが反論したら、たとえ手順が決まっていても、バッキーとシアンには任せられないというに等しい。

「だけどわたしが行けば——」藁《わら》にもすがる思いだった。「ジョシュアががっかりするわ」

「ハイデン夫人の話だとね、ジョシュアはもともとあなたにお願いしたかったんですって。このまえここに来たとき、とてもやさしくしてもらったから」ヴァレリーはにっこりした。「でもハイデン夫人はジョシュアに、水曜の夜は公式晩餐会があるからオリーはとても忙しい、だから代わりにヴァージルに頼みなさい、といいきかせたのよ」

言葉を失った。もはや逃げ場はなく、こうなったらもう腹をくくるしかないのだろう。

「何時に出発?」

ヴァレリーとポールはほっと息をつき、笑みを浮かべた。

「シークレット・サービスが一時に迎えに来て、学校まで送っていくわ」と、ヴァレリー。

「ほんとうにありがとう。感謝するわ」

ヴァレリーは厨房を出ていき、ポールはわたしにささやいた。

「きみなら期待に応えてくれると思っていたよ、いつものようにね」

つまり、頼めばなんでもいうことをきく？

シアンとバッキーをふりむくと、どちらもわたしと同じように感じているのがわかった。

「オリーなりにがんばったけど」と、シアン。「ほかにどうしようもなかったわね」

バッキーは顔をしかめ、パスタづくりにもどった。「きみはエグゼクティブ・シェフであって、ベビーシッターじゃない。そのことに、もっとみんな気づくべきだよ」

バッキーからそんなふうにいわれると、とても大きな心の支えになる。


午後一時きっかりに、シークレット・サービスの女性護衛官が厨房に現われた。

「パラスさん、よろしいですか？」

身だしなみを整え、きれいな調理服に着替えていたわたしは、コック帽を手に取り（帽子がなければ、子どもたちはシェフだとわからないだろう）、バッキーとシアンをふりむいた。

「よろしく頼むわね」

「はい、行ってらっしゃい」と、シアン。「オリーはもうたっぷり仕事をしてくれたから、あとはわたしたちに任せて。心配しないでね」

バッキーはひらひら手を振った。「二時間でもどってくるんだよね。まあ、いまのところ順調だから、ぼくは昼寝でもするよ」

「あら」わたしは笑った。「うまくいくよう祈っててちょうだいね」

「がんばって!」シアンが大きな声でいった。

付き添いの護衛官は、ブレンダ・ノートウェルだと自己紹介した。わたしより背が高く――たいていの人がそうだけど――ほっそりして、グレーのスーツの上に黒いレザー・ジャケットをはおっている。シークレット・サービスはみんな同じお店で服を買うのかしら? わたしはぼんやり考えた。そう思いたくなるほど、服装がとてもよく似ているのだ。

彼女について、ディプロマティック・レセプション・ルームから外に出た。二月の風が吹きすさび、寒さに首をすくめる。冷風が鼻を刺し、早足で着いた先にはリムジンが待機していた。

ノートウェル護衛官が後部座席のドアを開けてくれた。

「あら、すごい。わたし程度で、ここまでしてくれるなんて」

彼女は笑い――護衛官にしては珍しいから、きっと新人なのだろう――わたしの隣に乗りこんだ。「警護は万全を期すほうがスムーズに運ぶんです」

これまでも何回かリムジンに乗ったことはあるけど、たいていは緊迫した状況だった。このリムジンのドライバーはまったく口をきかず、対照的にノートウェル護衛官は積極的におしゃべりした。

「帰りもあなたが送ってくれるの?」

「いいえ、わたしは学校までお連れするだけで、到着したらスキャンプの護衛官が付き添います。スキャンプというのは、ジョシュアのことです」

「〝わんぱく坊主《スキャンプ》〟だなんて、ぴったりのコードネームよね」

ノートウェル護衛官はまた笑った。「わたしもそう思います。ほかのコードネームもなかなかですよ。ご存じですか？」

家族全員のぶんを知っていた。シークレット・サービスは、ファースト・ファミリーにかならずコードネームをつけるのだ。セキュリティ面ではもうほとんど意味をもたなくなって、実質的にはニックネームと変わらない。ハイデン大統領は〝学者《スカラー》〟、夫人は〝シンフォニー〟、長女アビゲイルは〝才気《スパークル》〟、そしてグランマ・マーティは〝賢人《セージ》〟だ。

学校には二十分とかからずに着いた。並ぶ大木の向こうに見えるのは、レンガ造りの堂々とした建物で、お城のように四隅に尖塔がある。美しい鉄柵が敷地をぐるりと取り囲み、二十一世紀の小学校というよりは、十九世紀イングランドの上流階級の寄宿学校みたいだ。木々が花をつけ、芝生が青々と茂ったら、さぞかしすばらしい光景だろう。ただ、きょうは冬の曇り空の下、葉を落とした枝々のあいだを寒風が吹きぬけて、どちらかというとゴシック的風景だ。

車は減速し、ドライバーが到着を告げた。わたしは準備したメモを読み終えてポケットに──携帯電話の横に入れる。私物のバッグは必要ないといわれたけど、子どもたちに話すときに役立ちそうな、見てわかる教材をトートバッグに詰めて持ってきた。計量カップやスプーン、スパチュラのほか、エグゼクティブ・シェフが処理する事務書類のサンプルなどだ。ただし、ナイフ類は一本もない。ほかには、わたしのお気に入りのチキンフィンガーの簡易レシピも、生徒数分コピーして持ってきた。

すぐには車を降りないように、とノートウェル護衛官に指示された。彼女は小さなマイクに向かって短く何かいい、つぎに耳を傾けてからうなずく――「異常なし」

校舎からふたりの護衛官が現われ、彼らが正門を出たところでようやく降車を許された。わたしはバッグを肩にかけ、コック帽を脇にはさんで外に出る。ノートウェル護衛官はわたしをふたりの護衛官に引き渡し、がんばってくださいというと、リムジンにもどった。

ふたりの護衛官（どちらも若い男性だ）は、周囲に目を光らせながら、わたしを連れて正門へ行った。正門は、学校の警備員が開けておいてくれたけど、ここはアメリカの金塊貯蔵所があるフォートノックスに負けないくらい厳重に警備されているようだ。ひょっとすると、それ以上かも……。警備員は笑顔で「ドロローサ・アカデミーへようこそ」と迎えてくれ、わたしたちが敷地内へ入ると、重々しい鉄の門扉が音を立てて閉まった。つづけて錠の閉まる音がして、警備員は小窓のついた詰め所にもどっていく。

「おふたりとも、毎日ここに詰めてるの？」

「いえ、交代制です」わたしの左側にいる護衛官が答えた。

ふつうの会話が成り立つとは思っていなかったけど、石の階段を上がりながら、また話しかけてみた。

「シークレット・サービスがずっとそばにいて、生徒たちは何かいったりしない？」

右側の護衛官が首をすくめた。「われわれは景色の一部になりますから、とくに何も」

かに入った。

今度は左側が答えた。「スキャンプには常時、身辺警護の護衛官がついています」

右側の護衛官が校舎の正面玄関を開け、わたしに向かってうなずくと、三人いっしょにな
かに入った。

「ジョンストン護衛官が教室までお連れします。わたしはここに残ります」

「お世話になりました」

そのジョンストン護衛官が腕時計を見た。「予定の時間です」

学校の外観は古いお城のようだったけど、なかに入ると魔法で現代にもどった感じがした。体育室が近くにあるのがわかる。いろんなところを改修しても、運動靴や汗の混じったにおいは変わらないものだ。目の前に延びる広い廊下は緑色のタイル敷きで、中央に白いラインが引いてあった。突き当たりには幅の広い階段があり、階段背後の大きな窓から、曇り空の弱い陽光が射し込んでいる。校舎内はひっそりして、わたしたちの靴がタイルを踏む音が響き、ときおり生徒たちが「先生！」と呼びかける声が聞こえるくらいだ。

なんだか自分まで子どもにもどったような気がした。身長はいまでも高学年の生徒とたいして変わらないだろうけど。ジョシュアをがっかりさせたらどうしようと、胸がどきどきしてくる。最初はわたしに頼むつもりだったという話はほんとうかしら？　わたしを説得するためのヴァレリーの作り話ではない？　でもどちらにしろ、こうなったらジョシュアに満足してもらわなくては。

ジョンストン護衛官が、左側の三番めのドアの前で立ち止まった。「フォスコという名の女性の先生です」

閉じられたドアの材質はアカスギで、何十年にもわたってくりかえしニスが塗られてきたのがわかる。ドア上部の曇りガラスの窓から、内部はぼんやりとしか見えず、声もほとんど聞こえてこない。

「すぐなかに入っていいの?」

ジョンストンはうなずき、ノブを握った。

「あ、少し待ってちょうだい」

わたしは頭にコック帽をのせ、ひとつ深呼吸した。

「はい、お願いします」

ジョンストン護衛官はドアを開けた——「ご健闘を祈ります」

25

二十人がいっせいにこちらを向いた。二十対の目はきらきら輝き、先生に挨拶するわたしを好奇心いっぱいに見つめている。

フォスコ先生は五十歳くらいだろうか、小柄で陽気な印象で、力強い声で話した。

「よくいらしてくださいました、パラスさん」それから、もう少しだけ待ってください、場所はどうぞヌーリー護衛官の横へ、というと、ジョシュアに「ゲストのコートを預かって、ハンガーにかけてくれる？」と頼んだ。ジョシュアは立ち上がって教室の後方に向かい、わたしもそちらへ行く。そこにあるホワイトボードは、バレンタイン・デーの色とりどりの飾り付けできれいだった。

ジョシュアはコートをハンガーにかけると、席にもどった。わたしは隅に立つヌーリー護衛官の横に行く。彼はジョシュアの席まで三歩で行ける場所から、クラス全体を見渡していた。

ヌーリーはほほえむと脇にずれ、狭いスペースにわたしの場所をつくってくれた。左手には窓があり、右手のホワイトボードの下にはコンピュータが何台も並べられている。なんだかまた、子どもにもどったような懐かしさに包まれた。

「ヴァージルは体調不良で欠勤だそうですね？」ヌーリーが小声で訊いた。

わたしはうなずき、彼はかぶりを振って、それ以上は何もいわなかった。

生徒たちは、教室の後ろにいるわたしのほうをちらちら見ている。たぶん興味津々なのだろう。理由はおそらく、コック帽だ。それから五分とたたないうちに、フォスコ先生は算数の教科書をしまうよう子どもたちにいった。

「ジョシュア」先生はやさしく声をかけた。「それでは始めましょうか」

ジョシュアは勢いよく立ち上がり、教室の前方に走っていった。わたしも前に行くべきかしら？と迷ったところですぐ、ジョシュアがわたしを手招きした。

「じゃ、始めます」ジョシュアはわたしが横に立つと、クラスメートに挨拶した。ここから見ると、子どもたちはみんなとても小さく、とてもあどけない。

「きょうはぼくの〝キャリア・デイ〟の発表の日です」するとジョシュアはいきなり走って自分の席にもどり、教科書をごそごそ探った。ほかの生徒はわたしをじっと見つめている。その目はまるで、わたしがタップダンスを始めるのを期待しているような……。

「オーケイ」ジョシュアは探し物を見つけたようで、二つ折りのカードを高々と掲げた。

「これを探していました」

そしてわたしの横にもどってくると、そのカードを両手でしっかりと持ち、手書きの文を読み上げた。

「大人になったら、ぼくはシェフになりたいです。ふつうのレストランで料理をする人ではなく、テレビに出るようなシェフになりたいです」カードから視線を上げる。「ぼくは有名になりたいです」

すでに有名であることには気づいていないらしい。ジョシュアはほんとうに、子どもらしく純真だ。

「がんばって勉強したら、なりたいものになれると思います。ぼくはキッチンで料理をしたことがありますけど、勉強しなきゃいけないことはもっとたくさんあります。ホワイトハウスには偉いシェフがふたりと、特別にお手伝いする人が何人かいます」

シアンもバッキーも、〝特別にお手伝いする人〟として紹介されたと知ったら、笑ってしまうかもしれない。わたしはほほえんだ。一生懸命発表するジョシュアは、とてもチャーミングだった。

「偉いシェフのひとりはヴァージルで、もうひとりはオリーです」彼はわたしを指さした。「この人がオリーです」そこでメモに視線をおとし、お母さんが付け加えたと思える一文を読みはじめた。「オリヴィア・パラスはホワイトハウスで初めての、女性のエグゼクティブ・シェフです」そしてまた視線をあげる。「オリーはとてもやさしくて、いつでもぼくに手伝わせてくれます。ぼくはきょうの大きな晩餐会も手伝うつもりです」

わたしとヌーリー護衛官の目が合った。それだけで、同じ感想をもっているのがわかる。学校が終わってから晩餐会の準備をする、というジョシュアの意欲はじつにすばらしい。

「オリーはこれから、エグゼクティブ・シェフがどんな仕事をするのかを教えてくれます」

ジョシュアは自分の席にもどったけど、いい忘れたことがあるのを思い出し、「来てくれてありがとうございます」と、わたしに向かっていった。

きれいに片づけられた教壇に、わたしは小道具を入れたバッグを置いた。深呼吸をして――子どもとあまり触れ合ったことがなく、どうすれば気に入ってもらえるかがわからない――とりあえず、質問してみることにした。

「食べることが好きな人は？」

全員の手が挙がった。

「朝や夜、自分で料理をしたことがある人はいますか？ ランチはどうでしょう？」

手を挙げたうちの数人に、何をつくったのか話してもらった。大半の生徒の家庭にお抱え料理人がいるらしく、食事がどのように用意されるかはそれほど気にしていないようだ。わたしは食材の栄養や生産農場について、また自分たちの手でも野菜を育てていることを少し話した。春になったら、ジョシュアの家族は大きな菜園をつくる予定だということも。

それから調理道具を掲げ、「これは何に使うかわかりますか？」と尋ねると、すぐに手を挙げる子も何人かいた。そして家に持って帰ってね、とレシピのコピーを配る。

基本的な話でウォーミング・アップが終わると、子どもたちは意見をいったり質問したりしはじめた。なんといってもうれしかったのは、子どもたちとの会話が途絶えなかったことで、とても楽しんでくれているようだった。わたしは時間を気にしながら話し、残り二分となって、最後に何か質問はありますか、と訊いた。

小さな女の子が手を挙げた。「お母さんはニンジンを食べなさいといいます。ウサギは眼鏡をかけていないでしょって」少女は自分の眼鏡を指さした。「ニンジンをたくさん食べたら、わたしもたぶん、これをかけなくてもよくなるって、お母さんはいいます」

わたしはにっこりした。「わたしのお母さんも同じことをいっていました。ニンジンにはベータカロテンというものがたくさん含まれているので、体にはとてもいいんです。またこれは、体内でビタミンAに変わります。ビタミンAも、とても大切な栄養素です。ニンジンをいっぱい食べたら眼鏡がいらなくなるかどうかはわかりませんけど、ビタミンAは――」自分の目を指さす。「とても目に良い、とはいわれています。でもね、ニンジンのほかにも、食べたほうが良いものはたくさんありますよ。バナナとか、リンゴとか、ピーマンにイチゴにホウレンソウ……」

〝ホウレンソウ〟と聞いて、子どもたちは「うわっ」と拒否の声をあげた。

わたしは笑いながらいった。「わたしのホウレンソウ料理を食べたら、〝ホウレンソウ大好き〟ってなるかもしれませんよ」

するとジョシュアが顔をしかめた。

「あら、ジョシュアはわたしのホウレンソウ料理が気に入らなかったのかしら？」

少年はしかめ面で、「試食会のときのなら、おいしかったよ。だけどヴァージルがつくるのはちょっと違うんだ。何だか変なものが入ってて、ぜんぜん好きじゃない」

そういえばヴァージルは、朝食のホウレンソウにビーツとカラマタ・オリーブを加えていたような……。わたしはジョシュアにウィンクした。

「彼にもわたしのレシピを教えておくわね」

ジョシュアはこっくりうなずいた。

「お話、ありがとうございました」フォスコ先生がしめくくり、子どもたちに拍手をさせた。わたしからも、キャリア・デイに呼んでいただき感謝します、とお礼を述べる。そしてヌーリー護衛官に目をやると、彼はドアのほうを指さした。

廊下に出るとすぐ、最後の授業が終わったのだろう、並んだ教室からにぎやかな声や音が聞こえてきた。騒ぐ子どもたちに負けじと先生たちが声をはりあげ、なんとか静けさがもどる。そして遠くで、ベルが鳴った。

ドアがあちこちで開き、子どもたちは二列に並んで廊下に出てきた。ジョシュア付きの護衛官たちは、来る日も来る日もこういう環境で任務を果たし、さぞかしたいへんだろうと思った。大勢の子どもがいて、何が起きるかわからず、つねに神経をはりつめていなければならない。見ると、廊下の先に護衛官が待機していた。右側にふたり、左側にもふたり。

ジョシュアの教室からも生徒たちが出てきて、わたしは壁ぎわに立ってながめた。でも、楽しそうにおしゃべりしながら出てくる子どもたちのなかに、ジョシュアの姿はない。

「おしゃべりは外に出てからよ」フォスコ先生が注意する。

子どもたちの姿がまばらになってようやく、ジョシュアが現われた。付き添っているヌーリー護衛官の手には、わたしのコート。彼はついてくるよう手を振った。

「裏口から出ますので」といって、そちらに目をやる。「正門は、迎えに来た保護者や世話係の車が多くて、そこにべつの車が紛れこんでも区別がつかないんです。そのため、われわれの車は裏口の駐車場で待機することにしています」

ジョシュアはそのやり方にもう慣れているようだ。スキップしてわたしの横に来ると、「みんな、オリーのことが好きになったよ」といった。「すごくおもしろかった」

「よかったわ、ありがとう。ジョシュアのお友だちと話せて、わたしもとっても楽しかった」

ジョシュアはまじめな顔つきになった。「ぼくは転校生だから、まだ友だちはいないよ。でもコートを取りにいったら、何人か近寄ってきて、オリーの話はおもしろかったっていったんだ」

「すごくうれしいわ」

廊下の先にいた護衛官ふたりもいっしょに、裏門につづく狭い階段をおりていった。先頭を行く護衛官がドアを開け、まず一歩外に出る。そして無線に向かって何か話してから、わたしたちにも外に出るよう手を振った――「異常なし」

かわいそうなジョシュア。毎日こんなふうに外部と隔離され、制限された空間で暮らしている。

ヌーリーは警護対象にぴたりと寄り添い、その後ろにわたしがつづき、最後尾にも護衛官がついた。校舎の裏手の土地はU字形で、小さな中庭の向こうが駐車場だった。ジョシュアの乗るリムジンが芝地を抜けて、校舎の端につづく道に入り、停車した。その場所は配達人の出入りや、いまのように安全にすみやかに退出するには都合がいい。わたしたちはそちらへ向かってレンガの舗道を歩いていった。先頭の護衛官がリムジンまで走り、ドアを開けてジョシュアが来るのを待つ。

百メートルほど離れたところにある裏門は、わたしたちが出ていくのを想定して開いていた。お城のような校舎、遠くには大きな鉄の門、万全のセキュリティ……。ここに自分がいるのは場違いな気がした。何もかもが荘厳、雄大、厳格だ。

ヌーリー護衛官はジョシュアにぴったり張りついて離れない。いくら任務とはいえ、じつにすごいものだと感心した。ほかの護衛官はわたしたちをはさむようにして右と左を歩き、周囲に目を光らせて即応態勢だ。これなら何が起きても安全だろう。

と、そのとき、黒い車が一台、外の道路で急カーブをきって裏門から入ってきた。あれは政府公用の大型車で、こちらに向かって走ってくる。それも、かなりのスピードで……。

怒号が聞こえた。遠くで銃の発砲音。どの方向なのかはわからない。後ろの護衛官がわたしを地面に押し倒した。

「伏せて！　伏せてください！」ヌーリーが叫ぶ。彼はジョシュアを抱き上げると、小さな体を自分の大きな体でかばい、わずか二歩で待機中のリムジンまで行った。わたしは自力で立ち上がり、リムジンへ走る。すると後ろの護衛官に体をつかまれ、ジョシュアとヌーリーが乗った後部座席に押しこまれた。何があったのかを訊く間もなく、外にいる護衛官はドアを閉め、車体を二度、ばんばんと叩いた。

ヌーリーは運転手に向かって叫んだ。「車を出せ！　早く！」

運転手は迅速だった。ドアがロックされる音がしたかと思うと、リムジンは猛スピードで走りだした。ジェット機さながらのエンジン音が聞こえ、それに重なるようにして、銃の発砲音が響いた。

心臓が飛び出しそうだった。必死で気持ちをおちつけ、右の窓から、左の窓から外を見る。謎の黒い大型車は急停止し、なかからひとり、男が飛び出してきた。あれはボスト護衛官ではない？　わたしは息ができなくなった。

その男はわたしたちのリムジンに向かってきたけど、すぐさま護衛官たちにとり囲まれた。謎の車は大きくUターンし、わたしたちのリムジンを追いかける気なのは明らかだった。でもこちらの車もさらに加速する。そして重厚な鉄の門を抜けるとすぐ、門は自動で閉まり、謎の車を敷地内に閉じこめた。

ジョシュアはシートベルトを締めた。なんて賢いの――。わたしも真似てベルトを締める。「何があったの？」わたしはジョシュアの手前、極力冷静をよそおって尋ねた。「あの車は何？　どうしてこんなことに？」

ヌーリーはわたしを無視し、無線に向かって話した。

「発砲あり。ドロローサ・アカデミーが襲撃された。護衛対象は無事。くり返す。護衛対象は無事。デルタ計画を実行する。くり返す。デルタだ」

ヌーリーは前の座席の背もたれに覆いかぶさるようにして、GPSモニターをつかんだ。

「デルタ開始だ」運転している護衛官に向かってそれだけ指示する。

運転手は目を前方に据えたまま、何度もまばたきした。「デル……タ?」

「そう、デルタだ」ヌーリーは有無をいわせぬ口調でいうと、わたしをふりむいた。「後ろに車は見えますか?」

わたしはふりかえって答えた。「いまは見えないけど」

ヌーリーは運転手に命じた。「急げ!」

「了解!」運転手は首をかしげながらも応じた。とまどってはいるようだけど、彼もシークレット・サービスではあり、わたしなんかとは違うのだ。ただし、つづけてこういった――

「申し訳ありません、デルタ計画のことはよく知らないんですが」

ヌーリーは大きなため息をついた。「きみのような新米護衛官たちにベテランの仕事を任せるなんて、いったい誰の考えだ?」

運転手は答えず、ヌーリーは命じた。

「左に曲がれ。ここだ。左だ!」

運転手はハンドルを左にきった。

ヌーリーはぶつぶつ文句をいう。「495線に出ろ」

「高速のですか? 方角が違いますが」

「ホワイトハウスには行かない」ヌーリーはいらいらしていた。「デルタ計画では、DCの北で特別チームとおちあい、援軍を得る。行け」そして後方に目をやった。「彼らは当然、この車はホワイトハウスに向かっていると思うだろう。そこでウッドモント・アベニューを捜すはずだ。とりあえず追ってくる車はないから、遠回りをして495線に出てくれ。特別チームに、わたしたちの位置情報を伝える」そういってまた無線に向かって話しはじめた。

無線の相手の声は聞こえないけど、ジョシュアのようすなら見える。少年は目を見開き、下唇が震えていた。

「ねえ、何があったの？」

「さ、こっちに来て」いつのまにかわたしは、ジョシュアに腕を回していた。「大丈夫だから。すぐホワイトハウスに帰れるわよ。だから心配しないでね」ジョシュアがもぞもぞと身を寄せてきて、わたし自身のパニックは弱まった。少年を元気づけることで、自分自身がおちつく。といっても、ほんの少しだけど。

リムジンは脇道から脇道へと走り、北へ、それから西へ向かって495線を目指した。とんでもない道ばかりで、体が跳ねてドアにぶつかったりもする。ジョシュアはべそをかきながら、いっそう身を寄せてきた。

「もっと急げ！」ヌーリーが叫ぶ。

「追ってくるのは誰？」

わたしが訊いてもヌーリーは答えなかった。無線に向かって何かいったけど、声が小さすぎて言葉はわからない。ただヌーリーは、相手の返事を聞いて驚いた。そして愕然としながらも、わたしに何でもない、気にするなという身振りをする。

でもそのせいで、逆にわたしは不安になった。

「車を止めろ」ヌーリーは運転手にいった。

「しかし……」

「止めろ、いますぐ!」

リムジンは停車した。「しかし、追ってくる車が……」

運転手がギアをパーキングに入れたその瞬間、ヌーリーは後部席から身を乗り出し、運転手の首に注射針を突き刺した。

わたしは叫び声をあげ、ジョシュアの目を両手で覆った。

「こいつは敵側についている」ヌーリーは目をぎらつかせていった。「こいつはデルタを知らなかった。新人の護衛官でも知っているはずなんだ」

何といっていいか、何をしていいかわからなかった。ジョシュアは身をよじって、目をふさいでいるわたしの手をはがした。

「何があったの?」

「どうか、おちついてください」ヌーリーはわたしの目に警戒心が満ちているのに気づいた。

「追跡車を振り切ったという報告がありました。とりあえず、いまのところは」

「でも……」わたしは痙攣《けいれん》している若い護衛官を指さした。「彼に何をしたの?」

「失神しているだけです」ヌーリーはロック解除すると車を降りた。そして運転席側のドアを開き、新人護衛官を助手席に押しやって、自分がハンドルの前にすわった。「尋問するので、生かしておかなくてはいけません」ギアをドライブに入れてバックミラーを確認し、アクセルを踏んで発進する。「頭に一発、弾を撃ちこむわけにはいかないんです」

そんな台詞をジョシュアには聞かせたくなかった。でもわたし自身がほとんどショック状態で、まともな言葉を思いつかない。

「これからどこへ行くの？」

「特別チームとおちあうセーフハウスです」

「ホワイトハウスには帰れないの？」

ヌーリーはダッシュボードの下を探った。「敵は、わたしたちの行く先はホワイトハウスだと考えるでしょう」何かを引っぱり出し、満足したように深くすわりなおした。

「敵って、誰？」

彼はわたしをバックミラーごしに見た。「アルムスタン。この件の背後にいるのはアルムスタンです」助手席の若い護衛官に嫌悪の視線を送る。「わたしたちはあやうく捕まるところだった」

「アルムスタンって誰？」ジョシュアが訊いた。「どうして追いかけてくるの？」

ライマン・ホール病院で人質事件を起こした人たちだ、と具体的に説明するのは避けたかった。それでも警戒心はもっておいてほしい。ジョシュアとアビゲイルを毒入りチキンで狙った組織であり、情け容赦ない、といわれているのだ。

「とっても悪い人たちよ。このまえも、むりやり自分たちの思いどおりにしようとしたの」

「ボスを牢屋から出してほしがった人たち?」

わたしはうなずいた。

ジョシュアは自信たっぷりにいった。「お父さんから聞いたんだ。お父さんは絶対に降参なんかしないって。テロリストとは取り引きなんかしないんだ」

ヌーリーはまたバックミラーごしにわたしと目を合わせた。たとえ大統領でも、わが子の命が危険にさらされたら、信念を貫き通せるだろうか。わたしは駆け抜けていく外の景色を見つめた。

「セーフハウスまではどれくらい?」背後に目をやってから、ヌーリーに訊く。追ってくる車はいないようだけど……。

ヌーリーは答えなかった。

わたしはGPSモニターをのぞいた。「どうしたの?」

ヌーリーは運転に集中し、答えてくれない。

「モニターが動いていないわ。信号が出ていないの?」

車はタイヤをきしませ、左に急カーブをきった。あいかわらず交通量の多い道路を避けて脇道を行き、交差点があればほぼ毎回、違う方向に曲がる。これならアルムスタンも追跡しづらいだろう。

「ねえ、GPSは？」わたしはもう一度訊いた。

「必要ないですから」今度は右に急カーブをきり、つぎの十字路を見つめては、スピードを上げて突っ切った。住宅のある通りをこんな速度で走るのは——時速六十キロ以上は出ているはず——どう考えてもやりすぎだ。

「危ない！」わたしは叫んだ。

自転車二台をかすめて、赤信号を無視したのだ。自転車の人はどちらもなんとか脇によけたものの、片方はかしぎ、転倒した。

「大丈夫だったかしら？」

ジョシュアは体をひねって後ろを見ると、「立ち上がってるみたいだよ」といって、わたしをふりむいた。「こんなに速いと怖い」

「どうしてモニターが止まってるの？」わたしはもう一度ヌーリーに訊いた。

「GPSはハッキングの可能性があるので。これもデルタ計画の一部です。信号解除すれば追跡が困難になる。セーフハウスをつきとめられては困りますからね」

わたしはちょっと考えた。「でも……だったら、シークレット・サービスもこの車を追跡できないじゃない？」

「ですから、デルタ計画を始動したんです。シークレット・サービスはわれわれの目的地を知っていますよ。さあ、しっかりつかまって、ジョシュアから目を離さないでください。かなり揺れますから」

口先だけではなかった。

右に急カーブをきり、高速道路の側道に入る。低木の茂る道は未舗装で、車はがたがたと揺れて走り、シートベルトのありがたみがわかった。ときにはリムジンでさえ激しく上下し、わたしたちの体も大きく跳ねる。

「怖いよ、オリー」ジョシュアの小さな声も震えていた。

「もう少しの辛抱よ」

ヌーリーに目をやった。表情は険しく、目は前方を見据えている。

わたしの携帯電話がポケットのなかで振動した。教室に入るまえに消音して、ずっとそのままだったのだ。ドアの取っ手を握りしめているから、すぐには電話を取れない。たぶんバッキーかシアンが、わたしのようすを知りたくてかけてきたのだろう。ダッシュボードの時計を見ると、十分まえにはホワイトハウスに帰っているはずだった。

第六感——ギャヴのいう〝何かが起こるまえに察知する力〟とは違い、なんともいえない不快感に胃がむかついた。本能的に携帯電話を取り出し、ズボンの下、ショートストッキングのなかに押しこんだ。自分でも理由はわからない。でも、直感を信じたのだ。体は座席の上で跳ねつづけ、ジョシュアでさえ、わたしが手を動かしたのに気づかなかった。電話をかけてきたのが誰なのかは知りたかったけど、いま確認するのは危険な気がした。

「はい、到着です」未舗装の細い道に曲がってから、ヌーリーがいった。前方には、長年使われていないような古い納屋がある。大扉は開き、巨大な口が入っておいでと招いているよない。彼はその納屋に車を入れ、停車した。

「これがセーフハウス？」ジョシュアがいった。「家《ハウス》じゃないし、安全《セーフ》にも見えないけど」

「降りてください」ヌーリーが車のドアを開けた。「さあ、早く」

急かされるままリムジンから降り、納屋の外に出た。

「ここはどこなの？」午後の冷たい風が顔に当たり、どこともわからない場所にいて、暗い空がいっそう暗く感じられた。木々に囲まれ、ジョシュアがいったように家などない。

「この先を曲がります」と、ヌーリー。

彼について灌木の茂みを曲がったところに、シルバーのセダンが停まっていた。後部の窓には黒いフィルムが貼ってある。

「さ、乗って」ヌーリーがいった。

「ここはどこなの？」わたしはもう一度訊いた。「それに、どうして車を乗り換えるの？」

「これがデルタ計画なので」彼は左側の後部ドアを開けた。「早く乗ってください」

ジョシュアが先に乗り、わたしもつづこうとすると、ヌーリーに止められた。

「その袋」と、指さしていう。

学校を出たときからずっと持っていたものだ。

「このトートバッグがどうしたの？」

「渡してください」

背筋がぞくっとした。「どうして？」

「危険なものが入っていないのを確認しなければなりません」

何かおかしい。わたしは動揺し、全身にわけのわからない恐怖が走った。ううん、この恐怖は、ヌーリーが若い護衛官に注射針を突き刺したときからずっとつづいているものだ。わたしはキャンバス地のトートバッグのストラップをぐっと体に引き寄せた。

「危険なものなんて入ってないわ」

「携帯電話は？」と、彼はいった。「電話は追跡対象になる。おそらくすでに追跡されているでしょう」

「持っていないわよ」わたしは嘘をついた。「それにあの運転係の護衛官は？　尋問するんじゃないの？」

「いまどき携帯電話なしで出かけるわけがない。持っていることはわかっています。袋を渡してください」ヌーリーはトートバッグをもぎとると、中身を冷たい土の上にぶちまけた。

「携帯電話はどこです？」

精一杯、怯えて従順なふりをした。でも従順に見せるのは、とてもむずかしい。

「ホワイトハウスに置いてきたの」また嘘をつく。「いまも厨房にあるわ。ジョシュアの教室で電話がかかってきたら困るもの」

彼はわたしの調理服とコック帽を指さした。「ポケットの中身も出してください、残らず全部」

いわれたとおりにした。ポケットに入っていたのはメモだけで、ヌーリーはズボンのポケットも裏返させたけど、何も入っていない。

「アルムスタンは、わたしの個人電話を追跡しようがないと思うわ。どうしてそんなに気にするの？」

ヌーリーは目を細めた。「ほんとに手に負えないな。ジョシュアの子守役が必要なければ、あなたをここに残していくところだ」

冷たい突風が、わたしの希望を吹きとばした。

「早く乗れ」ヌーリーは銃を抜いた。

わたしはセダンに乗った。

ヌーリーは車を急発進させ、灌木の茂みから外に出ると、狭い小道を走った。初めて通る道ではないらしく、ハンドルを握る手に迷いはない。ジョシュアはいまにも吐きそうな顔をしていた。

少年を抱き寄せ、心配ないわよとささやいた。でもジョシュアはその言葉を信じていない。わたしが彼でも、信じなかっただろう。わかっているのは、ジョシュアを手もとで生かしておくかぎり、アルムスタンは主導権を握れるということだ。そしてそれが、彼らの狙いだ。ジョシュアに手をくだせば、切り札を捨てることになる。ジョシュアは彼らにとって消耗品ではない。そしてわたしは、消耗品――。

「これだけは忘れちゃだめよ。お父さまはかならず、あなたを助けに来てくれるから。いい？」わたしはジョシュアにささやいた。日が暮れて暗さが増すなか、車はスピードを上げていく。「お父さまには軍隊も警察もあるし、力を貸してくれる強い人たちはほかにもいっぱいいるわ」ダッシュボードに時計はなく、わたしは自分の腕時計を見た。いまごろはもう、総力をあげた捜索が行なわれているはず。道路は封鎖され、広域手配が敷かれ、空からも捜索しているだろう。ここから見えないかしら？　わたしたちはいまどこにいるの？

それに応えるように、上空からヘリコプターの羽根の音が聞こえてきた。ヌーリーはこれも予想していたのだろう。納屋のなかのリムジンを、空から見つけることはできない。

「どこに行くの？」

「いったとおりだ。セーフハウスに向かう。ただし、そこにいて安全なのはわれわれだけだ。あなたは違う」

26

ようやく高速道路に入った。北西へ走り、ホワイトハウスからどんどん離れていく。ヘリコプターの音も遠くなっていくようだ。車の窓にはスモークフィルムが貼られているから、ジョシュアもわたしもすれ違う車に合図を送ることができない。

「そのうち検問があるわよ。逃げきれないわ」

「わたしはセキュリティの専門家なのを忘れたのかな。やり方くらい承知している」

でも、いまはもう、あなただとわかっているはずよ。シークレット・サービスはあなたの一歩先を行っているはず。

高速から、また細い道に入った。その道はさらに、べつの細い道につながっていた。右に左に何度も曲がって方向転換をくりかえし、わたしはどのあたりを走っているのか、ホワイトハウスからどれくらい離れているのかが、まったくわからなくなっていた。住宅が並ぶ道を走り、その後は民家などまったくない一本道に出た。それからまた右折して、未舗装路を進む。

「ジョシュアは起きてるか？」ヌーリーが訊いた。

車を乗り換えてからというもの、ジョシュアはずっと静かだ。

「起きてるわ」

「よし」ヌーリーは木々の茂る一帯に分け入っていき、狭い空き地に建つ木造の平屋に車を寄せた。その小屋から三十メートルほど離れたところに納屋がある。リムジンを隠したあの納屋よりは大きいけど、あたりは暗く不気味で、これまで走ってきたようすからすると、ここは深い森のなかだ。ヌーリーはまえと同じように、車を納屋に入れてエンジンを切った。そしてこちらをふりむき、運転席の背もたれに肘をかけてジョシュアに呼びかけた。

「お父さんがいったことを覚えてるんだな？　テロリストとは取り引きしないというのを？」

ジョシュアはうなずいた。

ヌーリーはほほえむ。ぞっとする微笑。「このまえは、テロリストに十分な取り引き材料がなかったからだよ」ジョシュアに指をつきつけ、ウィンクする。「でもいまは、立派な材料がある」

彼はわたしたちを急かして車から降ろし、小屋の前まで行った。

「さあ、自分の目でしっかり見るんだ。近くに人はいないだろう？　叫んでも声は届かない。いちばん近い民家でも数キロは離れている」そしてわたしに顔を寄せ、ささやいた。「あなたはジョシュアを置いて逃げるような人ではない。それはわたしにもわかっている。そしてあなたも、たとえ逃げたところで、すぐにつかまるということくらいわかっている。ここで射撃練習をさせないでくれよ。じつはこれでも、射撃の腕はなかなかのものでね」

ぶるっと震えた。寒さではなく、彼の目があまりに冷徹だったからだ。

「わかったわ」わたしは小さく答えた。

玄関に鍵はかかっていなくて、ヌーリーはわたしたちを先に入れた。どうやら入口の部屋はダイニングルームらしい。ずっと使われていないのだろう、リノリウムの床は一面埃で覆われ、シンクに張ったクモの巣はキャビネットまでつづいていた。家主はあわててここを出ていき、いまだ売ることができないといった感じだ。無意識に電気のスイッチを押したけど、ぱちっという音がするだけだった。

「電気は通っていない。廃屋に電気がついたらおかしいだろう？　燃料と水はあるが、それ以上は期待しないほうがいい」ヌーリーは玄関を閉め、二重ロックした。鍵は自分のポケットにしまう。

彼はわたしたちをリビングルームに追いたてた。六メートル四方で天井は低く、カビくさい。折りたたみ椅子と簡易テーブル以外、家具は何もなかった。大きな石造りの暖炉の前には、段ボールの箱がひとつ。正面の窓にかかった分厚いカーテンは閉められ、絨緞はでこぼこ皺《しわ》が寄っていて、わたしはつまずいた。

「大丈夫？」と、ジョシュア。

わたしは黙ってうなずいた。

ヌーリーはドアの鍵が確実に閉まったことを確認すると、こういった。

「出入りできるのはここだけだ」

「いつまで閉じこめるつもり？」

「そのときまでだ」

「何のとき？」

答えは返ってこなかった。空気は張りつめ、息がつまりそうだ。ヌーリーは椅子を指さして命令した。

「すわれ」

わたしとジョシュアはコートを脱ぎ、椅子にすわった。

小屋の奥は暗かったけど、抜け出せそうな窓があるかもしれないと望みをもった。でもヌーリーの横を通って行くのはむずかしいだろう。彼がここから離れるとは思えない。それでも、もっと暗くなれば……。

やるだけやってみなくては。ヌーリーの監視下でじっとしているだけよりは、はるかにましだ。

「トイレに行きたい」ジョシュアがいった。

「こっちだ」ヌーリーがそっけなくいい、わたしたちを先に歩かせ、奥に進んだ。ジョシュアはわたしの手を握っている。廊下の先に、ふたつの寝室と小さなバスルームがあった。どちらの寝室も、窓から薄暗い光が射し込んではいるけど、内側に逃亡防止の鉄格子が嵌《は》められている。一方、バスルームのほうは窓ではなくガラスブロックだ。これでは望みなし。

「ここだ。暗くても我慢しろ」

ジョシュアは深刻な面持ちでうなずき、ドアを閉めた。

「わたしはリビングにもどってもいい？」

「よけいなことはするな。オリヴィア・パラスがどんな人間かはわかっている。ここでおとなしく待っていろ」

「どうしてこんなことをするの？　あなたに何があったの？」

ヌーリーの目は鋼鉄のようで、薄暗い廊下でも怒りにぎらつくのがわかった。

「何もない。すべてが正しく整っただけだ」

「どういうこと？　あなたはシークレット・サービスの護衛官でしょう？　誓ったはずよ――」

「人が何を誓ったかなど、あなたにわかるわけがない」

「何をいいたいの？」

「あなたは愚かだ。あなたは女で、あなたは弱い。それだけ知っておけば十分だ」

一分ほどして、水の流れる音がした。「石鹸がないよ」なかからジョシュアがいった。

「坊や、人生は厳しいものだ。お上品では生きていけないことを、そろそろ学んでもいいだろう」

間もなくドアが開き、濡れた手をズボンで拭きながらジョシュアが出てきた。

「タオルもなかったよ」

すばらしい、と思った。少年はじつに気丈に振る舞っている。わたしだったら、この歳ごろにはここまでできなかっただろう。

　ヌーリーはまたわたしたちを急かし、リビングルームにもどって椅子にすわらせた。彼自身は暖炉の前のレンガ床に腰をおろす。そして段ボール箱を手もとに引き寄せ、蓋を開けてクラッカーと水のボトルを一本、ラジオを取り出した。

　彼はラジオのスイッチを入れてから腕時計に目をやり、顔をしかめた。予定より遅れてしまった、という印象だ。あるいは、ほかの誰かの行動が予定より遅れているのか――。

「静かにしていろ」いう必要もないのにそういうと、彼はラジオのつまみをいじりはじめた。

　ジョシュアはクラッカーと水を見つめている。

「いいかしら？」わたしは水とクラッカーに手をのばしかけた。

　ヌーリーはすぐさま箱をどけた。「さわるな」

　ヌーリーの顔つきはたまらなく恐ろしい。でもすなおに引き下がるわけにはいかなかった。

「ジョシュアは子どもよ。少しでいいからクラッカーとお水をあげてちょうだい」

　ヌーリーは箱をジョシュアのほうに押した。

「少しなら食べてもいい。だが、あなたは――」わたしを指さす。「だめだ」

　ジョシュアはひるんで、水にもクラッカーにも手をつけられない。怯えきった目でわたしを見上げ、わたしがうなずくと、ようやく手をのばした。

　ヌーリーはラジオのチャンネルを合わせながらいった。

「計画では、ヴァージルのはずだったんだ。ところが、あいつ、休みやがって」

ラジオからアナウンサーの声が聞こえてきて、ヌーリーは手を止めた――「ニュース速報です。きょうの午後、ハイデン大統領の長男ジョシュアが通うドローサ・アカデミーが襲撃されました。ジョシュアを狙ったものと考えられますが、負傷した生徒はひとりもいません。警護に当たっていたシークレット・サービスがジョシュアを保護しました。現時点で、襲撃の目的および首謀者は不明です。ジョシュアは安全な場所に避難し、間もなく最新情報が入るでしょう。チャンネルはそのままで」

「完璧だ」ヌーリーはつかのま緊張を解いたようだった。でもまた腕時計を見て、顔をしかめる。

「誰かを待っているの？」

「黙れ」

ヌーリーは段ボール箱をのぞき、何かを探した。わたしはふくらはぎで携帯電話が振動するのを感じ、彼に振動音が聞こえないようすばやく立ち上がると、「トイレに行きたい」といった。

ヌーリーは顔を上げた。「我慢しろ」

わたしはあとずさり、いかにも我慢しているようにもじもじした。いまいちばん大切なのは、携帯電話の振動音を隠すことだ。めまいがするほどうれしくて、全身にエネルギーが湧いてくる。受信できたということは、電話で助けを呼べるということ――。

「一分ですむから、お願い」

「すわれ！」ヌーリーは怒鳴った。「いいかげんにしろ！」

ジョシュアが椅子のなかで縮こまった。

「こんなふうに閉じこめられたら……」わたしは円を描いて歩き、少しでもヌーリーから離れようとした。小さな振動音を隠すため、声を大きくする。わたし自身は足で感じることができるから問題ない。ともかくいまは、いかなる危険もおかせなかった。どうか早く、振動がやみますように。呼び出し音が五回で留守番電話に切り替わるよう設定しておけばよかったと悔やむ。このぶんでは電源が切れるまで振動しつづけそうだ。「……怖くて何もできないわ」声をはりあげる。「どうしてわたしがこんなめにあうの？」

鍵の回る音がして、わたしは歩くのをやめた。ヌーリーはすぐに立ち上がり、大股でドアに向かう。わたしのことは念頭にないようで、ありがたかった。電話の振動はようやく止まり、取り出して助けを求めるメールを送りたいけど、ジョシュアとふたりきりになるまでは何もできない。

男の声が聞こえ、ヌーリーは外国語で挨拶している。断定はできないけど、たぶんアルムスタン語だろう。やってきた男の声は太くて大きいものの、言葉はひとつも理解できなかった。ジョシュアがしくしく泣きはじめ、わたしはそばに寄った。

「ぼくたちどうなるの？」

「わからないわ。でも心配ない。大丈夫よ」

「約束してくれる？」

それはできない。わたしは少年の腕を取った。お父さまと交渉しなくちゃいけないから」

「彼らはあなたを傷つけたりしないわ。「でもオリーは?」

ジョシュアの目は不安でいっぱいだ。「わたしのことも傷つけない。あなたのお世話をしなくちゃ
わたしは少年を抱き寄せた。

いけないから」

「ほんとにトイレに行きたいの?」

「ううん」

「よかった。ぼく、すごく心配したんだ」ジョシュアは箱から取ったクラッカーを何枚か差し出した。「食べる?」

わたしは首を振った。

そのあとすぐ、ヌーリーと仲間が部屋に入ってきた。電気照明がないからはっきりとはわからないけど、仲間はヌーリーより年上のようで——五十歳近いだろうか——髪はふさふさし、身長は百八十センチくらい、体重は百キロ以上ありそうだ。

「同志はおまえに何を求めているかを話しただろうか?」男は訛りのある英語で訊いた。

「いいえ。ヌーリーは……この人は、何も話さなかったわ」

「おまえは愚かにも、悪いときに悪い場所にいた」大男はわたしに近づいてきた。「女は男より、はるかに価値が低い。われわれは、おまえの相棒の男を利用するつもりだった」

「あら、そう」恐怖のあまり、それしかいえない。

「女は弱い。女はすぐ壊れる」うんざりしたようにいうと、ヌーリーに顔を向けた。「組織のなかに裏切り者を見つけた」

「誰です？　何があったんです？」

大男は首をすくめた。「もはや脅威ではない。だが、その男はおまえと同じ捜査官だ。名前はギャレン」

ヌーリーは無反応だったけど、わたしの口の中はからからになった。ひょっとして、ギャヴのこと？

「わたしがこの手で殺した」男はさらりといい、こちらに注意をもどした。「撮影の時間を長くするつもりだったが、おまえのせいで短縮しなければならなくなった」

何もいえない。恐怖で頭が麻痺している。ギャヴが心配。ジョシュアが心配。そしてわたし自身も。

「撮影？」ジョシュアが訊いた。「テレビのこと？」

「おまえの父親の気をひくにはそれがいいだろう？　おまえたちを連れていく。われわれの兄弟が準備をして待っている」男は狭いリビングルームを見まわした。「時が来るまで、ここにいろ」

男はわたしの正面まで来て、じっと見下ろした。頬がこけ、目がくぼんでいる男の顔は、薄暗いなかで、さながら死人のようだった。

「おまえたちを力ずくで服従させることはしない。そのほうがむしろやつらは警戒し、こちらのいいなりになりやすい。だが、よけいな抵抗はするな。すれば薬を使うことになる」

「わたしたちをどこへ連れていくの?」

男はかぶりを振った。「計画を台無しにしたのはおまえだ。おまえさえいなければ、この子らを――」ジョシュアを指さす。「一週間まえには人質にし、われわれは目的を達成できていた。われらが教父ファーボッドは、いまも刑務所にいる。人質は子どもひとりになったが、おまえに報復する機会は得られた」男はにやりと笑い、わたしの背筋は凍った。「おまえへの報復は、ここアメリカの地で、カメラの前で行なう。まさしく、因果応報ではないか? 恐れることはない。おまえの名は、国のために命を捧げた者として、歴史に刻まれるだろう」両手を広げて宙を仰ぐ。「多くの男がそのような死を望む。女にはもったいない死だ」

ジョシュアは身動きひとつしなかった。わたしは何かいおうにも、口がまったくきけない。

「われわれはおまえの敵だ」いまさらのように男はいった。「アメリカの男たちは、いったい何をやっているのか。おかげでわたしはもうひとり、女を相手にしなくてはいけなくなった。センガ刑務所の、あの女議員だ」床につばを吐き、わたしを睨みつける。「あの女のせいで、ここに来るのが遅れた」ジョシュアの顎を撫で、ウィンクする。「幼い子よ、男は勇敢でいろ」

ヌーリーはこの男に、小屋を出るのはいつごろになるかと英語で訊き、男は(ヌーリーは彼を〝サミ〟と呼んだ)、母国語で答えた。声の調子から、サミは憤り――計画が遅れているせいだろうか？——ふたりとも、女を相手にすることにうんざりしているようだった。わたしを指さし、侮蔑の表情をしたからだ。

　ジョシュアがしくしく泣きはじめた。「オリーをいじめないで」

「わたしなら大丈夫よ」とはいったものの、けっして本心ではない。携帯電話を使いたかった。でも、ふたりともこんなに近くにいたら、取り出すことすらできない。それに、誰に連絡すればいい？　わたしはごくりとつばを飲みこんだ。

　捜査官が殺されたなどと考えたくなかった。それがギャグだと思うのもいやだ。ともかくいまは、ジョシュアのことを一番に考えなくては——。

　今後の行動計画を練る。そしてもし電話を使えたら、トム宛にメールしようと決めた。

　男たちはずいぶん熱く議論していたけど、ヌーリーがサミの指示をしぶしぶ承諾したようで、会話はおちついた。ふたりは身振り手振りを交えて話し、サミは時おり部屋を歩きまわる。どちらもわたしたちのことはさして気にとめていなかった。

　ふくらはぎをさわりたい。携帯電話の位置を確かめたい。でも、我慢しなくては。どんな動きであれ、怪しまれるのは確実だ。男たちが話すのを見ながら、言葉は理解できなくても、どういう傾向の話なのかを推測しようとした。

　べそをかいていたジョシュアが、あからさまに泣きはじめた。サミの顔が怒りにゆがむ。彼はヌーリーと話すのをやめてジョシュアのところまで来ると、「泣くな！」と怒鳴りつけた。ところがそれで、泣き声はかえって大きくなった。

ジョシュアはわたしの肩に顔を埋めようとした。でも哀れなほど泣きじゃくる少年に、男たちはうんざりしたらしい。サミは奥の寝室を指さし、ヌーリーに何か尋ねた。おそらく、寝室から逃亡可能かどうかを訊いたのだろう。ヌーリーは、バスルームを示しながら答えた。ドアをノックする音がして、ヌーリーがわたしの腕をつかんだ。彼が何かいい、サミはしぶしぶ同意する。

わたしはジョシュアをなだめるふりをして顔を寄せ、泣きつづけなさい、と耳打ちした。少年はいわれたとおりにし、サミは静かにしろとまた怒鳴る。ヌーリーはわたしとジョシュアをバスルームまで引っ張っていくと、「泣きやませろ」といってドアをぴしゃりと閉めた。彼がいなくなるとすぐ、わたしはジョシュアに身振りで指示した——ドアにもたれてすわりなさい、そして泣きつづけなさい。彼は身振りの意味を理解し、いっそう激しく泣きはじめた。でもわたしがストッキングのなかから携帯電話を取り出すと、ジョシュアはびっくりし、一瞬泣きやんだ。わたしは頭を振り、泣きつづけるよう促す。ジョシュアはすぐまた声をあげて泣きだした。

わたしの携帯電話は、たとえマナーモードでも、キーを押せば音が出る。それを解除する方法もあるはずだけど、いまは調べている余裕がない。バスタブの端に腰かけて電話を見ると、着信が二件、未読メールが二通。留守番電話を聞くほどの時間はないから、ともかくメールしなくては。と思ったとき、未読メッセージの送り手はギャヴだとわかった。

心臓が跳ねあがった。彼は生きている。

最初のメールは――〝すべて順調。また電話する〟

二通めは、ほんの数分まえだ――〝どこにいる？〟

わたしは短い感謝の祈りをつぶやいた。ギャヴは無事でいる。でも、わたしとジョシュアは無事じゃない。急いで返信ボタンを押した。ジョシュアはわたしが何をしているのか気になったのだろう、泣き声がしぼんだ。わたしは顔を上げて目を合わせる。ジョシュアは察したようで、うなずくとまた大声で泣きはじめた。

返信を入力する――〝助けて。ヌーリーは敵。北西、遠い。林の小屋。納屋あり。シルバーのセダン。もうじきここを出る〟

汗のにじむ手で電話を握りしめ、返信を待った。届かなかったらどうしよう？　このバスルームは電波がつながらないとか？　早く、早く、と電話を見つめる。アンテナは二本。メールには十分なはずだ。

わたしはもう一通、メールを書いた。〝Jは無事。要求はいずれ映像配信。仲間はべつの場所。そちらへ移動。この電話はGPSで追跡可能か？〟

バスタブの縁でただ返信を待つわけにはいかない。トムにもメールをした――〝誘拐犯はヌーリー。助けて。GPSで追跡頼む〟

あとは誰に連絡すればいい？　助けてくれる力があるのは？

九一一を押すと、女性の声がした。しゃべる危険はおかせないから、小さく「助けて」とだけささやく。どんな緊急事態かと、くりかえし尋ねる声を無視して電話を切る。

携帯電話が震えた。ギャヴだ。メールの文字はひとつもないけど、メッセージははっきりしている。彼はわたしのメールを受信し、読んで理解はしたが、文章は送れない。

わたしたちを見つけられるかしら？　携帯電話のGPSに関し、わたしはまったく無知だ。テレビ・ドラマに出てくる女性FBI捜査官は、犯人の携帯電話が鳴ったとたん、居場所を特定できる。現実に、そこまでできる専門家はいるのだろうか？　ジョシュアに目をやると、ドアに耳を押しつけていた。ドラマのようなことが現実にあるといい、と心から願う。

ギャヴはわたしの電話が取り上げられることを警戒し、具体的なことはけっして知らせてこないだろう。それでももう一度メールしたくて、〝お願い〟と入力しはじめた。するとジョシュアがわたしをふりむき、両手を激しく振った。彼らが来たのだ。わたしはあわてて送信ボタンを押し、電話をストッキングのなかに突っこんだ。と、ちょうどそこでドアが開き、ジョシュアにまともにぶつかった。ジョシュアは本気で泣きはじめた。

「ドアから離れろ！」ヌーリーがいい、わたしがズボンの裾を下ろしているのを見ると、たったの二歩で前まで来た。「何をしていた？」

彼はわたしのズボンの裾を乱暴に引き上げた。電話を見つけて悪態をつき、大声で叫ぶ。またべつの男が飛びこんできた。どこか見覚えのある顔。彼も悪態をついた。

「すぐにここを出よう」ヌーリーがいった。

「いや、まだ早い」三人めの男は英語で反論した。「サミは一時間待てといっていた」腕時計に目をやり、ボタンを押して画面を光らせた。「彼が出ていったのは、ほんの二、三分まえだ」

「仕方ないさ」ヌーリーはわたしの腕をつかんで立たせた。「サミに電話をして、こちらも出発したと伝えろ」

「サミは電話で連絡するなといった。だからおれは、かけない」

「しかしこれは想定外の事態だ」

「それでも連絡はできないんだよ。しょうがねえなあ……時間をかけてゆっくり車を走らせるとするか」

ヌーリーはつま先で便座を蹴って開けると、携帯電話を落として水を流した。

「シークレット・サービスは、じきここに来る。だがそのころには、もぬけの殻《から》だ」

「どこに行くの？」

わたしが訊くと、三人めの男がにやりと笑った。その顔に、わたしはどこでこの男を見たのかを思い出した。

「喜びなよ、お嬢さん。全国放送デビューの時間だ」

27

「残念だな、ここを出るのは。撮影場所にはぴったりだったのに」三人めの男は、病院の人質事件のあと、テレビ報道されつづけたデヴォン・クラーだ。法律の隙間を縫って釈放され、セクレスト議員はその行方を懸念していた。訛りのない英語で話すが、声は高く、不気味に響く。「いくら悲鳴をあげても、誰にも聞こえないしな」

「そこまでだ」ヌーリーは彼にいうと、わたしのからだを引っ張った。肩がバスルームのドアノブにぶつかり、わたしは悲鳴をあげた。でもヌーリーは、手をゆるめない。わたしはほとんどパニック状態で、ジョシュアといっしょにリビングルームに連れていかれた。

「コートを着ろ」ヌーリーが命じた。それからクラーに向かい、「小さな手がかりでも残すわけにはいかない」といった。「それがサミの指示だ」

「ヘマをするなってか？」

ヌーリーはわたしを見た。「この女のおかげで台無しだ」

クラーはかぶりを振った。「あんたの責任だよ」

ヌーリーはその言葉を無視した。「追手はそうすぐには来ない。地元警察もだ。ＦＢＩがここを特定できても、時間はかかるだろう。そのまえには姿をくらます」

「この女が誰に連絡をとったのか、電話をトイレに流すまえに、なんで確かめなかった？」

「それがどうした？　よけいな時間がかかるだけだ。さあ、もうおしゃべりはおしまいだ。早くここを出ないと……」

彼はそれ以上いわなかった。

一秒でも長くここに留まれば、それだけわたしたちには有利だ。ジョシュアのほうに身をかがめ、わたしはささやいた。「時間を稼ぐの。逃げるふりをなさい。体をつかまれないようにするの」

わたしはコートを着るのに時間をかけ、ジョシュアも同じようにのろのろした。

「急げ」クラーがいった。「それにしても、なんでこの女なんだ？　男じゃなかったのか？」

「状況は刻一刻と変わるんだよ。いいから、ふたりを外に出せ。こっちは車をとりにいってくる」

ヌーリーは小屋を出ていき、クラーはジョシュアに、さっさとジャケットを着ろと怒鳴った。いらいらし、ついには「着なくていい！」といって、ジョシュアの腕をつかもうとした。が、ジョシュアはひょいと身をかがめた。「おい！」

クラーはまたジョシュアの腕をつかもうとした。でもジョシュアは椅子の後ろに逃げ、クラーの手を避けて、右に左に身をかわす。暗闇のなかで、うんざりしたように毒づくクラーの声が聞こえ、わたしは彼の背中に飛びかかった。全身の力を込めてジョシュアから遠ざける。

クラーはわたしをつきとばし、わたしは床に倒れこんだ。ジョシュアが叫び、クラーの荒い息遣いと満足げなつぶやきから、ジョシュアをつかまえたのがわかった。

「立て！」クラーがわたしにいった。「二度とばかなまねはするな」

これで一分、もしかしたら二分は時間を稼げただろう。

「わたしは出ていかないわ。ジョシュアもよ」

「ああ、そうですか」

クラーがジョシュアを引きずってドアに向かった。わたしは急いで追いかけると、ジョシュアの小さな体を抱きしめて、「ごめんね」といいながらいっしょに床に倒れた。クラーは少年を引っぱりあげようとする。

「こんなことをしても、怪我をするだけだぞ」

ジョシュアは泣いていたけど、大丈夫という小さな声が聞こえた。

「行くぞ」クラーは少年の左手を強く引っぱった。

わたしは床にすわりこみ、絶対に放すもんかとジョシュアを抱きしめる。そうやって三人でもつれあっているところへ、ヌーリーの大きな足音がした。

「なにをもたもたしてるんだ？」

そのときのようすは、いまでもよく思い出せない。でもヌーリーは悪態をつきながら、わたしの腕をジョシュアから引きはがした。

「子どもをバンに乗せろ。女はわたしが運ぶ」

そしてヌーリーは、言葉どおりにした。わたしを肩にかついで外に出たのだ。鍵をかけるときに逃げようと思ったけど、いまさら小屋に鍵をかける必要などなかったらしい。暗闇のなかに白い貨物用のバンが停まっていた。車体のロゴを見ようとしたけど、暗くてわからない。わたしはそのバンに放りこまれた。右にも左にも、そして後ろにも窓はなく、ルームライトが金属むき出しの荷台をぼんやり照らしている。ジョシュアはその荷台の隅で、小さく丸まっていた。床も内壁もいっさい手が加えられておらず、すべてがむきだしでとても冷たい。ただでさえつらいのに、これで移動するとなると、もっとつらいだろう。

「毛布か何かないの？」

ヌーリーは答えず、外からサイドドアを閉めた。

クラーは助手席にすわりながら「急げ！」というと、後ろにいるわたしに親指をつきつけた。「この女、何をやらかすかわかったもんじゃない」

「彼女は計算外だったな」

「手に負えねえよ」クラーは助手席側のドアを閉めた。

ヌーリーはバンの前方をまわって運転席のほうに行った。

「ルートは知ってるんだよな？」運転席にすわって尋ねる。

クラーは窓を開け、手をのばしてサイドミラーを調節した。

「ああ、高速にもどってから――」携帯型のGPSの電源を入れる。「北へ行く」

「そのGPSは追跡されないだろうな？」

「百万年かかっても無理だ」

「よし、行くぞ」ヌーリーはギアを入れ、車を出した。タイヤが小石をはねあげて、車台に当たる。いったん走り出したら、ギャヴに居場所を伝えようにも、わたし自身が居場所を特定できない。それに、彼はこの白いバンではなく、シルバーのセダンを捜すだろう。わたしがメールにそう書いてしまったから……。

ヌーリーとクラーの真後ろに行く。フロントガラス越しに外を見られるし、ふたりの会話を漏らさず聞ける。それに、うまくいけば、すれ違う車に合図を送ることができるかもしれない。

「下がってろ」クラーがいった。銃を引き抜き、わたしに向ける。「引き金をひいたら、鼓膜が破れるぞ。こんなに近けりゃ、狙いをはずしたくてもはずせないしな」

わたしは後ろへ下がった。「あなたは誰？」

「愛国者だよ。正義が果たされるまでは眠ることのない、大勢の愛国者のひとりだ」

「正義？」声に怒りがのぞいてしまう。「これはテロだわ」

「よせ」ヌーリーはとがめるように、ちらっとクラーを見た。「口を閉じておけ」

こんなに後ろにいたら、GPS画面も外の景色も見えないから、走っている場所の見当をつけることができない。ジョシュアとわたしの運命は、男たちの手に握られている……。しかも、残された時間は少ないらしい。わたしは絶望感に襲われ、頭を抱えた。ジョシュアがそばに寄ってきたのにも気づかず、袖を引っ張られてぎくっとする。

「ぼくたち、どうなるの?」

「そ、それは……」喉が詰まった。「わからないわ」

ヌーリーはヘッドライトをつけずに車を走らせ、砂利道に入ったところで減速した。これは小屋に連れていかれたときと同じ道だ。そう、たしかクラーは、高速道路にもどるといっていた。彼の肩越しにGPSをのぞき、右折も左折もすべてを、あらゆる目印を記憶に刻もうと心に決めた。もしチャンスが巡ってきたら、その記憶をたどるのだ。

ヌーリーは左に曲がろうと、速度をおとした。

「ちょっと待て」クラーがハンドルに手をかける。

「どうした?」

彼は右に顎を振った。「車が来る」

期待に胸をふくらませた……。でも、それは三十台の救出部隊ではなく、坂をのぼってくるたった一台の乗用車だった。地面を照らす低いヘッドライトとうなるエンジン音からスポーツカーのようで、助けに来てくれたのではないとわかる。そしてその車とすれちがいかけたとき、べつの車が猛スピードで左の角を曲がってきた。

「いやに車が通るな」クラーがいった。

「ああ、それも急にだ。ここで何かあるのか? サミの話だと、このあたりは閑散としてい

いた」

「若い連中だろ。十代ならやりそうだよ。人通りの少ない場所を見つけるのがうまいからな。あの小屋が道をはずれた場所でよかったよ。でなきゃ、この車に乗せるやつがもっと増えてるはずだが」

「乗せられたやつは、自業自得さ」ヌーリーはヘッドライトをつけ、舗装路に入った。

それから一、二キロ走るあいだ、クラーとヌーリーは静かに話していた。わたしは気持ちがあせるばかりで、頭が働かない。何かをしなくてはいけないのに、まともな考えが浮かばないのだ。思いつくのは支離滅裂、荒唐無稽なことばかり——。ジョシュアはいやにおとなしかった。目をやると、丸まってうつらうつらしている。このまま寝かせておいてあげたい、たとえ短いあいだでも、危険な状況を忘れられるなら。でも……。

「ジョシュア」わたしは少年の腕を揺すった。

ジョシュアは九歳の男の子らしく、寝ているところを起こされてびくっとした。寝ぼけまなこはほんの一瞬で、すぐ現実にひきもどされる。

「着いたの?」

「まだよ。でもお願い、手伝ってちょうだい。少し騒いでほしいの。それでふたりの気をそらすのよ。うるさくして、困らせるの。怒りが爆発しない程度にね」

「どうして?」ジョシュアは目をこすりながら訊いた。

「どうしても。時間を稼いでほしいの」

ジョシュアは膝歩きで前に行った。

「トイレに行きたい」めそめそした調子でいう。

「さっき行ったばかりだろ」と、ヌーリー。

「でも、水をいっぱい飲んじゃったから」

クラーが顔半分ふりかえっていった。「しばらく我慢しな」

「だけど、お腹もすいたし、疲れたし、それに、ぼく……お母さんに会いたい」最後の言葉がお芝居をお芝居でなくし、少年はこらえきれず、本気でしくしく泣きはじめた。

「泣くな！」クラーが怒鳴る。

そのあとの光景は見ていない。わたしはじわじわと後ろに移動したからだ。このときばかりは、車にまったく手が加えられていないのをありがたいと思った。左側のビニールカバーの端をめくると、テールランプの裏面がむきだしになる。そこに右足を当て、ジョシュアの泣き声が最高潮に達したと思えるや、満身の力を込めて押した。

ランプははずれないまでも、ぐらついたように思う。さらにもう一度、思いきり押してみる。

「そこで何をしてる?」

「車に酔ったみたい」わたしは嘘をついた。「吐きたいの」

ジョシュアは察してくれたのだろう、さらに不満を並べたて、泣き叫ぶ。「家に帰りたい！」しゃくりあげては、また訴える。「帰りたいよ！」

わたしはもう一度、テールランプを力いっぱい押した。すると固定用のツメがずれてランプははずれ、そこから冷たい空気が流れこんできた。腰に巻いていたエプロンを取り、開いた隙間に詰めこむ。さらに靴を片方脱いで、エプロンの紐を巻きつけた。靴は隙間より大きいから、抜けて外に飛び出すことはないだろう。そしてエプロンは、走る車の後ろでひらひら風に舞うはずだ。

でもエプロンは、降伏の白旗ではない。

ヌーリーが声をあげた。「どういうことだ？　ボードに、テールランプが片方はずれたと出てるぞ」彼がこちらをふりむこうとすると、今度はクラーが大声でいった。

「おまえは運転してろ！」クラーは背後を見ようとしたけど、わたしが視界をふさいだ。

「テールランプがはずれた……」ヌーリーがくりかえした。「あの女がやったのか？」

「このまま走らせるしかない」

ジョシュアは泣きやみ、わたしをふりかえって親指を立てた――〝わりと簡単だったね〟

「このあたりは無人だ。そのまま運転しろ」クラーがいった。

「田舎者の警官が追ってきたらどうする？」

「いいから運転をつづけろ」

あの〝セーフハウス〟からここまで、十キロくらいは走っただろうか。ギャヴが助けに来てくれる、というのははかない希望でしかなくなった。彼はバンを捕らえるタイミングを見計らっていると信じたかったけど、セーフハウスを出てからは、一分一秒たつごとに、その可能性がいかに低いかを思い知らされた。

対向車のヘッドライトなどまったく見えず、後ろに車がいるのかどうかもわからない。バンの後尾ではためくエプロンのことを、誰か通報してくれるかしら？ それとも、新手の奇妙な宣伝か何かだと思われるだけ？ 注意深い警官が気づいてバンを止めてくれたとして、そのあとは？ 何も知らない警官は、職務を忠実に果たしたせいで撃たれてしまう？

万が一を思い、エプロンの旗を取ろうかと悩んだ。でも、ジョシュアのことを考えて思いとどまる。車内は寒くなる一方で、ぶるぶる震えた。全身が緊張している。金属の冷たさと、誘拐犯たちの冷酷さのせいで、まともに考えるのがむずかしい。でも、考えなくては。ジョシュアを守るのは、わたししかいない。

「あとどれくらいだ？」ヌーリーが訊いた。

クラーはGPSを確認した。「もうじき高速で、十五キロほど行ったら北へ八キロだ」

期待がふくらむ。高速を走る車が、きっと気づいてくれるだろう。

「時間的に少し早いな。サミはいい顔をしないだろう」

「そうか。だったら高速はやめるか。脇道なら時間調整できる」

期待がしぼんだ。二十数キロのうちに、なんとかしなくてはいけない。でも、何も思いつかない……。

ジョシュアが信頼しきった目でわたしを見上げ、胸が苦しくなった。ジョシュアのことを思い、自分自身のことも思う。

わたしは自分にできる精一杯のことをした？　もしたのなら──今度は自分以外の人の力を借りればいい？

「そこを右だ」クラーがいった。

ジョシュアに〝後ろに下がって〟と指で合図し、少年は後ろに下がった。具体的な計画はない。ヌーリーとクラーの計画を阻止する、というだけだ。ともかく混乱状態をつくろう。そこでチャンスを見つけ、つかむのだ。

カーブを曲がりきると、クラーはまたGPSを見た。車が一台、こちらに向かってくる。誰も怪我をしませんようにと祈りつつ、わたしは運転席と助手席のあいだに飛びこんだ。対向車の進路をふさぐように、ハンドルをつかんで左に回す。

クラーとヌーリーが、耳をつんざくほどの怒声をあげた。バンのタイヤがきしむ音。対向車のクラクションが鳴り響く。バンは大きくスリップし、ジョシュアはころがって、痛みに泣き叫んだ。でもバンが停車するまで、わたしはハンドルから手を離さなかった。衝突は回避。対向車も止まって、ドライバーは車から降りるとこちらへ走ってきた。拳を振り上げ、大声で叫んでいる。

ヌーリーにためらいはなかった。すぐハンドルを右に回してアクセルを踏む。バンは激しく揺れ、クラーは助手席からずり落ちわめいた。ジョシュアは悲鳴をあげる。ヌーリーは毒づきながらも、揺れるハンドルを両手で押さえ、車の体勢を整えた。そしてアクセルをさらに踏む。

殺気立った目つきのクラーが後ろにやってきた。ヌーリーは、わたしを縛り上げろと叫んでいる。

クラーは車内を見まわした。「ロープはあるか？」

「使えるものなら何でもいいだろ」

そこでクラーは、はずれたテールランプに目をとめた。「おまえがやったな？」

彼は靴を引っぱったけど、車外のエプロンは風をはらんでふくらみ、はためき、抵抗する。そしてもう一度引っぱって、ようやく引き入れることができた。

「これを使うかな」

ヌーリーはクラーの言葉を無視し、代わりにこう尋ねた。

「この道を直進していいのか？　それともまた北方面か？」

「おれが助手席にもどるまで、そのまま行け」クラーはエプロンの紐を引きちぎり、それを使って――からまり、外気にさらされて冷たい――わたしを後ろ手に縛った。「足も縛ったほうがいいな」彼はジョシュアをふりかえった。「靴紐をもらおうか」

ジョシュアは自分の靴を指さした。「紐はついてないよ」

クラーはわたしに視線をもどし、わたしは頭を横に振った。

「動くんじゃないぞ」クラーはしゃがんで自分の靴紐をはずしはじめた。「今度の作戦は……」ヌーリーに話しかける。「過去最悪だな。何ひとつ、まともにいきやしない」

「その言葉、サミに聞かせたいか？」

「これはサミの作戦か？」

「この道はあとどれくらいだ？」ヌーリーがまた訊いた。「このまま走れば、町に入る」

クラーは靴紐を抜き終えると、それでわたしの左右の足首をきつく縛りつけた。手首のエプロンの紐と同じように、皮膚に食いこむほどだった。彼は立ち上がって窓の外に目をやり、そのすきにわたしは手首をくねらせてみた。でも、紐にゆるみはまったくない。

クラーは助手席にもどった。「もっと手前で曲がってないとだめだ」

「だから訊いただろ？」

「だからいま答えたんだよ」

「ふん」ヌーリーは我慢の限界に近いようだ。乱暴にUターンして、来た道をもどっていく。

「まったくばかげてるよ」

「そうだな」

三キロほどもどり、クラーが左に曲がれといった。

「ここでいいんだな？」

ヌーリーが確認しても、クラーは答えない。

わたしの手首は痛み、くるぶしは擦れ、ジョシュアが結び目をゆるめようとすると、クラーが離れていろと怒鳴りつけた。

「これまでいっぱいがんばったでしょ」わたしはジョシュアにささやいた。「でも、これからもがんばろうね。あなたをカメラの前に立たせるつもりらしいから、ご両親に居場所を教えられる言葉を考えてみよう。ご両親にはわかっても、悪い人たちにはわからない言葉よ」

ジョシュアはとまどったようにわたしを見上げた。「どういうこと？」

「車を降りたら、まわりを見てみるの。場所の目印になりそうなものがあったら、カメラの前でそれを話してちょうだい。たとえば、家族で旅行した場所に似ていたら、その旅行について話すの」

「旅行？」

子どもには無理かしら。「何でもいいのよ、手がかりになることだったら。ちょっとむずかしいかな。命中率も低いかも。だけどがんばってみよう。あきらめるのは——」

「何しゃべってんだ！」クラーが怒鳴った。

それからは、わたしもジョシュアも黙りこくった。

28

「ここを左か?」と、ヌーリー。

「いや。このつぎだ」と、クラー。「そういや、あんたは本部に行ったことがないんだな」

「本来なら、ここにいるはずもなかったんだ」ヌーリーは指示された場所で左折した。「病院の件が計画どおりうまくいってさえいたら……」その先はいわない。「こうして正体をばらした以上、逃げるしかない」

「できるかな。かなりきついぞ」

それからしばらくは静寂がつづいた。

「あと一キロ半くらいだ。つぎの交差点を右」クラーは一拍置いてから訊いた。「なんで子どもをすぐ本部に連れていかなかった? 誰かがそう指示してもよかったはずだがな。わざわざセーフハウスに寄り道したのはどうしてだ?」

ヌーリーはいらついた。「サミは子どもがいるときに何かあった場合、本部まで巻きこまれないようにしたかったんだよ。本部を安全圏に置いておくには、こうするしかなかった」

「そういうことか」

クラーはわたしをふりかえった。「この女は、ほんとにお荷物だ。始末に負えねえよ。誰がこの女を接待するんだ？」

手首とくるぶしの痛みが消えた。接待する？ つまり、殺すということ？

「決めるのはサミだ」と、ヌーリー。「だが、わたしに任せてくれれば……」

「そこを左だ」

ヌーリーは左折した。「ずいぶん遠いな」

「あたりまえだ」

街灯のない道をさらに五分ほど走ると、クラーはヌーリーに減速するようにいった。

「あの門に寄せてくれ。見張りが来ないと通れない」

門には上から下まで有刺鉄線がびっしり巻かれてあった。ヘッドライトの明かりの先は、真っ暗でよく見えない。まるで地獄へつづく門のようだ。

ヌーリーは車を止めてギアをパーキングにした。そして一分ほどがたつ。

「どうしてこんなに時間がかかる？」

クラーは腕時計のライトをつけて時間を確認した。

「予定より二十分くらい早いからだろう」

「勘弁してほしいな」ヌーリーはハンドルを叩いた。「本部の建物はここからどれくらいだ？どっちかフェンスを乗り越えて、到着を知らせに行くか？」

「頭を撃ち抜かれたいのか？」クラーはシートに深くもたれかかった。「待つしかないよ」

それから一分とたたずに、見張りの男が小走りでこちらに向かってきた。わたしはからだをずらし、フロントガラスから外を見てみた。見張りは若くて髭をはやし……わたしは息をのんだ。ヘッドライトを消すよう、ヌーリーに腕を振った見張りの男は迷彩服を着て、胸の前にマシンガンを持っていたのだ。わたしがはっと息をのむ音にジョシュアは身をこわばらせ、外に目をやった。でもそのときはもう、ヘッドライトは消されていた。

ヌーリーが運転席側の窓を下げた。マシンガンの若者は外国語でいくつか質問をしたけど、クラーは言葉がわからないようだ。彼とわたしにも、ひとつくらいは共通点があったらしい。見張りが窓ぎわから下がると、ヌーリーは車のギアを入れ、ようやく開いた門をゆっくりと進んだ。

「どっちだ？」クラーに尋ねる。

「右に五十メートルくらいだ」

車は大きなプレハブの建物の前で停車した。どの部屋にも明かりがつき、パーティでも開かれているようだ。でも見方によっては、これはほんとうに〝パーティ〟なのかもしれない。

「さて、到着だ」クラーは停車するとすぐ、助手席から外に出た。

ヌーリーもエンジンを切って車を降りる。「子どもはわたしが連れていく」

「ああ、獲物を持ち帰ったのはあんただからね。このあばずれはおれに任せろ」彼は外からサイドドアを開けた。

「連れていかれちゃだめよ」わたしはジョシュアにささやいた。

ヌーリーが手をのばすと、ジョシュアはそれをかわして荷台の奥へ駆けこんだ。

「こっちに来い」ヌーリーは荷台に乗ってくる。

わたしは手足を縛られたままだったけど、仰向けになって力の限り、両足で彼を蹴とばした。

ヌーリーは横ざまに倒れ、開いたドアにぶつかった。クラーが「何しやがる！」と叫んでわたしの足をつかもうとし、わたしはまたありったけの力を込めて、その手を蹴りあげる。自分でも何をしているのかよくわからなかった。でも戦わなくてはいけない。いまはもうそれだけだった。蹴とばしたおかげか、足首の紐がいくらかゆるみ、クラーに右足と左足で連続キックを浴びせる。

彼はわたしをつかみ、バンの外へ投げ出した。恐怖の一瞬、わたしは宙を飛んでから、地面に叩きつけられた。ヌーリーは身をよじって泣き叫ぶ九歳の子を脇に抱き、引きずるようにしてサイドドアから外に出る。

と、そのとき、世界が爆発した。

わたしには、そうとしか思えなかった。

目もくらむ光の炸裂。頭上で青い太陽が爆発したようで、まぶしさと喧騒に頭がくらくらする。メガフォンを持ったいくつもの人影が、大声で指示を出していた。駆け回る音や叫び声。鮮やかな青色に浮かぶ黒いシルエット。わたしは怯えながら「ジョシュア！」と叫んだ。

何が起きているのかわからない。もう一度、名前を叫ぶ。「ジョシュア！」姿は見えないけど、泣き叫ぶ声は聞こえたような気がした。強烈な光のなかで、なんとか目を開けジョシュアを探す。

すると騒音のなか、よく知っている声がスピーカーを通して聞こえた――「その子を離せ！」

わたしの左にクラー、右にヌーリーがいた。ヌーリーはまだジョシュアを（意識を失ったのか恐怖ですくんでいるだけなのかはわからない）しっかり抱え、一歩あとずさった。

クラーがわたしを立たせ、こめかみに銃口を押しつけた。

「わかってんのか！」取り囲む者たちに向かってわめく。「逆らったらどうなるか！」威勢はいいけど、わずかに声が震えている。わたしたちを囲んでいるシルエットは、男女合わせて五十人くらい――ひょっとしたら、もっと――いるはずだ。その向こう、暗闇のなかには、突撃態勢の兵士の存在がうかがえた。

「銃を下ろせ！」ギャヴが命じた。「ここからは逃げられない。無駄な抵抗はやめろ」

ヌーリーがジョシュアを締めつけ、少年は悲鳴をあげた。

「子どもはここだ。あきらめるのは、そっちだろう」

「ばかな真似はよせ」と、ギャヴはいった。「逃げられはしない。仲間は全員捕らえた。行き場所はもうないぞ。帰るところもない。おまえの〝兄弟〟たちはみな拘留される」

〝兄弟〟という言葉に、ヌーリーはたじろいだように見えた。顔はまばゆい光に照らされて青白く見えるけど、目はぎらついている。

「このまま見逃せば、子どもは返してやる」

ギャヴが答えるより先に、クラーはわたしを引き寄せ、銃を頭にもっと押しつけた。

「どれだけ本気か、見たいのか？」

見たくない――。わたしは思いっきり首を引っ込め、クラーの左の膝裏を力いっぱい蹴とばした。耳のすぐそばで発砲音がし、銃が彼の手を離れて落ちる。わたしはよろよろっと脇によれた。するとまた発砲音がして、クラーの体がくるっと回り、ヌーリーにのしかかった。ヌーリーはバランスを失ってジョシュアを放し、ジョシュアは地面に倒れこむ。この一連の出来事が見えるということは、わたしはまだ生きているのだ。ジョシュアのそばにひざまずき、「伏せていなさい」といって、その体におおいかぶさった。と、また発砲音。さらにつづけてもう一発。わたしがいる場所からは、これがエコーなのか実際の銃撃戦なのかはわからなかった。

時間にしてせいぜい三十秒くらいのはずだけど、疲れきった体をアドレナリンが駆けめぐり、すべてがスローモーションで進行しているように感じられた。

そして急に、あたりが静まりかえった。それから叫び声――「クリア！」

周囲であわただしく人が動く気配がして、わたしたちは取り囲まれた。地面の上で震えるジョシュアにおおいかぶさったままでいると、隣に女性の護衛官がやってきてひざまずいた。

「大丈夫ですか？　負傷していますか？」言葉が出てこないので、わたしは首を横に振った。彼女は手首と足首の紐をほどいて立ち上がらせてくれ、「救急班！」と叫んだ。

「わたしは大丈夫です」彼女から離れ、手をこすりあわせて血行をもどす。「ジョシュアは?」

べつの護衛官がジョシュアの横にしゃがんでいた。引っかき傷ができて泥まみれだったけど、護衛官に怪我をしているかと訊かれると、ジョシュアは頭を大きく左右に振った。「オリーが助けてくれたから」わたしにすがるように寄ってくる。「オリーのいったとおりになったね。ほんとに大丈夫だったね」

わたしはしゃがんで少年を抱きしめた。「あなたがいたからできたのよ」

女性護衛官がわたしに立つようにいった。「いっしょに来てください」

もうひとりの若い男性護衛官も、自分についてくるようジョシュアにいったけど、少年は「オリーといっしょにいる」と拒否した。

「ホワイトハウスに行きましょう」と、男性護衛官。「お父さんとお母さんのところへ」

ジョシュアはほんの少し迷ってから、「わかった」と答えた。「でも、オリーもぼくといっしょに行くの」

ふたりの護衛官はギャヴのほうを見た。ギャヴはヌーリーとクラーに関する指示を出しているところだ。クラーは撃たれ、救急隊員が手当てをしている。もうしばらく時間がたたないと、生死や負傷の程度はわからないだろう。でもともかく、ジョシュアとわたしは生きていて、怪我もしていないことがうれしい。

「ふたりを接触させないように」ギャヴはヌーリーに手錠をかけている護衛官にいった。

「別べつに尋問する」

チームがヌーリーを連れていくと、ギャヴはこちらをふりむいた。でもわたしをまっすぐ見ようとはしない。だけどわたしは、そのほうがよかった。もし彼に、心配そうな目で見つめられたら、ぎりぎり残っている気力はたちまち吹き飛んでしまうだろう。彼は職務に徹し、護衛官たちにいった。

「だったら、ふたりいっしょにホワイトハウスへ送っていきなさい」やはりわたしの顔は見ずにいう。「パラスさんには、わたしがあとで事情聴取する」

ふたりの護衛官はうなずいた。わたしとギャヴのあいだに漂うものに気づいたようすはなく、ほっとする。

ジョシュアとふたりでリムジンに乗った。付き添いの護衛官に訊きたいことは山ほどあったけど、やわらかなレザーシートに身を沈めると、二分もたたないうちに全身から力が抜けた。ジョシュアはわたしにもたれ、たちまち眠りにおちていった。

29

わたしたちのリムジンが到着すると、ハイデン大統領と夫人、そしてアビゲイルの三人が、南側のドアから走って出てきた。ジョシュアはホワイトハウスに入るときの検問で目を覚まし、いまはシートにしっかりすわって、迎えに出た家族と同じように待ちきれない思いで目を輝かせ、一心に前を見つめている。リムジンが停車すると、護衛官ふたりが先に降り、わたしたちが降りるのに手を貸そうとしてくれた。でもジョシュアは弾丸のように外に飛び出し、母親の腕のなかに突進していった。

これほど喜びあう家族の姿を見れば、熱いものがこみ上げてこないほうがおかしい。ジョシュアはたっぷり眠ったので、パワー全開だ。

「お母さんにも見せたかったよ。オリーったらね、すごいんだよ、テールランプを蹴とばしたんだ……それからバスルームで助けを呼んで……それから車のハンドルをむりやり回して……。あのときは、絶対にぶつかるって思った。それから……犯人を撃ったんだよ！」

わたしはぎょっとした。そんなことはしていない。でもあの状況で、ジョシュアも混乱していたのだろう。

ハイデン夫人は息子を抱きしめて離さない。「ほんとうによかった」と何度もいい、腕に力を込めて顔をうずめる。「ほんとうによかったわ」

大統領も目に光るものを浮かべ、わたしのところへ来るとうなずいた。

「ミズ・パラス……」

「オリーと呼んでください」

大統領はほほえんだ。「では、オリー。いくら感謝してもしきれない……」唇が震え、言葉がつづかない。

「はい、大統領、もう何もおっしゃらないでください」

大統領はまたうなずいた。「あとでゆっくり話そう」

護衛官がふたりやってくると、片方がわたしの腕をとった。

「ミズ・パラス、事情聴取させてください」

わたしはきょうの出来事をおさらいするまえに、少しでいいからひとりでゆっくりしたかった。たぶんその思いが顔に出たのだろう、大統領が護衛官の腕に触れた。

「きょうは、いろいろなことがありすぎた。明日の朝まで、待ってあげられないか？」

「了解しました、大統領」護衛官はふたりともあとずさった。

「ありがとうございます、大統領」わたしはお礼をいい、厨房にもどろうとした。

するとジョシュアが駆け寄ってきた。「どこに行くの、オリー？」

「こちらもね……」わたしは少年にウィンクした。「たぶん首を長くして待ってくれている人たちがいるの」

厨房に入ると、バッキーとシアンが弾かれたように立ち上がった。

「オリー！」シアンは走ってきてわたしを抱きしめた。

そしてバッキーは、文句をいった。「どうしていつも、オリーなんだ？」そこで口ごもり、何度かまばたきして、湧き上がったものをくいとめる。「たまにはじっと、おとなしくしてたらどうだ？」

「再会できてうれしいわ、バッキー」

シアンはわたしの体を放した。「ほんとに無事でよかったわ。報道だと、マットがあなたとジョシュアを避難させたんですってね？　彼も無事なの？」

マット？　あ、そうだ。マット・ヌーリー護衛官……。シアンは真実を知らない。

わたしはためらった。

「彼は無事なの？」シアンは同じ質問を、今度は心配そうにくりかえした。

「わたしの知るかぎり、彼は負傷していないわ。でも……」時間を稼ごうと椅子を引き寄せ、厨房の真ん中で腰をおろした。シアンとバッキーはわたしを見つめ、詳細を聞かせてもらおうと待ちかまえている。「シークレット・サービスの手順は知ってるでしょう？　機密扱いかどうかの線引きがはっきりするまでは話せないの。わたし自身、半分はまだよく理解できていないし」

「マットのことも話せないの？」心から心配しているのが手にとるようにわかり、真実を伝える気になれなかった。でも遅かれ早かれ、彼女も知ることになるだろう。

「彼は……」わたしはまた躊躇した。どこまで話してよいものか。「彼は……悪人だったの」

シアンは喉に手を当てた。「え？」

わたしは立ち上がると、やさしく小声で話せるよう、彼女を抱きよせた。

「はじめからずっと、彼はこの事件にかかわっていたの。残念だけど」ここにもどってくる車中、わたしには考える時間があった。一つひとつの出来事をつなぎ合わせて考えられるだけの時間だ。でも、いまのシアンにはない。

彼女の体をそっと離した。目は真っ赤で涙に濡れている。

「どういうこと、オリー？」

「じきに、もっといろんなことがわかると思うけど、ヌーリーはすべての出来事にかかわっていたの。はじめからずっと」

「まさか……。マットがそんなことするはずないわ」

時が来ればさらに詳しい事情が解明されるだろう。だからそれまで、辛抱しなくてはならない。シアンもそのことをわかってくれたらいいのだけど。

一気に疲れが出て、わたしは椅子に深く腰かけた。シアンのために話題を変えたかったし、自分を助けるためにも何か具体的なことを話したかった。

「公式晩餐会はとりやめになったみたいね？」

「まったく、えらい騒ぎだったよ」バッキーがいった。「きみが親しくなった捜査官――ギャヴィンだっけ――がしばらくここにいたんだ。彼が来てくれてじつに助かった。招待客が時間どおりに到着しはじめても、職員は誰も晩餐会中止のほんとうの理由をいえずに、〝ちょっとした問題が起きた〟とごまかした。でもまあ、ゲストはみんな納得してくれたが――」バッキーとシアンは意味ありげに顔を見合わせた。「つまり、主賓以外はね。緊急事態が発生して晩餐会は中止になったとポールが説明すると――まったく！　オリーにも見せたかったよ、アルムスタンの大統領やその取り巻きが引き起こした、あの大騒動を。きみのお友だちのギャヴが、お引き取り願ったけどね」

「噂では……」と、シアン。「みんな拘束されたらしいわ」

「逮捕ということ？」

バッキーは首をすくめた。「政府の要人を逮捕することはできないだろう。だが、安全《セーフ》な場所《ハウス》に連れて行ったんじゃないかな」

「セーフハウスね……」思わず身震いした。

シアンはじっとわたしの顔を見ている。「アルムスタンの外交官はこの先しばらく、アメリカで歓迎されないような気がするわ」

「ええ、わたしもそう思うわ」

シアンもバッキーも口には出さないけど、うかがうような目、物問いたげな顔をしている。わたしは両手を上げていった。

「話せることは話すわ。そのときが来たらね」

「どうして」バッキーがいった。「どうしていつも、きみなんだ?」

一時間後、わたしは帰る準備をしながら、バッキーと同じ質問を自分自身にぶつけていた。なんとか気力をかき集めることができたのは、シアンが元気になる食べものをあれこれ用意してくれたからだ。

「和牛《ワギュウ》のステーキとポテトがたくさん残ってるの。たんぱく質と炭水化物はいっぱい取ったほうがいいわよ」

ただ、コーヒーだけは断わった。夜、眠れなくなると困るからだ。シアンになかば強制的にとらされたカロリーのおかげで、ようやく家に帰る気になれた。今夜はシークレット・サービスがアパートまで送ってくれるらしいけど、がらんとした無人の部屋に帰るのは気が重かったのだ。

「明日はお休みするでしょう?」と、シアン。

「ううん、何かしているほうが気が晴れるもの」そこで思わずため息がもれた。「でも、そうね……休みにしようかしら」

「仕事が終わったら、顔を見に寄るわよ。いいでしょ?」

シアンはわたしを元気づけようとしてくれている。ヌーリーの背信で、心が張り裂けそうなはずなのに。シアンが彼を信じきって何気なく話したことが、誘拐人質計画の実行に一役買ったなんてことがあるかしら……。それにそもそもヌーリーのような人物が、どうしてシークレット・サービスの一員になることができたのだろう？

簡単に答えが出る疑問ではないから、今夜はもう考えるのはよそう。頭が痛くなるだけだ。


厨房の外で待っていた護衛官は、ブレンダ・ノートウェルだった。

「ミズ・パラス――」

「オリーと呼んでください」

「はい、オリー」彼女はホワイトハウスの裏手にまわるよう腕を振った。「ご自宅まで安全にお送りします」

わたしはうなずいた。

厨房の斜め向かいにあるディプロマティック・レセプション・ホールを抜けて外に出ると、リムジンが待機していた。帰宅途中で寄りたい場所、何か買って帰りたいものはありますか、とブレンダに訊かれ、わたしはありがとう、でもとくにありません、と答えた。

彼女は名刺を差し出した。「帰宅後でも、必要なものがあれば電話してください。喜んでお届けしますので」

「いまはともかくシャワーを浴びたいわ」

「でしょうね。わかります」

正直にいえば、何よりほしいものがあった。今夜、そばにいてくれる誰かだ。ウェントワースさんなら、訪ねていってもいやな顔はしないかも。リムジンの後部座席に乗りながら、そんなことを考えた。ただ、彼女に何もかも話すわけにはいかない。ブレンダはドアを閉め、前の助手席のほうへ行こうとした。わたしは窓を下げ、「よかったら、こっちに乗らない？」と、シートの隣を指さした。「いまは誰かにいっしょにいてもらいたいの」

彼女はほほえみ、広々した後部座席に入ってくると、わたしの向かい側にすわった。

「あなたはどの程度、今度の事件を知ってるの？」リムジンが走りだすと、わたしは尋ねた。

「それほどは……。基本的なことの一部だけです」

「マスコミはどれくらい知ってるのかしら？」

「学校で発砲事件があったことはすでに報道されていますが、それを手引きしたのがヌー……背信の護衛官だったことは公表されていません。学校が襲撃されれば、警護担当の彼が大統領のご子息を安全な場所に移すのは当然ですからね。彼の狙いはそこにあり、当初は誰も疑いをもちませんでした。そのため、あなたを発見するのに少々時間がかかりました」

「どうやって居場所がわかったの？」

「そこまでは、わたしには……。でも、護衛官のひとりがヌーリーを疑いはじめていました」

「それは誰？」

「ボストです。彼は学校で撃たれましたが、命に別状はありません」

「よかったわ……」ほっとして、ため息がもれた。ボストのことは最初から疑いの目で見てしまった。彼がわたしにいおうとしたことに、ちゃんと注意を払っておけば、もっと早くヌーリーを止められたかもしれない。

「マスコミは」ブレンダはつづけた。「学校が襲撃され、あなたとジョシュアがべつの場所に移動したところまでは知っていますが、安全な場所に避難したと考えています。真相を知っている者はいません」

「ヌーリーの件はどうするのかしら？」

「シークレット・サービスにとっては大打撃です。ヌーリーのことが知れたら、喧々囂々《けんけんごうごう》の非難を浴びるでしょう。怪しむどころか、ジョシュアを警護させていたのですから。これからさかのぼって、何を見逃していたのか、なぜ見逃したのかを検証することになります。マスコミに嗅ぎつけられるのだけは避けなくてはいけません」

わたしはうなずいた。「きょうは夜通し、いろんなミーティングが開かれるんでしょうね」

「はい」彼女もうなずいた。「ギャヴィン捜査官は、ＰＰＤをふくめ、シークレット・サービスの大掛かりな調査をする予定です。場合によっては解雇の可能性もあるようで、ほんとうに今回の件は、わたしたちにとって大きな衝撃でした」

ギャヴの名前が出て、どきどきした。彼は無事だし、わたしも無事。きょうはそれだけでもありがたいと思わなければ。でも、彼と話したい。いますぐに。わたしの気持ちが揺れていることに、ブレンダは気づいていない。ギャヴのことがとても気になる。再会できるのは、たぶんずいぶん先になるだろう。頭ではわかっているけど、心はつらかった。

ブレンダは、明日の朝に予定されている記者会見についても話した。ジョシュアの〝警護態勢〟について説明し、公式晩餐会が急遽中止になった〝ほんとうの〟理由を発表するのだという。

「ほんとうの理由?」

「はい。それも今夜のミーティングの議題です」

その後は、たいした会話もせずに過ごした。

アパートに到着し、ブレンダは部屋まで送るといってくれたけど、わたしは手を振って遠慮した。

「なんていうか……ひとりで部屋に帰るくらいには、しっかりしなきゃと思うから」

「お気持ち、わかります」

口先だけでなく、彼女はほんとうにわかってくれているように思えた。

エレベータに向かうとき、ジェイムズが手を振った。

「たいへんな一日だったようだね。元気かい?」

「ええ、元気。ありがとう」

「ニュースでは、大きな誤解の結果だったといってるよ。ある護衛官の銃が誤って発砲され、大統領の息子さんときみについていた護衛官があわてただけだって」探るような目でわたしを見る。「そういうことなのかい?」

「まあ、だいたいはね」と、答えておく。「おやすみなさい、ジェイムズ」

エレベータが十三階で止まり、ウェントワースさんの部屋のドアが閉まっているのを見てほっとした。さっきまでは誰かといっしょにいたいと思っていたけど、いまいちばん必要なのは睡眠だとわかったのだ。といっても、ひとりぼっちのさびしさに変わりはなかったけれど。

30

服を脱いで洗濯物の山に放り投げ、念願の熱いシャワーを浴びる。肌が桃色に染まり、バスルームは真っ白な蒸気でいっぱいになった。それからフランネルのパジャマを着て、あったかいソックスをはき、ベッドにもぐりこんで目を閉じた。でも二十秒とたたないうらに、全身がむずむずしてきて体を起こす。そしてまた、頭を枕につけて眠ろうとした。

でも無理だった。

二分後にはもう、ベッドから出た。気が高ぶって眠れそうにない。リビングルームに行ってソファに腰をおろし、先週から読みはじめたペーパーバックを手に取った。三段落読んだところで、何が起きているのかわからず、これまで何があったのかも思い出せない。何ひとつ、まったく。

テレビをつけ、ニュース番組にチャンネルを合わせた。最新情報を知るというよりも――事実は公表されていないのだから――キャスターの心地よい単調な語りが子守歌代わりになるような気がしたのだ。

一時間後、まだ目は冴えていた。ワインを一杯、飲もうかしら。もしかしたら、二杯。それで夢の世界に行けるかも。

なかば諦めの気分で、わたしはソファから立ち上がるとキッチンに向かった。こんなに眠れないのだから、明日が休みでよかった。

何か特別のことがあった場合にと、カベルネ・ソーヴィニヨンを買ってあった。「生きていること以上におめでたいことがあるかしら？」わたしは声に出していい、ワインオープナーを手に取った。

隣の部屋からメールの着信音が聞こえてきて、ワインオープナーを置き、小走りでそちらへ行った。いったい誰が真夜中にメールなんか？　でもなんとなく、見当はついていた。

携帯電話をとりあげ、ギャヴからのメールを読んだ――〝起きている？〟

わたしは返信した――〝目はぱっちり〟

〝予想どおり〟と、ギャヴ。〝もしそうでなかったら、部屋じゅうの明かりをつけて寝ているかだ〟

〝下にいるの？　すぐここに来て〟

三秒後、静かなノックの音がした。わたしは走って玄関に行った。

「どうやって上がってきたの？」

ギャヴは答えず、わたしを引き寄せ、抱きしめた。彼の心臓の鼓動が聞こえるほど、しっかりと。

「オリー……きみを失ったかと思った」

「わたしはあなたが心配だったわ」

彼の胸が小さな笑いに揺れるのを感じた。「きみなら、そうだろうね」

わたしたちは玄関に立ったまま、しばらく無言で抱き合っていた。彼は元気そうだ。とてもたくましい。彼は生きている。

「会いたかった」わたしはささやいた。「どこにいたの?」

「なかで話そう」

彼をなかに入れてドアを閉めるとき、ウェントワースさんの部屋のドアが小さな音をたてて閉まったような気がした。まったく、ウェントワースさんたら。

「ワインを飲もうと思っていたの。あなたも飲む?」

ギャヴは首を振った。「六時には仕事にもどる」

「あと四時間しかないわ。いつ眠るの?」

彼はわたしの手を取り、ソファへ連れていった。

「話さなくてはいけないことがある。さあ、隣にすわって」

わたしは並んで腰をおろした。

「きみはあす、休みだよね」どうして知っているの、なんて無駄な質問はしない。「だが、きみに事情聴取しなくてはならない。こちらで見落としたことはないか確認するためにね。犯人たちは、きみの前では気楽にしゃべったかもしれない」

「なぜなら、どうせ殺すから?」

ギャヴの目が曇った。「そうだ」

わたしたちは長い時間、話した。彼は起きたことをすべて知りたがり、音やにおいまで思い出すようにといった。

「これで明日の事情聴取が楽になるだろう」

「まるでわたしは罪人みたい」

彼はため息をついた。「きみの友人のトムが、事情聴取の指揮をとる。彼も苦しい立場だよ」

「ヌーリーがテロリストだとわかったから？」

「そのことでいちばんつらい思いをしているのは、間違いなく彼だ。だが、巻きこまれたのがきみという点でも神経質になっている」

そこは無視することにした。「たまたまわたしになっただけなの。学校に行くのはヴァージルの予定だったのに、当日になってお休みしたから」

「それは承知している。だからハイデン夫人も、ジョシュアといっしょにいたのがヴァージルでなくきみだったことを神に感謝しているだろう」

わたしは天井を仰いだ。「つかまっているあいだ、わたしじゃなくヴァージルだったらよかったのにって、ずっと思っていたわ。でも解放されてからは、やっぱりわたしでよかったと思ってる」

「きみがあの子を救ったんだ」

「それは違うわ。犯人はジョシュアを取り引き材料にするつもりだったから、傷つけたりするわけないもの」

「ああいった連中は、フェアプレイなどしない。約束を守るのは、目的が達成されるまでのことだ。いったんファーボッドが釈放されたら、おそらくジョシュアを殺害していただろう」

わたしはぶるっと身震いした。

「よしてちょうだい……」

それからしばらく沈黙がつづいた。

「首謀者らしい男が、捜査官のひとりを――」つらい話だった。「殺した、と話していたわ。それがあなただったらどうしようと思った」

ギャヴの口もとが引き締まり、ひとつ深呼吸した。

「シューマン捜査官だよ。きみはたぶん知らないだろう」

わたしは首を振った。

「なんていったらいいか……」

「任務をまっとうするために命をおとしたすばらしい捜査官だ。彼の力がなければ、きみたちを見つけられなかったかもしれない」ギャヴはわたしの背中をさすった。「きみはほんとうに勇敢な人だよ、オリー。きみだからこそ、あそこまでもちこたえられたんだと思う」

「ヌーリーはどうして重用されたの？　そもそも、よくシークレット・サービスに入れたわね。身辺調査はするんでしょう？」

「ヌーリーはまったく新しいタイプなんだ。いわば新種だよ。テロリストたちは人目につかないようこっそりと新しいテロリストを生み、育てている。ヌーリーの家族は上品で、どこから見ても典型的な良きアメリカ人だ。こうなって初めて――ほころびが見えて初めて、彼の家族はアルムスタンとつながりがあるらしいとわかってきた。彼はテロリストになるべくしてなったといえるだろう。一見、模範的な両親のもとで、平和な郊外の住宅地ですくすく育つ。非の打ちどころのない家族だよ。テロリスト集団とのつながりは深く潜って、それを追跡するのは不可能に近い」

「追跡できないなんて信じられないわ」

ギャヴはため息をついた。

「ヌーリーのことを考えてごらん。彼の生い立ち、学歴、キャリアはどうか？　一点の曇りもないだろう。そして彼の両親もまた、一点の曇りもない。シークレット・サービスに受け入れるまえにしっかり調べているんだよ。当然だろう？　しかし、彼の父親が車の整備を任せていた人間は、あるバーの常連だった。そしてそこのバーテンダーが、とある集団の人間を〝知っている〟んだ」

「そうやって連絡をとりあうの？」

「効率は悪いが、有効とはいえる。テロリストたちも日に日に知恵をつけているんだ。ボストはわたしの下で手掛かりを追いはじめ、それもあって彼は、トムの命令とは違うこともした。ただ、わたしたちでもヌーリーは疑っていなかった、最後の最後までね。そして情報を一つひとつつなぎ合わせて、ボストは行動を、それも単独で起こした。それとは気づかれずに、ヌーリーの計画をつぶしていったんだ。たいした男だよ」

「どうしよう、訊きたいことが百くらいあるわ。ううん、百じゃ足りない」

「わかってると思うが、すべての答えを得ることはできないよ」

「ええ、わかってる」

ギャヴはまだ、わたしの背中に手を添えていた。ずっとそうしていてほしい。

でもどうしても訊きたいことが、ひとつだけあった。「わたしたちの居場所は、どうやって見つけたの？　あの小屋を出てからは……」

「チームのメンバーが特定した。時間がかかりすぎたがね。メールがきみを救ったんだよ。連中は映像の準備をしている、と書いていただろう？」彼はわたしの背中から手を離し、自分の膝にのせた。「殺害されたシューマン捜査官は、ヌーリーの組織に潜入していた。彼は組織の新入りだったから序列は低く、シークレット・サービスにテロリストがもぐりこんでいることも、ヒ素入りチキンのことも知らなかった。彼が人命を救える重大情報を仕入れてくるには、まだ時間がかかるだろうと思っていたら、こんなにも早くそのときがきた」

具体的にはどうしたのか、まだよくわからない。

「彼はテロ組織の中堅幹部の運転手をしていた。カメラや放送機材があることをこちらに報告してきたが、使用目的とその時期まではつきとめられなかった。とくに違法で怪しいものではないしね。だがこれが、重要きわまりない情報になったんだ。きみのメールに〝映像〟の話があり、それと見事につながって、踏みこむ場所を特定できた。そして神に感謝だよ、そこにきみたちもいてくれた」

「乗り換えるまえの車種を伝えたから、すごく不安だったの」

ギャヴはくすくす笑った。

「きみはうまくやったよ、今回もね」

わたしたちはソファの上で向かい合った。膝と膝がくっつきそうなほど近くに。

「あなたのメールがどんなにうれしかったか」わたしは小さな声でいった。「隠れ家のバスルームで、あなたは無事なんだとわかって……」

ギャヴの笑顔があまりにやさしくて、わたしの心臓は破裂しそうになった。

「オリー」ギャヴは両手でわたしの手を握った。「きみの最後のメールは——」

最後に何を書いたのか思い出せない。わたしはかぶりを振った。

「〝お願い〟のあとに、何をいいたかったんだい？」

「ああ、それなら……」ようやく思い出した。握りあった手を見下ろす。そして顔を上げ、彼の目の色は青みたい、と思った。ずっとグレイだと思っていたのに。でもいまは、かすんでどっちなのかわからなくなった。いつかまた、確かめることはできるだろう。「お願いだから、わたしがこれを乗り越えられたら、ギャヴ、自分は不幸を招く男だなんて考えるのはやめて、と書こうと思ったの。それに、もしかしたら……」

「もしかしたら？」

その続きはいえなかった。

ギャヴはわたしの目にかかった髪を指で払った。

「きみはきれいだ」

わたしはくすっと笑った。

「でも、疲れているね。目を見ればわかるよ」

「なかなか眠れなかったの。だけどようやくこれで一息つけそう」

「しーっ。こっちにおいで」ギャヴはわたしに腕をまわして抱き寄せた。「少し眠りなさい。ここで見ていてあげるから」

彼の胸にもたれると、まるで古い友人といるように、全身の力が抜けていく。そしてうつらうつらしはじめて……あることを思い出した。

「ギャヴ？」

彼はわたしの頭に顎をのせ、髪を撫でてくれていた。

「何だい？」

「あなたは何歳？」

彼は答えてくれた。うっとりまどろみながらも、これくらいの引き算ならできる。

「七つ違いね」

「そうだな」

「ウェントワースさんがね、七歳差は完璧だっていってた」

彼の返事は聞こえなかった。ひょっとすると、わたしは眠りにおちていたのかもしれない。

新しいお住まいへようこそ、大統領

大統領が替われば、さまざまなことが変わります。国の政治はもちろんですが、わたしたちホワイトハウス職員の生活も大きく変わるのです。ただ、なかなか気づかれにくいのですが、もっとも大きな変化を迫られるのは大統領ご一家ではないでしょうか。選挙から就任式までは2カ月ほどしかなく、ホワイトハウスに引っ越してきてはじめて、ほとんどプライバシーのない生活がどんなものかを実感し、それに慣れなくてはいけないのですから。

とりわけお子さんたちはたいへんです。キャンベル家の場合はすでに独立していたので、わたしもあまりお目にかかる機会はありませんでした。でも、新しいファースト・ファミリーには、9歳と13歳のお子さんがいます。ふたりとも、お父さんが大統領になったために、それまで育った家を出て、友だちとも別れてホワイトハウスにやってきました。

料理人の務めは、望みうる最高の食事を用意することです。わたしたちはこれまで、キャンベル大統領ご夫妻に少しでも喜んでいただける料理をつくろう、大統領が世界の指導者をもてなすときは、ホワイトハウスの厨房として恥ずかしくない、洗練された豪華な献立にするよう努めてきました。

でもそこに、小さな子どもが加わると、事情が少し変わってきます。

ハイデン家はまだ若い家族であり、それだけ新たな活力、新たなエネルギーをホワイトハウスにもたらしてくれましたが、一方で、ちょっとばかりむずかしい状況も生まれました。

それは何かというと、わたしたちは、あまり歓迎されない料理もつくらなくてはいけなくなったのです。〝子どもには毎回かならず野菜を食べさせるように〟と求められたら、料理人としては従うしかありません。でも一方で、料理人としては、〝体にいいもの〟を嫌いな人でも、思わず食べたくなるような魅力的な料理をつくるのが腕のみせどころであるともいえるでしょう。

次期大統領が決まった瞬間から、わたしとバッキー、シアンは、子ども向け料理の総ざらいにとりかかりました。そしてアビゲイルやジョシュアがホワイトハウスに越してきたら喜んでもらえるような料理をレパートリーに加えたのですが、読者のみなさんにも、そしてお子さんたちにも気に入っていただけたら何よりです。

もちろん、手の込んだ料理も忘れてしまったわけではありません。ハイデン大統領にとって初の公式晩餐会メニューも紹介します。なかでもホウレンソウのレシピはわれながら自慢なのですが、ご家庭でいつでもつくれるよう、お手軽バージョンを用意しました。

ぜひ、つくってみてください！

オリーより

バッファロー・ワイルドウェスト・ウィング
セロリとランチドレッシング添え

バッファローウィングには2通りの調理法があります。本来は何もつけずに素揚げしますが、最近では小麦粉をまぶして焼く新バージョンも普及してどちらもおいしいので、両方のレシピを紹介しましょう。

●昔ながらの素揚げレシピ

【材料】4人分

鶏の手羽……1・8キロ(約20個)

植物油(揚げ油)……190℃に熱しておく

バター……大さじ4(溶かしておく)

ウィング・ソース(市販のものでも自家製でも)……カップ1½

自家製のランチドレッシング

セロリ……1株(根と葉を落として、スティック状に4本に切る。1本の長さは10センチほど)

【作り方】

従来の調理法では、小麦粉はまぶさずに素揚げします。

❶手羽を洗ってからペーパータオルで水気をとり、関節のところで3分割する。手羽先は捨ててもかまわないし、鶏ガラ・スープ用に取っておいてもいい。(わたしはジッパーつきの袋に入れ、スープをつくれる量になるまで冷凍庫で保存しています。でも、このレシピでは使いません)

❷手羽元と手羽中を190℃に熱した油に入れる。油がはねたらやけどしかねないので、そっと丁寧に入れるように。油の温度を下げすぎないよう、一度に入れるのは8～9個まで。高温で揚げたほうがパリッと仕上がる。

❸揚げ時間は8～10分ほど。手羽の色が茶色になって火が通った

ら、穴じゃくしで取り出し、ペーパータオルにのせて油をきる。同じ要領で、すべての手羽を揚げる。

❹ 温めておいたウィング・ソース、バター、揚げた手羽を大きめのボウルに入れ、手早くからめる。

❺ スティック・セロリとランチドレッシングを添えてテーブルへ。

●小麦粉をつけて焼くレシピ

【材料】4人分

バター……大さじ4
鶏の手羽……1・8キロ(約20個)
小麦粉……カップ1
塩……小さじ1
ガーリック・パウダー……小さじ2
黒コショウ……挽きたてをお好みで(わたしの好みは、小さじ約½)
ウィング・ソース
自家製のランチドレッシング

【作り方】

❶ オーヴンを200℃に予熱する。

❷ 13×9インチのケーキ型(約33×23センチ)にバターを塗り、オーヴンに入れて溶かす。

❸ 素揚げレシピの❶と同じ方法で、手羽を洗ってから3分割する。

❹ 丈夫なビニール袋(鶏肉を入れるので、相応に大きめのもの)に小麦粉、塩、ガーリック・パウダー、コショウを入れる。口を閉じて振り、よく混ぜる。

❺ ❹の袋に手羽を4つ入れ、よく振って衣をまぶす。まぶした手羽は取り出し、残りの手羽にも同じように衣をまぶす。

❻ バターの溶けたケーキ型に❺の鶏肉を均等に並べる。

❼ ❻をオーヴンに入れ、肉汁が透き通るまで、25〜30分焼く。火が通ったら、手羽を(バターもいっしょに)大きなボウルに入れ、ウィング・ソースと和える。

❽ スティック・セロリとランチドレッシングを添えてテーブルへ。

●ウィング・ソース

【材料】

ケチャップ……カップ1
赤ワインビネガー……大さじ4
砂糖……大さじ1
タバスコ……お好みで

【作り方】

ケチャップ、赤ワインビネガー、砂糖を手早く混ぜてから、タバスコを加えてさらに混ぜる。タバスコは、好みの辛さになるまで、味見をしながら少しずつ加えていく。

手作りにこだわらず、〈オリジナル・バッファローウィング・ソース〉など、市販の辛味のあるソースや、お気に入りのソースがあればそれでも。量は、このレシピの場合はカップ1½。

●自家製ランチドレッシング

【材料】

バターミルク……カップ½
マヨネーズ、または
ミラクル・ホイップ……カップ¼
ガーリック・パウダー……小さじ½
塩……小さじ½
コショウ……挽きたてをお好みで
（わたしの好みは約小さじ¼）
イタリアン・パセリ…カップ¼
（みじん切り）
生のチャイブ……カップ¼
（みじん切り）

【作り方】

材料をすべて中くらいのボウルに入れて混ぜ、よくなじませる。

急いでいるときは、質の良い市販品で代用できます。ランチドレッシングではなく、ブルーチーズドレッシングでもかまいません。

春野菜いろいろサラダ
マンダリンオレンジとベリー添え

●ドレッシング

【材料】

生のバジルの葉
……カップ¼（みじん切り）

ハチミツ……カップ¾

ニンニク……1片
（皮をむいてつぶし、細かく刻む）

アップルサイダー・ビネガー
……カップ¼

ライム……1個（絞っておく）

塩……小さじ¼

【作り方】

材料をすべてミキサーに入れ、よく混ぜる（ミキサーがない場合は、泡立て器で手早く混ぜる）。冷やしておく。

●サラダ

【材料】

春野菜……ボウル1杯分。お好みの春野菜なら何でも。オーガニックが望ましい。

マンダリンオレンジ……缶詰1缶
（水気をきり、冷やしておく）

生のベリー……カップ3ほど（ベリーのシーズンでない場合、ドライ・クランベリーでも可）

ペカン、またはクルミ
……カップ½

【作り方】

1 野菜を洗い、水気をきる。

2 1を大きめのボウルに入れ、スライスしたオレンジ、ベリー、ペカン（またはクルミ）を加える。

3 ドレッシングを添えて、テーブルへ。

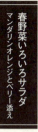

子どもたちが喜ぶ キッズ・メニュー

ギリシャの夕べ

ここでは、地中海地方の伝統的な料理を紹介します。ディップ、ケバブ、それに野菜も食べられるようにギリシャ風サラダなど、手軽につくれておいしいものを集めました。地中海料理は、心臓疾患の予防に効果があるといわれています。もちろん、子どもにかぎらず、どの世代の人にも喜んでいただけるでしょう。地中海料理の人気の秘密は、どれも(サラダを除いて)フィンガー・フードとして楽しめるところにあります。

フムス

【材料】6人分

ヒヨコ豆(ガルバンゾ)の缶詰……1缶(400グラムほど)
タヒニ(練りゴマ)……大さじ2
レモン果汁……1個分
ニンニク……4片(皮をむいてつぶしておく)
塩……小さじ2
パプリカ(お好みですが、あったほうが見栄えがよくなる)、パセリ、オリーブオイル……盛りつけの仕上げ用

【作り方】

❶缶詰からヒヨコ豆だけを取り出す。保存液はあとで使用。
❷ヒヨコ豆、タヒニ、レモン果汁、ニンニク、塩を、ミキサーで滑らかになるまで攪拌する。
❸ミキサーを回しつつ、ヒヨコ豆の保存液を少しずつ加える。全体がスプーンで簡単にすくえる程度の柔らかさになるまで。レモン果汁の絞り具合によって、保存液

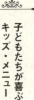

の量は変わってくる。必要に応じてレモン調味料を使用してもよい。

❹ ❸を器に入れ、表面をスプーンでなめらかにしてから、中央にくぼみをつくる。

❺ 全体にパプリカを散らす。くぼみに少量のオリーブオイルをたらして生パセリを添え、テーブルへ。

ザジキ

【材料】6人分

ギリシャ・ヨーグルト……2カップ（通常のヨーグルトでも、ギリシャふうのものを作れます。大きめのボウルに裏ごし器をセットし、チーズクロス(こし布)を二重に敷いて、通常のヨーグルトを入れ、冷蔵庫で最低12時間、水気をきってください。水分が抜けて濃厚になったものを、ギリシャ・ヨーグルトの代わりに使います）

ニンニク……3片
（皮をむいてつぶし、細かく刻む）

キュウリ……小さめを1本
（皮をむき、すりおろす）

塩……小さじ½

生のディルとチャイブ…カップ¼
（お好みで。洗ってから刻む）

飾り用の生のディル(お好みで)

【作り方】

ヨーグルト、ニンニク、キュウリ、塩をボウルに入れ、よく混ぜ合わせる。刻んだディルとチャイブを加え、手早くかき混ぜる。味見をして、必要に応じて調味料を加える。生のディルを飾り、テーブルへ。

ババガヌッシュ

【材料】6人分
ナス……大きめのもの2本
オリーブオイル……カップ¼
塩……小さじ½
タヒニ（練りゴマ）……カップ¼
レモン果汁……1個分
ギリシャ・ヨーグルト…カップ1
生のハーブ（チャイブ、パセリ、またはディル）……カップ¼（お好みで。飾り用に、粗く刻んでおく）

【作り方】
❶オーヴンをブロイル（上火）の高温にセットする。
❷ナスを縦半分に切り、切り口に少量のオリーブオイルを塗る。
❸切った面を下にしてクッキー・シートにのせ、オーヴンで焼く。皮の焦げ具合や、身のしなり具合などをまめにチェックして、10～15分ほど。オーヴンから取り出し、粗熱がとれたら皮をむく。
❹❸をボウルに入れ、残りのオリーブオイル、塩、タヒニ、レモン果汁、ヨーグルトを加え、手早くかき混ぜる。味見をして、適宜、調味料を加える。
❺冷やしてから、飾り用のハーブを散らす。

テーブルに出すときは、スライスした温かいフランスパンやイタリアパン、または焼きたてのピタを4等分したものといっしょに出します。

チキン・スヴラキ（チキン・ケバブ）

本来はラム料理ですが、子ども向けにチキンにしてみました。

【材料】6人分

鶏むね肉（皮なし）……500グラム（2〜3センチ角に切る）

レモン果汁……1個分

塩……小さじ½

オリーブオイル……カップ¼

生のオレガノ……小さじ2（みじん切り。またはドライタイプを小さじ1）

ニンニク……4片（皮をむいてつぶし、細かく刻む）

【作り方】

1 大きめのフリーザーバッグに材料をすべて入れ、振ってよく混ぜる。

2 1の口を閉じ、冷蔵庫で1時間ほど（チキンを）漬けこむ。途中でひっくり返すこと。

3 串にチキンを刺す（串の数は適宜。おおよそ6本くらい）。漬けた液は捨てる。

4 3の両面を、中〜高温で4分ほど焼く。焼き肉用グリルでも焼き網でも、クッキング・スプレーしたフライパンでもよい。また、ガスと炭火のどちらでも。

シンプルなギリシャ風サラダ

【材料】6人分

チェリートマト、またはグレープトマト……カップ2（洗って半分に切る）

赤タマネギ……1個（粗いみじん切り）

フェタチーズ……100グラム、

カラマタ・オリーブ……カップ½（種は取っておく）

キュウリ……2本
バルサミコ酢……カップ¼
エクストラ・バージン・オリーブオイル……カップ¼
塩……小さじ½
黒コショウ（挽きたて）……お好みで
ニンニク……1片
（皮をむいてみじん切り）

【作り方】

❶大きめの器にトマト、赤タマネギ、フェタチーズ、オリーブを入れる。

❷キュウリを縦半分に切り、スプーンで種をこそいでからスライスして、❶の器に入れて軽く混ぜ合わせる。

❸小さめのボウルでバルサミコ酢、オリーブオイル、塩、コショウ、ニンニクを手早く混ぜる。それを❷にかけてから、テーブルへ。

小さい子にも食べやすいチキンを使ったメニュー

子どもたちにも受けがよく、家族みんなで食べられるメニューを紹介します。ほとんどが手軽なフィンガー・フードですが、そのわりに意外なほどヘルシーですよ。

“フライド”チキン・フィンガー

【材料】4人分
卵……2個
コーンフレーク……カップ3
ガーリック・パウダー……大さじ1
塩……小さじ½
パプリカ……小さじ¼
鶏むね肉（皮なし）……500グラム（フィンガー・サイズに切る）

【作り方】

❶オーヴンを190℃に予熱する。

2 卵2個は、しっかりとよく溶いておく。

3 コーンフレーク、ガーリック・パウダー、塩、パプリカを丈夫なフリーザーバッグに入れ、麺棒かミート・ハンマー、でなければタンブラーの底などで、コーンフレークが粉々になるまで砕く。それからよく振って、コーンフレークとほかの材料をなじませる。

4 むね肉を1の卵につけてから3のフリーザーバッグに入れ、よく振ってコーンフレークをまぶす。

5 4をクッキー・シートに並べる。オーヴンに入れ、肉が締まって肉汁が透き通るまで、25〜30分ほど焼く。

ハニーマスタードのディップソース

【材料】

ディジョン・マスタード……カップ½

マヨネーズ……カップ¼

オリーブオイル……大さじ2

ハチミツ……大さじ2

オレンジジュース……大さじ2

【作り方】

材料すべてをよく混ぜ合わせるだけ！

田舎風〝フライド〟ポテト

【材料】4人分
ガーリック・ソルト……大さじ2
〈ミセス・ダッシュ〉のオリジナル・ブレンド……大さじ2
コショウ……挽いておく（お好みで）
ジャガイモ……4個
（皮をむき、縦に8等分）
クッキング・スプレー（オリーブオイル）

【作り方】
❶ オーヴンを190℃に予熱する。
❷ フリーザーバッグに、ガーリック・ソルト、〈ミセス・ダッシュ〉、挽いたコショウ（お好みで）を入れてから、オリーブオイルをスプレーしたジャガイモを加え、よく振ってなじませる。
❸ ジャガイモをクッキー・シートに並べ、オーヴンで焼く。15～25分。全体に火が通って表面がカリッとするまで。
❹ ケチャップを添えてテーブルへ。

まるごとトウモロコシのハーブ・バター

【材料】4人分
トウモロコシ……4本
（皮をむいて穂を取り除き、洗う）
バター……1本（100グラム）。溶かしておく。
チャイブ……カップ¼
（洗ってみじん切りしたもの）

【作り方】
❶ 大きめの鍋で、沸騰したお湯にトウモロコシを入れる。ゆで時間は7～10分（硬さはお好みで）。

2 バターとチャイブをピッチャーでよく混ぜ、ゆでたトウモロコシにかけて、テーブルへ。

サヤインゲンのベーコンビッツ アーモンド和え

【材料】4人分

ベーコンビッツ（市販品）……大さじ1
オリーブオイル……大さじ1
ブランチング（湯通しした）アーモンド・スライス…カップ¼
水……大さじ3
サヤインゲン（生でも冷凍でも）……400グラム
（洗って、ヘタと筋を取っておく）
塩……お好みで

【作り方】

1 ベーコンビッツ、オリーブオイル、アーモンドをフライパンかソースパンで中火にかけ、ベーコンが温まってアーモンドの香ばしいにおいがするまで約2分、軽く炒める。

2 1にサヤインゲンを加えてから、かぶるくらいの水を入れる。インゲンが鮮やかな緑色になるまでゆでる。時間は7〜10分。歯ごたえが残る程度に。

3 お好みで塩を振って、テーブルへ。

ホワイトハウスの公式晩餐会

ここでは、アメリカならではの食材が生かされるようなメニューを紹介します。レシピどおりの材料が手に入らなければ、ほかのもので代用してかまいません。どれも経験を積んだ料理人が材料を厳選してつくりますが、ここでは家庭版の手軽なレシピにしました。

チェサピーク湾のブルークラブのアニョロッティ
バジルソース添え

アニョロッティは詰めものをした四角いパスタで、見た目も味もラビオリに似ています。生地には卵をたっぷり使いますが、手作りでも、ワンタンの皮で代用してもかまいません。

【材料】6人分
強力粉……カップ4
卵……卵黄7個分、卵白1個分(黄身をよくほぐしてから、白身を混ぜる)
塩……小さじ1

【作り方】
1 清潔で乾いたボード(伸ばし台など)の上に、強力粉を山型に盛る。生地をつくるスペースを十分に空けておく。
2 1の中央にくぼみをつくり、そこに卵を流し入れ、塩を振りかける。
3 山型の端から強力粉を少しずつ取って卵のなかに入れ、やさしく手で混ぜる。強力粉の量を徐々に増やしながら、卵と粉が生地状になるまでつづける。
4 弾力と多少の粘り気が出て、滑らかな黄金色の生地になるまで15分ほど。
5 生地をふたつに分けて濡れタオルで覆い、数分、休ませる。
6 パスタマシーンがあればその説明に従って生地を入れ、薄いシート状に伸ばす。パスタマシーンがなければ、麺棒を使って伸ばしてもいい。生地ひとつ分を伸ばし、ひっくり返し、また伸ばす。これをくり返し、反対側が透けて見えるくらい薄くする(できれば、十セント硬貨くらいの薄さに。この工程が得意なら、もっと薄くする)。
7 生地を5センチ四方にカット

し、あとで紹介するフィリング(お好きなものがあれば、それでも)を詰める。小さじ1くらいのフィリングを生地の中央に置く。そこにカットした生地をのせ、濡らした指で生地の端をしっかり合わせる。フィリングを挟んだパスタのサンドイッチといったところ。

8 残りの生地も、同じようにする。生地づくりのコツをつかめば、市販のパスタを使う気にはなれませんよ。

*ワンタンの皮を使う場合は、2袋用意してください。

●フィリング

【材料】

リコッタ・チーズ……カップ1

パルミジャーノ・レッジャーノ・チーズ……カップ$\frac{3}{4}$

卵白……1個分

生のバジルの葉(刻んだもの)……カップ$\frac{1}{2}$

カニの身……400〜500グラム(チェサピーク湾で獲れた、新鮮なブルークラブが望ましい。殻の破片がないか確認すること)

塩……小さじ$\frac{1}{4}$

コショウ(挽きたて)……小さじ$\frac{1}{4}$

【作り方】

すべての材料を大きめのボウルに入れ、よく混ぜ合わせる。

●アニョロッティ

【作り方】

1 パスタにフィリングを詰めて準備ができたら、厚手の鍋に$\frac{2}{3}$ほどのお湯を沸かして塩を振り、ぱらぱらと入れる。パスタ同士がくっつかないよう、木べらでやさしく混ぜる。アルデンテになるまで、だいたい3〜6分(生パスタは乾燥パスタより早くゆであがる)。

2 穴じゃくしでパスタをすくい、温めたお皿に移す。バジルソースを振りかけ、お好みで刻んだバジルの葉を散らして、テーブルへ。

●バジルソース

【材料】

エクストラ・バージン・オリーブオイル……カップ1

バジルの葉……カップ1

【作り方】

1 ミキサーにオリーブオイルとバジルの葉を入れ、葉が細かくなるまで回す。ペースト状にはしない。

2 1を鍋に移して中火にかけ、オリーブオイルの香りが立ってくるまで温める。

3 ガラスのボウルに目の細かい濾し器を置き、チーズクロスを二重に敷く。2を濾し器の上から注ぎ、バジルの葉を除く。

4 濾したバジルソースは、調味料入れや瓶に入れておけば、冷蔵庫で3週間ほど保存できる。

ワギュウ・ステーキとガーリック・マッシュドポテト

〝ワギュウ〟は、日本産のすばらしい神戸牛のアメリカ版です。神戸牛もワギュウも入手しづらいので、もし手に入らなければ、上質のポーターハウスかTボーン、ニューヨーク・ストリップ、リブ・アイ、トップ・サーロインなどでも代用できます。

【材料】

ステーキ用の肉……ひとり200

グラム程度（調理を始める45分まえに冷蔵庫から出し、ラップをかけて室温にもどす。冷えたままだと、生焼け状態なのに外だけ焦げてしまうことがある）

塩

挽きたての黒コショウ

キャノーラ油……大さじ2

バター……小さじ1

ホワイトハウスでは業務用のオーヴンで焼きますが、自宅でつくるなら、焼き網で下から焼いたり、あるいはフライパンを使ってもかまいません。コツは、高温で焼きはじめたら、肉用温度計で測り、焼き加減を確認することです。

【作り方】

❶ オーヴンを230℃に予熱する。

ステーキを焼くのにいちばん簡単で、地域や季節、天候に左右されない方法は、フライパンで焼くことでしょう。厚手の鉄製フライパン、またはそれに代わるもので、わたしは琺瑯加工された鋳鉄製が好みです。コンロの火が均等に伝わり、一カ所だけが熱くなっておく肉を焦がすことのない、底が厚めの物を使ってください。

❷ フライパンを中火にかけ、キャノーラ油をひき、煙が出ない程度に温める。水を一滴落とし、ジュッと音をたてて滑るようなら適温。

❸ 肉を叩いて水分を取り、両面に塩コショウする。トングを使って（フォークでは穴があき、おいしい肉汁が流れ出てしまう）、熱した油の上にそっと置く。適温であれば、ジューッという良い音がする。肉がフライパンにくっつかないよう、油の上を数秒、滑らせる。

❹ ミディアム・レアがお好みなら、2分ほど焼く。トングで肉を裏返し、バター一片をのせる。バターはすぐに泡立って溶けるので、そのままさらに2分焼く。

❺ 温度計を肉の中心まで刺し入れ、内部温度を測る。レア／46℃、

ミディアム・レア／49℃、ミディアム・ウェル／54℃、ウェルダン／60℃くらい。

6 もっと火を通したい場合は、温めたオーヴンで焼く。温度はつねに気にかけて、適温に達したら取り出す。

7 新しいトングを使って（3で使ったトングは生肉に触れているので細菌を移しかねない）、肉をフライパンから取り出し、温めておいたお皿にのせ、アルミホイルを軽くかける。

＊どうしてすぐテーブルに出さないの？　すごくいい香りなのに！　と、不思議に思う人がいるかもしれません。でもじつは、オーヴンから取り出したあとも、熱は肉にじんわり通り、約3～6度ほど高くなるのです。アルミホイルをかぶせることで肉を休ませ、それからちょうどよい温度に達し、肉汁も全体に回ります。焼いてすぐテーブルに出せば、外側と内部に温度差があり、おいしい出来上がり、とはいいかねるでしょう。

8 5～10分休ませたら、お皿に温めたガーリック・マッシュドポテト（こちらのレシピは1巻『厨房のちいさな名探偵』を参照）を敷き、その上にのせてテーブルへ。

ナンタケット島産ホタテ

ホタテというのは、調理は簡単でも下処理がたいへんです。そしてこのレシピでは、良質で新鮮なホタテであるかどうかが、仕上がりを大きく左右します。もし購入店で下処理してもらえるなら、ぜひそうしてください。ここではそれができない場合の方法を紹介します。

1 ホタテを氷の上に置く。こうすると、貝殻が開く。

❷開いた側を手前にして手のひらにのせ、しっかり持つ。

❸剥きヘラを差しこみ、上の殻を押し上げるようにしてヘラをひねり、貝と貝柱のくっついた部分を切り離す。上側の殻は捨てる。スプーンで、ウロ(黒い部分)を丁寧に取り除く。

❹剥きヘラを貝柱の下に入れ、ゆっくりと貝から引き離す。まわりについているエラやヒモは、すべて取り除く。

下処理はこれで終了。すぐに調理します。

【材料】

キャノーラ油……大さじ2

バター……大さじ4

下処理をしたホタテ……前菜のときはひとり3つ、主菜ならひとり6つ。

ニンニク……1片

(洗ってつぶし、細かく刻む)

塩、コショウ……お好みで

【作り方】

❶厚手の鉄製フライパン(または同等のもの)を中火にかけてキャノーラ油とバターを入れ、バターを溶かしながら混ぜ合わせる。

フライパンは均一に火が通るよう(局所だけ火が強くホタテが焦げないよう)、底が厚めのものにしてください。わたしは鋳鉄琺瑯製を使います。

❷刻んだニンニクを入れ、フライパンを揺する。油から煙が出ない程度に。

❸❷にホタテを入れる。2分くらいできれいな焼き色がついたら、裏返して反対側を焼く。塩・コショウで味を整える。

❹ホウレンソウのクリーム和えの上にのせて、テーブルへ。

ホウレンソウのクリーム和え

【材料】6人分

オリーブオイル……大さじ2

エシャロット……カップ¼（みじん切り）

生のホウレンソウ……300～350グラム（洗って水をきり、根元は切りとる）

バター……大さじ2

小麦粉……大さじ1

牛乳かチキン・ブロス、または白ワイン（食べる人のお好みで）……カップ½

生のナツメグ……ひとつまみ（挽いておく）

塩……大さじ¼～½

挽きたての黒コショウ（またはお好みで）

パルミジャーノ・レッジャーノ・チーズ……カップ¼

【作り方】

❶ 厚手の鉄製フライパン（あるいは同等のもの）にオリーブオイルをひき、中火にかける。オイルが温まったらエシャロットを入れ、色が透き通るまで約1分、手早く炒める。

❷ ホウレンソウを加えて炒める。約2～3分、しっかり火を通し、しんなりしてかさが減ったら火からおろす。

❸ フライパンを中火にかけてバターを溶かし、小麦粉を加えて大きくかき混ぜる。ぷつぷつ泡立って滑らかなペースト状になるまで。

❹ ❸にゆっくりと牛乳（またはチキンブロスか白ワイン）を入れ、とろりとしたソースになるまで、手を休めずに混ぜる。ナツメグと、お好みで塩・コショウをして味を整える。

❺ ❹に❷のホウレンソウを加えて和える。お皿にのせ、おろしたチーズをかける。

ミックス・ベリー・コブラー

【材料】8人分

ベリー（生でも冷凍でも）……カップ4

コーンスターチ……大さじ1

砂糖……カップ1、カップ½（分けておく）

小麦粉……カップ2

ベーキングパウダー……小さじ2

塩……小さじ½

バター……大さじ4（溶かしておく）

バニラ……小さじ1

牛乳……小さじ2

溶き卵……1個分

粉砂糖……大さじ1

【作り方】

❶オーヴンを180℃に予熱。

❷ベリーとコーンスターチ、砂糖カップ½を大きめのキャセロールに入れておく。

❸ボウルに小麦粉、残りの砂糖カップ1、ベーキングパウダー、塩を入れて混ぜる。中央にくぼみをつくって、バター、バニラ、牛乳、溶き卵を入れ、ざっくりと混ぜる。あまりかき混ぜすぎると、コブラーの表面が固くなる。

❹それを❷のベリーの上にかけ、粉砂糖を振る。オーヴンで45～50分ほど。ベリーがぶくぶくして、表面に焼き色がついたら、温かいうちにテーブルへ。

あつあつのコブラーにおいしいバニラアイスをひとすくいのせるのもお勧めです。

コージーブックス

大統領《だいとうりょう》の料理人《りょうりにん》④

絶品《ぜっぴん》チキンを封印《ふういん》せよ

著者　ジュリー・ハイジー
訳者　赤尾秀子《あかおひでこ》

2016年　12月20日　初版第1刷発行

発行人　成瀬雅人
発行所　株式会社　原書房
〒160-0022 東京都新宿区新宿1-25-13
電話・代表　03-3354-0685
振替・00150-6-151594
http://www.harashobo.co.jp
ブックデザイン　atmosphere ltd.
印刷所　中央精版印刷株式会社

落丁・乱丁本はお取り替えいたします。
定価は、カバーに表示してあります。
 ISBN978-4-562-06060-3 Printed in Japan